Les défis d’Arabella

Aux Éditions J'ai lu

LONGHOPE ABBEY

1 – Les tribulations de Thea
N° 13282

MIA
VINCY

LONGHOPE ABBEY – 2

Les défis d'Arabella

Traduit de l'anglais (États-Unis)
par Nicole Hibert

J'AI LU

J'AI LU

POUR elle

Titre original
A DANGEROUS KIND OF LADY

1

Un quart d'heure à peine après son arrivée, et alors que la fête costumée du prince régent battait son plein, Arabella dut se rendre à l'évidence : elle ferait une espionne lamentable.

C'était fort regrettable, car l'espionnage venait en première place sur sa liste des activités envisageables si son père la déshéritait. Sans doute remplissait-elle la plupart des conditions requises pour exercer cette profession – elle n'avait pas sa pareille pour savoir ce qu'elle n'aurait pas dû savoir, elle était habile à dissimuler et douée pour flairer les méfaits de ses congénères avant même qu'ils aient l'occasion de les commettre –, néanmoins elle soupçonnait à présent que l'espionnage exigeait de la patience. Or la patience n'avait jamais été son fort.

La preuve, elle s'impatientait déjà. Elle devait pourtant, tout en circulant dans la foule qui envahissait les jardins, cacher sa contrariété sous des sourires aimables et de gracieux hochements de tête.

En cette soirée de fin d'été, le ciel de Londres était d'une limpidité inespérée. Torches et lanternes baignaient de lumière les vastes pelouses. Si les organisateurs de la fête avaient voulu créer une tapageuse atmosphère de carnaval, ils avaient réussi : les acrobates faisaient la roue parmi les invités, les cracheurs de feu crachaient des flammes, les troubadours chantaient, les jongleurs jonglaient et les funambules sautaient et pirouettaient sur leur corde.

Un spectacle étourdissant, sans conteste, mais qui gênait les objectifs secrets et simultanés d'Arabella : débusquer lord Hardbury, éviter lord Sculthorpe, esquiver sa mère, effaroucher les chasseurs de dot qui s'étaient multipliés depuis que Hardbury l'avait plaquée, et toiser ostensiblement toutes les autres Minerve pour les tenir à distance.

Arabella avait commandé ce costume de Minerve – stola romaine et casque à plumet rouge – en sachant pertinemment qu'elle ne serait pas la seule à le choisir.

— S'il faut affronter le mépris général lors d'une fête costumée, devant le prince régent et le millier de ses amis intimes, mieux vaut endosser le rôle d'une déesse guerrière.

— Tu exagères, Arabella, ce qui ne te ressemble pas, avait tranquillement rétorqué lady Belinda, sa mère. Lord Hardbury n'a pas réellement rompu avec toi. Il a déclaré, à juste titre, que l'accord conclu par ton père et le sien lorsque vous étiez au berceau n'est pas une promesse de mariage. Tout le monde le sait, et personne n'en parlera.

De fait, personne n'en parlait. Cependant Arabella les entendait penser, et c'était horrible.

Si seulement quelqu'un pouvait y faire allusion ! Si seulement quelqu'un mettait le sujet sur le tapis !

— Eh bien, miss Larke, dirait cette admirable personne. Après une absence si longue que certains le croyaient mort, Guy Roth est enfin de retour au bercail. Devenu le nouveau marquis de Hardbury, il a, toutes affaires cessantes, annoncé qu'il ne vous épouserait pas. Eh bien, miss Larke, comment va votre orgueil ? Faut-il lui appliquer des cataplasmes, le panser, voire appeler le pasteur pour vous donner l'extrême-onction ?

Arabella leur décocherait ce regard hautain qu'elle peaufinait depuis l'âge de douze ans, et répondrait :

— Ne vous dérangez pas, je vous en prie. Il faut plus qu'un caprice de lord Hardbury pour abattre mon orgueil.

Satané orgueil, son plus fidèle compagnon depuis vingt-trois ans, toujours là pour la sauver, prendre le contrôle de sa bouche et lui faire dire des choses qu'elle ne pensait pas. Qu'elle ne s'effondre pas sous son poids était un miracle. Sans lui, cependant, pourrait-elle tenir debout ?

Et voilà où son orgueil la conduisait : après avoir claironné pendant des années qu'elle serait un jour la marquise de Hardbury, tout en priant le ciel de ne pas être forcée d'épouser l'exécrable Guy Roth, elle devait à présent lui demander une faveur.

Qu'Arabella Larke demande une faveur à quelqu'un, particulièrement Guy Roth, ne manquerait pas de provoquer un tremblement de terre.

Malheureusement elle y était contrainte, car sinon...

Lord Sculthorpe.

Arabella se figea.

Le baron se tenait à cinq ou six mètres d'elle, au milieu d'un petit groupe. Il arborait la tenue des bandits de grand chemin de l'ancien temps – tricorne, cape noire et manchettes de dentelle. Ce costume lui donnait l'allure du fringant héros de guerre que la bonne société admirait tant. Il aurait bientôt trente-six ans, mais l'âge n'avait pas d'importance pour un homme aussi vigoureux.

Un pas de plus, et il l'aurait vue. Arabella sentait ses cheveux se hérisser sous le casque de Minerve, son cœur cognait. Ne sois pas ridicule, se tança-t-elle, tout en cherchant du coin de l'œil par où s'esbigner.

Elle remarqua deux bouffons affublés de costumes médiévaux, rouge et or, chaussés de poulaines et coiffés de bonnets à grelots. Ils s'approchèrent de Sculthorpe et de la matrone qui se tenait à son côté, leur saisirent les poignets et les attachèrent adroitement avec un ruban rose.

Arabella connaissait ce jeu, passablement grivois et très apprécié dans les fêtes de ce genre : les bouffons clamèrent que Sa Seigneurie n'avait qu'à embrasser la belle dame pour être délivré. Sculthorpe, feignant l'extase, planta un baiser sur la joue ronde de la dame, ce que les autres applaudirent. Les bouffons coupèrent le ruban et s'éloignèrent. Après quoi, ravigotés par cet intermède, tous reprirent leur conversation.

Quelle prestance, quel charme ! Pas étonnant que lord Sculthorpe, riche et séduisant, soit l'un des célibataires les plus convoités du pays.

Et c'était Arabella qu'il avait choisie. Quelle chance elle avait !

C'étaient les termes qu'avait employés son père en lui annonçant que, dans la mesure où lord Hardbury avait confirmé qu'il ne l'épouserait pas, lord Sculthorpe, lui, réitérait sa demande en mariage.

Arabella ne s'estimait pas chanceuse, loin de là. Au printemps dernier, quand Sculthorpe avait commencé à s'intéresser à elle, elle s'était rendu compte au bout de trois entrevues que vivre avec lui serait un calvaire. Alors que la bonne société se demandait si Guy Roth reparaîtrait un jour, elle prétendait attendre son retour. En réalité, elle pensait qu'on ne le reverrait pas, du moins pas avant que Sculthorpe n'ait trouvé quelqu'un d'autre à épouser. Elle s'était trompée sur toute la ligne.

— Sculthorpe veut encore de toi, Dieu merci. Aussi, je te prierai de ne pas tout gâcher, lui avait dit son père.

Il couvait du regard sa Queenie adorée tout en caressant ses plumes d'un vert éclatant, tandis qu'Oliver, le défunt frère d'Arabella, ricanait du haut de son portrait qui occupait la place d'honneur sur le mur.

— Si lord Sculthorpe est tellement désireux de se marier avec moi, je ne vois pas comment je pourrais y échapper, avait persiflé Arabella.

— Tu es l'héritière d'une fortune. Pourtant, les hommes font des pieds et des mains pour ne pas t'épouser. Lord Luxborough s'est désisté, lord Hardbury s'est désisté. Il vaudrait mieux que lord Sculthorpe ne suive pas leur exemple.

— Il vaudrait encore mieux nous passer de cet assommant défilé de lords.

— Dois-je comprendre que tu refuses d'épouser Sculthorpe ?

— J'ai une autre possibilité, si vous acceptiez d'attendre un peu. J'ai écrit à...

— J'en ai assez d'attendre ! J'ai été très patient avec toi, ma fille, mais il est grand temps que tu te maries pour me donner des petits-fils. La discussion est close. Quand tu reviendras de la fête du prince régent, tu seras fiancée.

— Sinon ?

— Sinon, ce ne sera pas la peine de revenir.

« Une fois de plus sur la brèche », songea Arabella en se fondant dans la foule avant que Sculthorpe ne l'aperçoive. Un jongleur aux mains véloces lui fit un clin d'œil lorsqu'elle passa près de lui. Elle aussi jonglait à sa façon, avec les maris potentiels. Naturellement, elle avait un plan pour éviter d'épouser Sculthorpe – Arabella n'était jamais à court de plans – mais il faudrait des mois pour le réaliser. Son père s'obstinant à lui poser des ultimatums, il s'agissait de gagner du temps. S'il fallait, pour ne pas tout perdre, se fiancer ce soir, eh bien elle se fiancerait.

Elle devait donc débusquer Guy.

Comment repérer Guy Roth, marquis de Hardbury, qu'elle n'avait pas vu depuis près de huit ans, parmi ces centaines d'invités costumés ?

Facile : chercher une nuée de flagorneurs bourdonnant autour d'un dandy suffisant.

Il se délecterait certainement de leurs flatteries, sans prendre conscience que sans son nom et son argent, il ne serait rien. Quand ils étaient enfants, lorsque leurs familles se retrouvaient à la campagne – hélas bien trop souvent –, Arabella voyait avec stupéfaction comment les autres laissaient toujours Guy gagner, quel que fût le jeu. Il était trop imbu de lui-même pour s'en rendre compte. Arabella faisait exception : elle ne laissait personne gagner.

Pour être honnête, Guy avait la victoire modeste. Il n'était pas non plus mauvais perdant, quand Arabella le battait à plate couture. En public, il la félicitait et riait avec les autres qui se moquaient – être battu par la fille qui serait un jour sa femme ! Mais en privé, il lui disait : « Je t'aurai la prochaine fois, Arabella. » À quoi elle rétorquait : « Tu ne m'auras jamais, Guy. » Sur quoi, ils se foudroyaient du regard et ne s'adressaient plus la parole.

Bien avant qu'Arabella fasse son entrée dans le monde, il éblouissait déjà la haute société, et elle avait dû endurer les récits de ses prouesses : il était champion de course à pied, il parlait avec éloquence, il dansait à la perfection, il était à la pointe de la mode. Pour finir, il était tombé amoureux d'une femme qui l'avait éconduit. N'ayant pas obtenu ce qu'il voulait pour la première fois de sa vie, il avait fui l'Angleterre et boudé pendant huit ans.

Avoir disparu durant des années était une chose. Disparaître lors de la réception donnée pour fêter son retour était une autre affaire. Cela n'arrangeait pas du tout Arabella, qui se faufilait parmi les invités et croyait l'apercevoir ici et là, déguisé en ours, en chevalier ou en bourreau.

Soudain, un acrobate qui lui barrait le passage exécuta un saut de singe. Arabella fit un écart, à l'instant où un cracheur de feu soufflait un panache de flammes dans les airs.

Lorsque sa vision s'éclaircit, elle avisa un homme grand, vêtu d'une courte tunique blanche sous une cuirasse en cuir. Une cape rouge complétait le tableau. Les gens se tenaient respectueusement à distance de ce César, hormis un homme d'âge mûr qui l'escortait en jacassant. Arabella promena longuement son regard sur les bras nus du personnage et les franges de la tunique qui frôlaient ses genoux, avant de se ressaisir et de continuer son chemin.

Soudain elle s'arrêta, frappée d'une illumination.

Non, elle se trompait.

Pourtant...

Elle jeta un coup d'œil par-dessus son épaule. Pivota. Cligna les yeux.

Car ce César était indubitablement Guy... mais pas le Guy qu'elle connaissait.

Ce Guy-là était... il était...

Bonté divine.

Guy était devenu un homme.

Il était plus grand que dans son souvenir, plus large d'épaules, plus solide. Il avait toujours été athlétique, mais ne s'adonnait autrefois qu'à des passe-temps de gentleman. S'il s'agissait d'un inconnu, Arabella penserait qu'il n'avait pas l'air d'un gentleman, encore moins d'un marquis. Aucun lord anglais n'avait ce teint basané, ces traits burinés et ces épais cheveux décolorés par le soleil. Une bosse déformait son nez – jadis, aucun Anglais n'aurait osé casser cet aristocratique appendice.

Il n'y avait pas la moindre douceur dans ce visage, ces joues creuses et cette mâchoire volontaire. Une ride s'était imprimée entre ses sourcils, comme si le monde était pour lui une énigme qu'il ne parvenait pas à résoudre.

Mais Arabella était surtout frappée par la façon dont il se tenait. Jeune homme, Guy marchait droit devant lui, fièrement et sans prêter attention à ce qui l'entourait, certain que rien de mal ne pouvait lui arriver. À présent, malgré son calme et son assurance, on le devinait sur le qui-vive, prêt à parer un mauvais coup.

Où étais-tu pendant tout ce temps, Guy ? Qu'as-tu fait pour changer à ce point ?

Malgré sa vigilance, il ne l'avait pas vue, ce dont elle profita pour l'étudier encore. Des franges couvraient aussi ses épaules, larges lanières de cuir caressant les muscles de ses bras.

« Franchement, Guy, songea Arabella en observant ses avant-bras dont les muscles et les veines saillaient sous la peau tannée par le soleil, qu'as-tu fabriqué pour avoir cette allure ? »

Il scrutait la foule et n'allait pas tarder à la repérer. Un malaise inhabituel la saisit. Le Guy d'autrefois aurait été facile à manipuler, mais cet homme...

Cet homme était un inconnu.

Elle le vit balayer du regard un trio de jeunes gens qui, aussitôt, lui sourirent. En vain, car il détourna les yeux sans se donner la peine d'être poli.

Arabella se faufila de nouveau dans la foule. Si Guy se comportait de la même manière avec elle, les gens ne manqueraient pas de le remarquer. Ils en feraient des gorges chaudes. Il pourrait l'envoyer sur les roses sans même écouter sa proposition et elle resterait plantée là, telle une quémandeuse sollicitant une audience du roi.

Elle devait trouver un moyen de l'aborder sans abdiquer sa fierté.

Tout en réfléchissant, elle observait les bouffons et leurs rubans roses. Elle pensa alors au contenu de son réticule et au bras musclé de Guy.

Aussitôt, un plan germa dans son esprit.

Encore un qui jacassait à son oreille. Encore un compère du défunt marquis qui espérait que le fils prendrait la relève du père. Ils étaient mignons, tous, à se presser autour de lui, caquetant comme des poussins affamés, pour lui exposer leurs petites combines. Et plus Guy feignait de ne pas comprendre, plus ils insistaient.

Mais, au moins, ce type empêchait les autres d'approcher, aussi Guy le laissait-il dégoiser tout en fouillant la foule du regard, à la recherche de Freddie. Il n'était pas sûr de la reconnaître, la fillette de onze ans qu'il avait laissée étant devenue une jeune femme de dix-neuf ans. Tous les invités étant costumés, cela compliquait le jeu de trouver sa sœur.

— Ça ne vous paraît pas ridicule ? gloussa le bavard.

Guy lui lança un coup d'œil. À propos de ridicule, ce type – un politicien quelconque – n'en avait pas peur. Il avait choisi de se déguiser en blaireau, un costume qui, pour être juste, s'assortissait plutôt bien avec son épaisse chevelure blanche. La jubilation se lisait sur sa figure faussement juvénile, comme s'il ne doutait pas que Guy acquiesce.

— Ce qui me paraît ridicule, c'est votre conviction que je souhaite passer la soirée à parler de votre sale politique, répondit Guy.

— Ha, ha, que vous êtes drôle ! s'enthousiasma le politicien sans se décourager. Et vous avez raison. Retrouvons-nous au club la semaine prochaine pour en discuter avec une bouteille du meilleur bourgogne.

— Six bouteilles du meilleur bourgogne ne parviendraient pas à me faire apprécier vos idées.

— Je vous en prie, lord Hardbury. Le destin de notre nation ne vous intéresse donc pas ?

— Le destin de notre nation me tient à cœur, pas celui de vos méchantes manigances.

— Je ne dirais pas ça…

— Évidemment, vieille fripouille. Mais moi, je le dis.

Son interlocuteur ouvrit la bouche, postillonnant d'indignation. Guy ne put s'empêcher de rire.

L'homme se ressaisit rapidement – s'il voulait se draper dans sa dignité, il n'aurait pas dû se déguiser en blaireau.

— Vous bénéficiez également de ces « manigances », monsieur, déclara-t-il d'une voix sifflante. J'aurais cru que vous apprécieriez mon aide, vu que votre défunt père a légué à vos sœurs tous les biens que la loi ne l'obligeait pas à transmettre à son héritier mâle, vous en l'occurrence. J'ai même entendu dire qu'il ne vous avait pas désigné comme tuteur de ses filles, et que par conséquent vous ne pouviez pas gérer leurs fidéicommis et en tirer quelque profit.

Effectivement, c'était Walter Treadgold, un obscur baronnet dont la sœur avait épousé le père de Guy quelques années auparavant, qui exerçait la tutelle. D'après les notaires, la cour de la chancellerie annulerait le testament uniquement s'il était prouvé que sir Walter gérait malhonnêtement les biens de ses pupilles. La preuve ne serait pas si difficile à trouver : les intimes du défunt marquis étaient probablement corrompus jusqu'à l'os.

— Votre sollicitude me touche, mon cher, rétorqua négligemment Guy. Mais, Dieu merci, les biens dont j'ai hérité sont suffisamment rentables pour me procurer tout ce que je désire, à savoir quelques paires de bottes confortables, du beurre dans mes épinards...

Son regard s'arrêta sur deux jeunes filles en fleurs qui bavardaient, penchées l'une vers l'autre. Leurs yeux brillaient, elles se souriaient affectueusement. Devant ce charmant tableau, Guy sentit s'insinuer dans son cœur le regret de ce qu'il n'avait jamais connu.

— ... et une épouse, ajouta-t-il.

— Est-il vrai, monsieur le marquis, que cette épouse ne sera pas Arabella Larke ? Vous marier avec miss Larke vous rapporterait une fortune considérable.

Ce mariage lui vaudrait surtout une indigestion carabinée, si elle était toujours la Mlle Je-sais-tout, autoritaire et querelleuse, dont il se souvenait.

— Effectivement, concéda-t-il. C'est mon père qui l'avait choisie pour moi, or je préfère choisir moi-même celle qui sera ma compagne.

Son interlocuteur opina d'un air pénétré.

— Savez-vous, monsieur le marquis, que j'ai une nièce ?

Guy éclata de rire. Les têtes se tournèrent vers lui. Notamment celles de deux bouffons qui agitaient de menaçants rubans roses. Les jeunes filles en fleurs échangèrent un coup d'œil espiègle et se rapprochèrent. Ce serait une agréable diversion, cependant Guy résista à la tentation. L'heure n'était pas au badinage. Il devait dénicher Freddie avant que sir Walter ne la fasse de nouveau disparaître.

Il s'éloigna tranquillement des bouffons, et le bavard lui emboîta le pas.

— Bien sûr que vous avez une nièce, lui dit Guy, sans cesser de fouiller du regard les alentours. Et à défaut de nièce, vous auriez une fille ou une sœur, voire une cousine. J'ai l'impression que durant mon absence, mes compatriotes se sont tous dotés d'une parente en âge de se marier.

Il écarta les bras, comme pour embrasser la foule.

— Qu'on me les envoie toutes, et que la fête commence !

— Si vous m'autorisez cette audace, monsieur le marquis, ma femme prévoit de donner une réception. Vous rencontreriez ma nièce et nous pourrions envisager de...

Guy lui assena une claque dans le dos.

— J'admire votre ténacité, mon vieux, mais ça ne va pas plus loin. Je vous soumets une idée : pondez-moi un projet honnête, qui ne vous permette pas de vous remplir les poches aux dépens des braves gens, et j'assisterai volontiers à vos réceptions pour rencontrer toutes les nièces de la Création. Mais, dans l'immédiat, ayez la gentillesse d'aller voir ailleurs si j'y suis. Fichez-moi la paix.

Là-dessus, Guy pivota.

Et faillit percuter la déesse Minerve.

Par réflexe, il recula, s'excusa sans la regarder, scrutant de nouveau la foule. Minerve ne se donna pas la peine de s'écarter ou de s'excuser à son tour. En fait, elle ne paraissait pas le moins du monde surprise.

Maintenant qu'elle avait éveillé son attention, il pensa vaguement qu'elle était grande pour une femme. Que les boucles noires savamment coiffées sous le casque contrastaient avec son teint pâle et n'adoucissaient pas ses traits anguleux. Que ses yeux étaient aussi bleus et implacables que le ciel du désert. Que ses lèvres naturellement retroussées aux commissures promettaient un sourire délectable.

Puis les sourcils s'arquèrent imperceptiblement, et Guy comprit.

C'était Arabella Larke.

La gamine dégingandée et renfrognée était devenue une femme. Le casque de guerrière surmonté d'un panache de plumes rouges la grandissait encore. Le drapé de sa longue tunique romaine était retenu sur une épaule par une broche représentant une chouette. Un réticule pareil à un petit bouclier pendait à son poignet. Un serpent d'argent s'enroulait autour de son bras blanc.

Guy était en pleine confusion. Arabella était devenue une femme attirante, et il ne parvenait pas à concilier cette constatation avec les souvenirs qu'il avait d'elle. Il s'ébroua mentalement.

Retrouver quelqu'un après une longue absence était toujours bizarre, voilà tout. Elle n'avait que quinze ou seize ans quand il l'avait vue la dernière fois, et elle avait évidemment mûri. D'ailleurs, à en juger par son attitude rien moins qu'aimable, elle n'avait pas vraiment changé.

Guy ne vit donc pas la nécessité de modifier sa propre attitude.

— Oh non, pas toi, soupira-t-il. Je passais une excellente soirée jusque-là.

— C'est donc vrai, tu n'es pas mort.

Le ton était plus impérieux que jamais, mais le timbre de la voix était troublant, comme voilé.

— Ton absence a beaucoup inquiété les autorités.

— Je suis touché d'apprendre qu'on s'en souciait.

— Oh, on ne s'inquiétait pas vraiment pour toi. Simplement, égarer ses marquis n'est pas bon pour l'image d'un pays.

Elle l'étudia d'un œil perplexe.

— Je m'étonne que personne ne t'ait tué.

— Beaucoup ont essayé. Aucun n'a réussi.

— Peut-être que quelqu'un a réussi, mais que le diable t'a recraché.

— Il t'envoie son bonjour.

Était-ce... un sourire ? Non, Arabella n'était pas du genre à sourire pour un oui ou pour un non.

Tout à coup il la vit tressaillir et, à cet instant, il sentit une main de fer se refermer sur son poignet.

D'instinct il se dégagea et, pivotant, leva le bras, prêt à frapper. Il se figea aussitôt – c'était un bouffon qui l'avait agrippé. Dieu du ciel, il avait failli assommer ce pauvre bougre !

Avec un soupir résigné, il força ses muscles à se décontracter. Arabella l'avait distrait, il était trop tard pour s'enfuir. Il dut tolérer que les deux bouffons collent son bras nu contre celui de la jeune femme, qu'ils les attachent ensemble avec leur ruban rose. La peau d'Arabella était douce et chaude. Elle n'était donc pas taillée dans le marbre : quelle surprise ! Il crut lire dans ses yeux bleus qu'elle aussi était surprise, mais elle se hâta de baisser les paupières.

Encore plus étonnant, elle ne s'offusqua pas d'être ainsi manipulée. Les années l'auraient-elles rendue docile ? C'était décevant. Sa férocité était naguère l'un de ses rares charmes.

— Cette fête rassemble un bon millier d'invités, dit-il. Qui aurait pu prévoir que je me retrouverais enchaîné à toi ?

— Moi. J'ai payé pour ça.

— Ah, tu leur as graissé la patte…

Elle avait dû penser qu'il refuserait de lui parler, et s'était débrouillée pour parvenir à ses fins. Pour Arabella, l'essentiel était de gagner, quitte à enfreindre les règles.

— J'aurais dû m'en douter, ajouta-t-il.

— Du calme. Je ne suis pas la seule à souhaiter m'entretenir avec toi.

— Mais tu es la seule à me forcer la main sans le moindre scrupule.

— Permets-moi de te contredire : j'ai soudoyé ces messieurs on ne peut plus scrupuleusement.

J'ai pris en compte le risque auquel ils s'exposaient pour m'aider, et j'ai poussé la rigueur morale jusqu'à leur offrir une rémunération des plus généreuses. N'est-ce pas, messieurs ?

— Absolument, acquiesça le premier bouffon.

— Tout à fait, renchérit le second.

— Et voilà, conclut Arabella. Tout le monde est content.

— Sauf moi, objecta Guy.

Elle émit un « hmm » nonchalant, signifiant que l'approbation de Guy lui importait peu.

Il avait l'impression que leurs bras pressés l'un contre l'autre ne formaient plus qu'un. Il s'efforçait de ne pas appuyer son épaule contre celle d'Arabella, mais elle embaumait la fleur d'oranger, et ce parfum l'ensorcelait.

Les bouffons achevèrent de nouer le ruban – un triple nœud bien serré – puis reculèrent pour admirer leur œuvre. Certains invités s'arrêtaient pour observer le spectacle – c'était inévitable : on connaissait leur histoire, et les voir ligotés ensemble ne manquerait pas de faire jaser.

— Assez joué, détachez-nous, ordonna Guy aux bouffons.

Il usait sa salive pour rien : une tradition ancestrale voulait que les bouffons puissent faire tout ce qui leur passait par la tête, et ces deux-là n'étaient manifestement pas décidés à renoncer à ce droit.

Ils entonnèrent en chœur leur ritournelle.

— Nous avons pour vous un présent de Cupidon qui est là-haut dans les nuages : un bouquet de bêtises et une brassée d'amour.

— Il n'y a pas d'amour ici, marmonna Guy. Seulement des bêtises.

Un petit poignard se matérialisa comme par magie dans la main d'un des bouffons, qui le fit disparaître aussitôt par un tour de passe-passe.

— Si vous voulez être libéré, il faut donner un baiser à la dame.

— Embrasser Arabella Larke ? Jamais de la vie !

2

D'un pas sautillant, les bouffons disparurent dans la foule, et Arabella se retrouva seule avec un marquis furibond attaché à son bras.

Seule mais au milieu de mille invités, dont la moitié au moins l'observaient.

— Toute cette comédie pour un baiser, grommela Guy en agitant son bras libre. Ça alors... Je m'attendais à ce que l'Angleterre ait changé pendant mon absence, mais je n'aurais pas imaginé qu'Arabella Larke, la chamailleuse, deviendrait une aventurière qui aime flirter avec le danger.

Arabella haussa les sourcils. Elle n'avait jamais flirté avec quoi que ce soit.

— Le danger ? répéta-t-elle, narquoise. Lord Hardbury, le grand costaud, aurait peur d'un petit baiser ?

Elle se mordit la langue. Elle n'avait pas envisagé qu'il puisse l'embrasser – ce qui gâcherait tout.

— Ne t'emballe pas, se hâta-t-elle d'ajouter. Je veux seulement discuter...

— Mais moi, je n'en ai pas envie.

— ... ce qui explique le ruban.

Il secoua la tête – il avait toujours cet air suffisant qui, autrefois, exaspérait Arabella.

— Quand tu avais douze ans, on te disait pleine de talent, mais à l'évidence tu ne maîtrises pas encore l'art de la séduction, si tu es obligée d'attacher les gens pour parler avec eux.

— Sache, pour ta gouverne, que je préfère leur donner des gifles. Mais c'eût été discourtois, vu que tu es ici l'invité d'honneur.

— Merci de t'être refrénée, ironisa-t-il.

Il lui décocha un regard étincelant – elle avait oublié qu'il avait les yeux de ce vert-là – puis, baissant la tête, s'attaqua au ruban de sa main libre. La lumière d'une torche, non loin, allumait des reflets dorés dans ses cheveux blondis par le soleil, soulignait l'angle de sa mâchoire et creusait des ombres sur l'autre côté de son visage.

— Tu veux que nous parlions de ma lettre à ton père, je suppose, reprit-il sans lever le nez.

— Tout à fait. Tu as la plume facile, je le reconnais. « Je ne suis pas responsable des promesses de mon père, cita-t-elle. Un accord conclu pour le compte de deux enfants en bas âge n'est pas un engagement irrévocable, nous ne sommes plus au Moyen Âge. » Et enfin, mon passage préféré : « Rien ni personne ne m'obligera à épouser Arabella Larke. »

— Je savais que ça te plairait.

— J'ai presque failli broder cette phrase sur un coussin.

Il la gratifia d'un sourire et se remit à triturer le ruban rose de ses doigts bruns et calleux, fort peu convenables pour un lord anglais.

— Ce nœud est diabolique, grommela-t-il. Voyons... hmm...

Il se contorsionna pour examiner le nœud sous un autre angle, avant de s'y attaquer de nouveau. Un autre trait de caractère qu'Arabella avait oublié : il aimait les défis. Qu'il s'agisse de traverser une rivière en crue ou de résoudre une charade, Guy se jetait à corps perdu dans l'entreprise, intrépide et débordant d'énergie. C'était lui qui flirtait avec le danger.

Avec le recul, Arabella réalisait soudain que c'était probablement son extraordinaire vitalité, plutôt que sa taille et son titre, qui avait fait de lui le chef de file que tous les autres suivaient. Comprendre cela aujourd'hui était... perturbant. Aurait-elle commis d'autres erreurs d'analyse ?

— J'ai été surpris d'apprendre que tu n'étais pas mariée, que le pauvre type à qui tu feras vivre l'enfer n'est pas encore désigné.

Arabella haussa les épaules.

— Les hommes qui méritent de vivre l'enfer sont si nombreux que j'ai du mal à en choisir un.

— Pourquoi un seul ? Avec ton talent et tes ressources, tu pourrais avoir déjà usé cinq ou six maris.

— Dommage, en effet. Je ferais une veuve charmante.

— Le malheureux que tu épouseras ne manquera pas de trépasser. Mais ce ne sera pas moi.

Le nœud commençait à céder. Ils pouvaient bouger plus aisément. Cependant, ils ne s'écartèrent pas l'un de l'autre. Les doigts d'Arabella frôlaient les franges de cuir, ceux de Guy touchaient la soie de la tunique romaine. Il ne paraissait pas s'en rendre compte. Il observait le charivari qui les entourait, à la recherche d'une idée. Il ne tarderait pas à la trouver. Elle n'avait plus de temps à perdre.

— Il me semble que tu n'as pas suffisamment réfléchi à notre affaire, déclara-t-elle. Sinon, tu comprendrais que des fiançailles serviraient tes intérêts comme les miens.

Il écarquilla les yeux, incrédule.

— Je n'ai pas besoin de réfléchir. Je te connais depuis toujours, Arabella, je suis donc sûr d'avoir pris la bonne décision.

— Vous autres, les hommes importants, vous avez tellement de certitudes, ironisa-t-elle. Un jour, vous êtes sûrs d'une chose, et le lendemain du contraire.

— Trouve-toi une autre cible pour lancer tes piques. Je sais ce que je veux.

— Comment peux-tu le savoir, alors que je ne t'ai pas encore expliqué de quoi il s'agit ?

— Tu n'as vraiment pas changé, Arabella, rétorqua-t-il avec un petit rire. Aussi arrogante et ambitieuse qu'autrefois. Tu disais déjà, à l'époque, que tu voulais te marier avec moi.

— Non. J'ai dit que je voulais être une marquise et que tu serais simplement un accessoire, corrigea-t-elle.

— Je me souviens de ce jour-là, grommela-t-il. Qu'une gamine de dix ans utilise un mot comme « accessoire » m'avait impressionné. C'est bien à ce moment-là que je t'ai poussée dans une congère ? Quand tu t'en es extirpée, tu étais couverte de neige et tu crachais comme une chatte en colère.

— Je me rappelle que cela t'a fait rire. Jusqu'à ce que je te lance une boule de neige qui s'est écrasée sur ta bouche.

— Je me souviens aussi très bien d'une journée d'été… Nous avions chipé tes rames et tu t'es retrouvée coincée dans ta barque au milieu de la rivière.

Les années s'effaçaient, ils étaient de nouveau les gamins qui s'affrontaient en permanence, chacun voulant battre l'autre. Et Guy était aussi exaspérant qu'autrefois ! Tout avait été si facile pour lui. Tandis qu'Arabella avait dû supporter qu'on lui serine d'être agréable avec lui parce que « Guy sera un jour ton mari ». Cela n'avait servi qu'à renforcer sa volonté de le faire tomber de son piédestal.

— C'est bien cet été-là que tu jouais à la guerre avec les autres garçons, et que j'ai détruit ton bateau ? rétorqua-t-elle tranquillement.

— Tu n'avais pas été invitée à participer au jeu, et j'étais sur le point de gagner.

— Voilà pourquoi les garçons détestent jouer avec les filles. Ils savent qu'elles auront le dessus.

— Ha, ha ! Ne t'imagine pas que tu prendras le dessus sur moi.

— Dixit l'homme attaché à mon bras avec un ruban rose.

Il la regarda droit dans les yeux, puis soupira :

— Pourquoi ont-ils pensé que nous marier était une bonne idée ? Nous n'avons pas cessé de nous quereller, de rivaliser ou de nous ignorer.

— C'est parfait pour un mariage moderne.

— Ce n'est pas ce que j'attends de mon mariage.

Elle non plus ne voulait pas ça. Elle lançait ces sarcasmes par habitude, pour s'amuser. Elle ne pouvait avouer à quiconque – surtout pas à Guy – ce qu'elle attendait réellement du mariage.

Elle s'efforça de reprendre le fil de la conversation, qu'elle avait laissée déraper. Il fallait changer de stratégie.

— Puisque nous évoquons ce sujet, as-tu revu Clare Ivory, dont tu avais demandé la main sans succès ? On a déjà dû te dire qu'après t'avoir préféré lord Sculthorpe, elle est devenue l'une des courtisanes les plus adulées de Londres. Quant à lord Sculthorpe, il est maintenant un héros de guerre adulé.

Elle réprima avec peine un frisson.

— Il raconte que quand tu l'as provoqué en duel à cause de miss Ivory, il t'a flanqué une raclée, et qu'après ça tu as pris la fuite.

Voilà, on y était : ce souvenir allait inciter Guy à vouloir se venger, et donc à écouter ce qu'elle avait à lui proposer.

Mais il haussa les épaules et reporta son attention sur le ruban et le triple nœud.

— Un jeune homme qui atteindrait sa majorité sans se mettre dans l'embarras pour une histoire de jeu, de beuverie ou de femme, serait une honte pour ses congénères. Un jeune homme se doit de faire des bêtises. Une folle jeunesse est la seule chose qui nous rachète quand nous devenons de vieilles badernes assommantes.

Il lui lança un coup d'œil.

— Un petit conseil, Arabella : ce n'est pas de cette façon qu'on persuade un homme de vous épouser.

— Sois un peu attentif, s'il te plaît. Je ne t'ai pas parlé de mariage.

— Tu as dit que...

— J'ai dit que des *fiançailles* serviraient tes intérêts et les miens. Si tu déclares à mon père que tu souhaites m'épouser et...

— Non.

— Nous annoncerons nos fiançailles et...

— Non.

— Après un laps de temps suffisant, nous...

— Non, Arabella, la coupa-t-il sèchement. Non et non.

— Écoute au moins jusqu'au bout. Sinon, je devrai...

— Non ! Pendant des années, j'ai entendu mon père me répéter : tu l'épouseras, c'est un ordre. Il n'est pas question d'obéir. Laisse-moi en dehors de tes projets, Arabella. Ton comportement ce soir me prouve que j'ai raison : je ne serai jamais ton mari.

Quel fléau ! Il était tellement monté contre elle qu'il refusait d'entendre ce qu'elle avait à lui proposer. Elle avait trouvé la solution à son problème, d'une telle simplicité qu'elle s'en était voulu de ne pas y avoir pensé plus tôt : un mariage de convenance avec Hadrian Bell, l'héritier des voisins des Larke. Elle lui avait écrit, mais Hadrian occupait un poste de diplomate en Prusse et ne regagnerait pas l'Angleterre avant plusieurs mois. Elle demandait simplement à Guy de jouer les remplaçants jusqu'au retour de Hadrian, et il n'écoutait même pas ce qu'elle avait à dire !

Que faire ? Supplier ? Ce n'était malheureusement pas dans ses cordes. Lui parler de l'ultimatum de son père et de l'insurmontable répulsion que lui inspirait Sculthorpe ? Il se moquerait sans doute d'elle, répondrait que le baron et elle formeraient un couple bien assorti. Si elle ne préservait pas sa dignité, Guy l'écraserait de son mépris jusqu'à la fin des temps.

Il était tellement pressé de lui échapper qu'il s'attaqua au nœud avec les dents. Ses lèvres frôlaient la peau d'Arabella, qui sentit un frisson brûlant courir le long de son bras.

— Attention, Guy, dit-elle d'un ton inutilement acerbe. Inutile de baver sur mon costume.

— Je regrette que le mien ne comporte pas une épée, marmonna-t-il. Note que je pourrais utiliser ta langue acérée pour couper ce maudit ruban.

Elle se fatiguait pour rien. Il refusait de comprendre qu'elle était dans une situation affreusement précaire. Il ne se douterait jamais qu'elle avait au creux du ventre une boule glacée quand elle songeait au destin qui l'attendait.

Mais elle savait comme personne dissimuler ses sentiments. Elle haussa un sourcil dédaigneux.

— Des ciseaux seraient plus efficaces. En aurais-je par hasard dans mon réticule ?

Il baissa les yeux sur le sac pareil à un petit bouclier qui pendait à son poignet.

— Tu as des ciseaux ? l'accusa-t-il.

— Tu ne penses tout de même pas que j'aurais accepté qu'on nous ligote ensemble sans avoir le moyen de me libérer ?

— Tu es diabolique.

— Merci.

— Ce n'était pas un compliment.

Il tendit la main vers le réticule. Elle essaya de replier le bras derrière son dos mais Guy, rapide comme l'éclair, lui saisit le poignet. Elle se força à ne pas broncher, malgré les franges cloutées qui heurtaient ses cuisses et l'odeur de cuir et d'épices qui l'enveloppait. Elle contempla son cou puissant, tanné par le soleil, sa joue qu'ombrait un début de barbe. Leurs regards se rencontrèrent, celui de Guy étincelant et dur. Ils étaient si près l'un de l'autre qu'ils auraient pu s'embrasser.

— Écoute-moi, Guy...

— Non.

Il fit habilement glisser sur le poignet d'Arabella le cordonnet qui retenait le réticule.

— Je vais me détacher de toi, Arabella, et je ne veux plus entendre un seul mot.

Les ciseaux de brodeuse étaient si minuscules que Guy craignit que ses doigts ne restent coincés dans les anneaux. Les lames étaient tout juste assez tranchantes pour couper du fil. Il était obligé de scier littéralement le ruban. Il se concentrait sur ce maudit ruban rose, mais il ne pouvait s'empêcher de contempler le réseau de fines veines bleutées qui se devinait sous la peau nacrée d'Arabella, de se remémorer la douceur de cette peau qui sentait la fleur d'oranger.

— On nous regarde, murmura-t-elle.

— J'essaie de ne pas te blesser.

— Tu me crois si fragile ?

— Toi, non. Ta peau.

Le dernier bout de ruban tomba enfin au sol. Guy rendit les ciseaux à Arabella. Des marques rouges s'étaient imprimées sur le bras de la jeune femme, et il les effleura du pouce, comme pour apaiser la sensation de brûlure. Dieu savait pourtant qu'elle ne méritait pas d'être dorlotée.

Il s'écarta vivement, cependant elle ne fit aucun commentaire. Elle remit les ciseaux dans leur étui et rangea le tout dans son réticule. La lumière soulignait ses pommettes, sa mâchoire aristocratique. Elle était de celles que les années embellissent.

— Tu as grandi, dit-il bêtement.

— Toi aussi.

— C'est vraiment bizarre. Ton existence a, d'une certaine façon, façonné ma vie, mais au bout du compte nous sommes des étrangers l'un pour l'autre.

— Si j'étais une étrangère, tu écouterais ce que j'ai à te demander.

Ils ne seraient jamais des étrangers. Chacun vivrait éternellement à la lisière de la vie de l'autre. Ils évolueraient dans les mêmes cercles, se croiseraient ici et là, au fil des réceptions et des bals. Ils seraient polis et distants. Dès ce soir.

— Merci pour cette excitante aventure, dit-il. Je te laisse à présent et te souhaite une bonne soirée.

Les yeux bleus d'Arabella s'étrécirent.

— Nous avons encore à discuter.

— Aussi flatteuse que soit ta proposition de mariage...

— Ce n'est pas une proposition de...

— ... j'ai des préoccupations plus importantes. Si tu veux bien m'excuser...

Il se détourna.

— Je suppose que tu souhaites obtenir la garde de tes sœurs. Quoique Freddie ne semble pas s'en soucier.

Guy pivota.

— Tu as parlé à Freddie ?

— Elle est là ce soir.

— Au milieu de mille invités. Or j'imagine qu'elle a changé en huit ans.

— Dois-je comprendre que tu n'as pas vu Freddie depuis ton retour ? Et tu n'as même pas rencontré Ursula ?

Ursula, la mystérieuse enfant. Guy n'avait appris son existence qu'à son arrivée en Angleterre. Devenu veuf, son père avait épousé Caroline Treadgold, qui lui avait donné une fille avant de mourir.

On avait confié la petite Ursula à son oncle et sa tante – sir Walter Treadgold et son épouse. Mais Guy était son frère, il aurait dû être le tuteur de la fillette, malgré le testament de son père. Celui-ci avait dû rendre l'âme en se vantant d'avoir mis des bâtons dans les roues de son fils, mais Guy ne tolérerait plus que son père le gouverne à sa guise. Il épouserait une femme gentille et aimante, accueillerait Freddie et Ursula dans un foyer douillet et plein d'amour, et reconstruirait la famille que son père avait détruite.

— Je verrai mes deux sœurs quand j'aurais découvert où sir Walter les cache.

Arabella braqua sur lui un regard interrogateur.

— Sir Walter a le génie de disparaître quand j'arrive, expliqua-t-il. J'espérais voir Freddie ce soir, mais les organisateurs de la fête ne m'ont pas facilité la tâche.

— Je m'en doute. Viens avec moi.

Arabella s'éloigna avec aisance et grâce. Elle fit quelques pas, se retourna à demi et le regarda.

— Je ne suis pas un chien qu'on emmène en promenade, bougonna-t-il.

— Tu veux voir Freddie, oui ou non ?

Sans attendre de réponse, elle poursuivit son chemin, la soie blanche de sa robe s'enroulant autour de ses longues jambes. Des gens s'approchèrent aussitôt de Guy. Pestant entre ses dents, il leur faussa compagnie pour rattraper Arabella.

— Il paraît que, selon les dernières volontés de ton père, Freddie et Ursula sont plus riches que toi, déclara-t-elle. Espérons qu'elles disposeront encore de leur fortune quand elles seront majeures. Sir Walter Treadgold s'est déjà offert un superbe carrosse, tiré par quatre non moins superbes chevaux. Mais, bien sûr, il a reçu de ton père un legs particulièrement généreux.

— Comment diable sais-tu cela ?

— Je me tiens informée de ce qui se passe dans notre milieu. Je sais par exemple que tu as l'intention de te marier le plus rapidement possible. Des fiançailles feraient avancer ton dossier auprès de la cour de la chancellerie, et une héritière remédierait à ton embarras pécuniaire.

Guy ricana. Elle était tenace ! Mais il ne se laisserait pas impressionner par sa fortune. Qu'elle soit prête à tout pour assouvir son ambition et devenir une marquise lui déplaisait au plus haut point. Il avait passé ses années d'exil à rêver de la femme idéale, et savait exactement ce qu'il attendait d'une épouse.

— Mes revenus sont amplement suffisants. Je peux donc me permettre de négliger le critère de l'argent dans ma quête de l'épouse qu'il me faut.

— Et comment serait la femme qu'il te faut ?

— Elle saura créer un foyer paisible et douillet pour notre famille. Elle sera douce, charmante et…

Comme Arabella lui décochait un regard oblique, il enchaîna avec emphase :

— Et elle ne sera pas du genre à comploter, intriguer, ou même envisager de soudoyer quelqu'un.

— Mais bien sûr ! Une femme perpétuellement enjouée et peu exigeante, qui te parlera de choses anodines et ne te dira jamais ce qu'elle pense vraiment. Résultat, tu supposeras qu'elle pense comme toi, et tu te féliciteras de l'avoir choisie. Elle sera convenable, maniable et agréable, et lorsqu'il t'arrivera de la trouver un peu ennuyeuse, tu estimeras que c'est sa faute. Tu ne réaliseras jamais que tu en es responsable.

— Tu as une piètre opinion de tes semblables.

— Au contraire, j'ai une haute opinion des femmes. En revanche, je tiens en piètre estime les hommes qui voient uniquement ce qu'ils veulent voir et qui ensuite reprochent aux femmes de ne pas être à la hauteur.

Elle s'interrompit, lui lança un nouveau coup d'œil.

— Je n'ai jamais rencontré quelqu'un qui aime le défi autant que toi. Tu mourras d'ennui avec une épouse de cet acabit, et tu la rendras affreusement malheureuse.

— Pour me sauver d'une existence monotone, ironisa-t-il, tu jouerais donc les agneaux du sacrifice. Tu t'offrirais noblement, tu m'offrirais une femme trop intelligente pour son salut, exigeante, et qui cherche à m'embarquer dans la machination qu'elle a concoctée pour satisfaire ses ambitions.

Il se rapprocha, mais elle ne tressaillit même pas, droite comme un « I », le regard étincelant.

— Pour notre bien à tous les deux, Arabella, trouve-toi quelqu'un d'autre à régenter et laisse-moi tranquille. D'autres que moi rampent certainement à tes pieds, mais si tu crois pouvoir me mettre à genoux, tu perds ton temps.

— Seigneur Dieu, à quoi servirais-tu si tu étais à genoux ? Non, non... je te mettrais un anneau dans le nez, j'y attacherais un ruban et je te promènerais dans les rues.

Le mépris vibrait dans la voix d'Arabella, cependant une ombre étrange passa sur son visage – une brusque et stupéfiante vulnérabilité, qui s'effaça aussitôt. Mais peut-être avait-il eu la berlue, car elle ne lui présentait que son profil altier, le grain de beauté qu'elle avait sur la pommette, et la boucle noire qui caressait son oreille.

Elle pointa le menton.

— Là, articula-t-elle.

Guy suivit son regard. Sur la margelle d'une fontaine à trois étages étaient assises deux jeunes bergères : l'une avait des cheveux blond vénitien et une robe bleue, l'autre était brune et vêtue de rose.

— Freddie est en bleu, précisa Arabella. Elle fait tapisserie parce qu'elle se moque du jugement des autres et qu'elle a des opinions merveilleusement originales. La bergère en rose, c'est Matilda Treadgold, la nièce de sir Walter Treadgold. En principe, elle ne fait jamais tapisserie. Qu'elle tienne compagnie à Freddie, au lieu d'être entourée de jeunes gens follement épris, suggère que Freddie est l'appât et toi, la proie.

— Tu crois que toutes les femmes sont des comploteuses comme toi ?

— Seules les plus admirables le sont, or j'admire énormément miss Treadgold. Elle n'a pas beaucoup d'argent ni de relations, mais comme ce ne sont pas pour toi des critères essentiels, elle correspond bien à ton idée de l'épouse parfaite.

Même à cette distance, Guy devait admettre que la demoiselle était attirante, mais il ne regardait que sa sœur. Ces anglaises, ces volants et ces rubans bleus ne la flattaient pas, cependant il aurait reconnu ce visage entre mille : le nez retroussé, la bouche large, les yeux immenses sous des sourcils farouches. Un visage d'elfe malicieux qui, en un clin d'œil, pouvait devenir celui d'une rebelle maussade.

Lorsqu'il rentrait du collège pour les vacances et, plus tard, de l'université, elle se ruait pour se jeter dans ses bras, et il la faisait tournoyer. Elle devrait se marier bientôt, mais peut-être pas avant un an. Ils auraient le temps de se redécouvrir et, avant tout, de reconstruire leur famille.

— Je ne l'aurais pas repérée sans toi. Merci.

— Concernant les fiançailles, je parlais juste de…

— Pas de fiançailles. N'insiste pas, ça suffit.

Il l'entendit prendre une inspiration, la vit lancer un regard à la fontaine.

— Freddie a besoin de ta protection. Je soupçonne sir Walter d'avoir le projet de...

— Évidemment, la coupa-t-il. Arrête, Arabella.

Il se rapprocha.

— Tu ne feras jamais partie de ma famille, ajouta-t-il. Ne me dis pas qui je dois épouser ou comment m'y prendre avec sir Walter, ou ce qu'il faut à mes sœurs et à moi-même.

— Je dis cela pour le bien de Freddie, pas pour toi.

— Tu te mêles de ce qui ne te regarde pas.

— Ne sois pas ridicule. Je me contente de régler les problèmes des autres à leur place.

— Je te dispense de régler les miens.

Il n'avait pas besoin d'elle. Elle n'était pas plus responsable que lui de l'accord conclu autrefois par leurs pères, mais il ne se sacrifierait pas, ni pour se plier à la tyrannie paternelle ni pour satisfaire l'ambition d'Arabella.

En outre, ils n'étaient plus ces enfants qui jouaient autrefois à la guerre sur le lac. Ils étaient adultes, et tout était devenu compliqué. Leur relation était depuis toujours marquée par une animosité réciproque et le désir d'avoir raison de l'autre – cela, au moins, n'avait pas changé.

Il était temps de prendre congé, mais Guy éprouvait le besoin de cesser d'abord les hostilités.

— Je regrette sincèrement que tu aies attendu si longtemps mon retour, tout cela pour essuyer une déception. Mais tu es à présent une femme accomplie et séduisante. Tu es éduquée, tu as des relations et de l'argent. Tu n'auras aucun mal à trouver un mari.

Une expression amusée, tout à fait inattendue, se peignit sur le visage d'Arabella.

— Tu ne sais pas, murmura-t-elle.

— Au revoir, Arabella.

Guy s'éloigna pour rejoindre Freddie. Il sentait le regard d'Arabella lui vriller le dos, et eut de la peine à réprimer l'envie de faire demi-tour pour lui demander ce qu'elle voulait dire exactement.

3

Arabella regarda Guy se diriger à grands pas vers Freddie et miss Treadgold, sa cape rouge battant ses bottes. Puis elle se détourna, pensive.

Lord Sculthorpe, le tricorne légèrement de guingois, l'observait avec un petit sourire aux lèvres. Les gens le trouvaient séduisant mais un riche pair du royaume, doublé d'un héros, était forcément séduisant. De fait, il avait des traits réguliers, un visage vigoureux, tout à fait acceptable. Arabella n'avait rien à reprocher à sa physionomie.

Elle croisa son regard, vit son sourire s'élargir. Il mit le cap sur elle.

— « Aucun mal à trouver un mari », marmonna-t-elle amèrement. J'ai l'impression que mon mari m'a trouvée.

Son plan avait échoué. Maintenant, Sculthorpe allait la demander en mariage, et si elle refusait, son père la chasserait et couperait les ponts avec elle.

Arabella Larke, orgueilleuse et hautaine, qui possédait tout ce qu'on peut désirer. Voilà ce qu'on disait d'elle. Eh bien, Arabella Larke perdrait tout en un clin d'œil si elle n'y prenait pas garde.

Lord Sculthorpe, toujours souriant, se campa devant elle.

— Bonsoir, miss Larke, ou faut-il vous appeler Minerve ? Vous faites une bien belle déesse.

— Et vous, baron, un fringant hors-la-loi.

— Ce costume est ridicule, n'est-ce pas ? rétorqua-t-il aimablement, secouant d'une chiquenaude ses manchettes de dentelle. Je me demande toujours si le costume que choisissent les gens est une sorte de message ou bien si, comme moi, ils se contentent de mettre la tenue que leur valet a préparée. Si le mien me déguisait en crapaud, il faudrait bien que je joue mon rôle.

Ah, cette façon de se moquer de soi-même, comme c'était charmant ! Et il était à la fois autoritaire et courtois quand il faisait signe à un laquais d'approcher.

Il rafla deux verres sur le plateau que lui présentait le domestique et en tendit un à Arabella. Il tenait entre ses doigts un fin cigare – il avait commencé à fumer ces cigares lorsqu'il combattait en Espagne et, au mépris des convenances, les fumait en tout lieu. Un autre laquais lui apporta un briquet enflammé. Sculthorpe alluma son cigare et le ficha au coin de sa bouche.

— Et si je peux me permettre, reprit-il en baissant la voix, la fumée s'échappant de ses lèvres, vous ferez aussi une superbe baronne.

Et une veuve encore plus superbe.

Arabella ravala cette réplique. Elle ne pouvait pas s'offrir le luxe d'exprimer le fond de sa pensée. Elle devait répéter comme un perroquet les mots qu'il fallait dire. On ne contrariait pas l'homme qui tenait votre avenir entre ses mains.

— Vous êtes trop aimable.

À cet instant, elle vit sa mère, apparemment en pleine conversation avec une amie, mais qui les épiait du coin de l'œil.

Lady Belinda était ravissante dans son costume de Dame de Cœur bordé d'hermine, le visage serein sous le turban rouge et or qui coiffait ses cheveux noirs. Arabella n'avait pas envie de décevoir ses parents, ni d'intriguer ou de tricher. Elle ne désirait pas non plus rester célibataire. Elle voulait seulement ne pas être privée de son héritage, avoir le droit de choisir son mari, quelqu'un qui la respecte pour ce qu'elle était.

Alors elle ferait semblant. Quant aux mots que lui avait chuchotés le baron tandis qu'ils valsaient, quelques mois auparavant, ces mots qui la faisaient frémir au point qu'elle ne supportait pas de se les remémorer... peut-être avait-elle mal entendu ou mal compris. Peut-être se créait-elle des problèmes là où il n'y en avait pas.

— Vous discutiez avec lord Hardbury, enchaîna Sculthorpe. Vous savez que lui et moi ne sommes pas amis.

— Je le sais, mais j'ai préféré en finir tout de suite avec notre passé, afin que nous puissions tourner la page.

— Admirable, commenta-t-il. Vous êtes une admirable...

Il s'interrompit, comme s'il cherchait le mot. Arabella retint son souffle.

Ne le dites pas.

— ... jeune femme.

Il ne l'avait pas dit. Elle se trompait.

— Votre mère m'a expliqué que votre passe-temps favori était de fabriquer des livres, reprit-il. Un éditeur londonien les imprime pour vous.

— Oui, c'est vraiment satisfaisant. J'avais seize ans quand j'ai commencé, en publiant les revues ornithologiques de mon père.

— C'est ce que votre mère m'a dit. Tous les amoureux des oiseaux connaissent les revues de votre père, mais j'ignorais que c'était vous qui les conceviez. Vous êtes vraiment une remarquable...

Ne le dites pas.

— ... jeune femme, acheva-t-il. Sur quoi travaillez-vous en ce moment ?

— Mon premier ouvrage en couleurs : *Le Guide illustré des volières de Vindale.* Celles de mon père sont devenues célèbres, et nous recevons beaucoup de visiteurs et de demandes d'informations.

Une pause, puis :

— J'aime lire des essais, et j'ai l'intention de commander à des auteurs des textes traitant de divers sujets pour de futurs ouvrages. J'estime que chaque femme devrait se lancer dans une activité qui en vaut la peine.

— Je suis d'accord avec vous, et j'ai hâte de découvrir les livres que vous publierez.

Voilà, Sculthorpe ne serait pas un mari qui se mêle de tout. Elle étudia son verre, le tourna entre ses doigts. Elle avait encore la marque du ruban sur son bras. Elle sentait encore Guy l'effleurer du pouce pour l'effacer.

Le mégot du cigare de Sculthorpe tomba dans l'herbe. Il l'écrasa sous le talon de sa botte. Quand Arabella leva les yeux, ce fut pour plonger dans ceux du baron, d'un gris bleuté, qui papillotaient.

— Excusez ma franchise, miss Larke, mais vous et moi ne sommes pas des sentimentaux. Je suis un homme direct, et trop impatient pour attendre que nous soyons seuls. Puis-je donc demander si mes espoirs se réaliseront et si vous me ferez l'honneur de devenir ma femme ?

Elle ne voulait pas de lui, mais refusait de tout perdre. Aussi, dédaignant l'étau glacé qui lui comprimait l'estomac, Arabella regarda son destin en face et répondit :

— Bien sûr, monsieur.

Il lui prit la main et la porta à ses lèvres. Elle le laissa faire, ne lui jeta pas son verre à la figure, ne le gifla pas. Elle se comportait très bien.

Sans lâcher sa main, il se tourna vers lady Belinda qui les épiait toujours.

Lord Sculthorpe la salua d'une courbette.

Lady Belinda lança un coup d'œil à Arabella.

Arabella hocha la tête.

Après quoi, lady Belinda regarda Sculthorpe et opina.

Voilà, affaire conclue.

Arabella était fiancée.

— Vous n'êtes pas contente ? interrogea Sculthorpe.

Il ne lui lâchait toujours pas la main.

— Je suis excessivement contente.

— Vous ne souriez pas.

Effectivement. Lui, en revanche, souriait maintenant d'une oreille à l'autre. Il était vraiment séduisant, plus que Guy. Elle aurait un mari séduisant. Quelle chance.

— Vous êtes tellement fière, murmura-t-il.

Les mots coulaient de sa bouche, il avait dans les yeux cette étincelle lubrique dont elle ne se souvenait que trop, et tout à coup il n'était plus séduisant, plus du tout. Elle voulut dégager sa main, mais il la tenait fermement. Elle sentit l'ongle de son doigt griffer sa paume, regretta de ne pas porter de gants – hélas, les déesses romaines n'en portaient pas. Si seulement le serpent d'argent enroulé autour de son bras pouvait s'animer et tuer cet homme !

Allons bon, elle sombrait dans le mélodrame. C'était stupide.

Mais quand Sculthorpe la libéra enfin, il avait toujours cette lueur au fond des yeux.

— Une orgueilleuse... souffla-t-il.

Ne le dites pas.

— Farouche...

Taisez-vous.

— Capricieuse...

Non.

— Vierge.

Voilà, il venait de prononcer le mot qu'il lui avait chuchoté à l'oreille en valsant, des mois auparavant.

Un mot inoffensif, se répéta-t-elle. Elle avait pourtant la chair de poule. Ce n'étaient pas ses paroles qui la mettaient si mal à l'aise, mais son regard possessif qui rampait sur elle, comme un véritable serpent dont les écailles froides glissaient le long de son échine.

Le vacarme ambiant devenait oppressant. Pour se dérober au regard lascif de Sculthorpe, Arabella scruta la foule. Des flammes menaçantes s'élevaient dans le ciel, un acrobate caracolait en grimaçant, deux femmes funambules sautaient sur leur fil, si haut qu'elles allaient forcément tomber. Arabella retint son souffle, attendant la catastrophe. Mais rien n'arriva, les danseuses retombèrent souplement sur la corde.

Elle prit une inspiration. Le brouhaha s'estompa. Elle n'avait pas assez mangé, voilà pourquoi elle avait la nausée.

Si lord Sculthorpe avait remarqué sa réaction, il ne fit aucun commentaire. Il sourit à la mère d'Arabella qui s'approchait.

— J'espère, lady Belinda, que vous ne comptez pas retourner immédiatement à la campagne avec ma fiancée. Je serais heureux de vous accompagner, toutes les deux, à la parade militaire de la semaine prochaine. Miss Larke sera ravie de voir défiler les soldats, puisqu'elle s'apprête à en épouser un.

— Avec plaisir, milord, rétorqua lady Belinda.

— J'enverrai une invitation.

Sur quoi, après un « bonsoir mesdames » et un salut courtois, il les laissa.

Arabella ne le suivit pas des yeux. Elle se concentra sur son verre et but une gorgée de vin. La nausée se dissipa. Peut-être devrait-elle se mettre à boire. Bonne idée.

— Ce n'était pas si difficile, n'est-ce pas ? demanda sa mère.

— Non, répondit Arabella en avalant une autre lampée.

— Lord Sculthorpe m'a certifié qu'il ne t'empêcherait pas de faire ce que tu aimes, ni d'aller et venir à ta guise. Aucune femme ne dit du mal de lui. Il n'y a eu que cette histoire – à l'époque, lord Hardbury et lui n'avaient pas encore hérité de leur titre – mais la créature en question était une courtisane, et elle a conclu de son plein gré un accord avec lord Sculthorpe.

— Je vous remercie, mère, articula Arabella.

Son père s'était vraisemblablement renseigné sur la situation financière de Sculthorpe, et lady Belinda sur sa position sociale. Sculthorpe ne la maltraiterait pas.

Il fallait effacer ce mot-là de son esprit. De fait, Arabella était bel et bien vierge et avait toujours eu l'intention de le rester jusqu'au mariage. Sculthorpe serait son mari : c'est donc à lui qu'elle offrirait sa fleur.

Mais il parlait de sa virginité comme si c'était la seule chose chez Arabella qui l'excitait.

Guy avait laissé son regard s'attarder sur sa bouche, elle avait fait de même, et elle avait aimé le sentir tout près d'elle – même si, la tête sur le billot, elle ne l'aurait pas avoué. Guy l'avait insultée, elle avait riposté, et ne s'était à aucun moment sentie rabaissée ou salie.

Tandis qu'un simple mot de Sculthorpe – un mot juste, de surcroît – l'ébranlait. Comment pouvait-elle permettre à un homme d'exercer sur elle un tel pouvoir qu'un regard suffisait à la rendre malade de peur ? Sans doute serait-elle capable de ne pas le prendre au sérieux et de le remettre à sa place, comme elle l'avait fait avec tant d'autres hommes au fil des années. La voix de la raison le lui soufflait mais une autre voix, beaucoup moins raisonnable, s'insinuait dans son esprit. La première lui répétait que Sculthorpe était un personnage honorable, héroïque et charmant. L'autre, venue du tréfonds d'elle, lui disait le contraire. Comment cette part cachée de son être savait-elle des choses que le monde ignorait ?

Le vin ne lui étant plus d'aucun secours, Arabella tendit le verre à un laquais qui passait et posa les doigts sur le serpent d'argent enroulé autour de son bras. Elle observa les funambules qui se reposaient après leur ultime saut périlleux.

— Arabella ? fit lady Belinda, perspicace. Lord Sculthorpe t'aurait-il donné des motifs d'inquiétude ?

— Il semble s'intéresser énormément à ma... vertu.

Sa mère fronça les sourcils, réfléchissant à voix haute.

— Pour un pair du royaume, la vertu d'une épouse est obligatoire, car il doit avoir la certitude que ses fils seront bien les siens. Je m'étonne cependant qu'il ait la grossièreté de la mettre en doute.

— Il ne l'a pas mise en doute. Il la tient pour acquise.

— Quand un homme dit d'une dame qu'elle est vertueuse, c'est un compliment. Je suis un peu surprise qu'il en parle aussi ouvertement, mais lord Sculthorpe est un homme direct.

— Oui, c'est ce qu'il a dit.

Arabella se tut. Peut-être réagissait-elle de manière excessive. Son imagination lui jouait des tours parce qu'elle détestait ne pas avoir le choix. Il était peut-être normal que ces familiarités existent dans un couple. Si elle avait étudié la mécanique de l'acte sexuel, elle ignorait tout de l'intimité ou du désir, et cette ignorance l'horripilait. Elle rageait de ne trouver aucun livre qui donne quelques lumières sur le sujet.

— Lord Sculthorpe et toi allez bien ensemble, déclara sa mère. Si tu avais ressenti un attachement pour un autre homme, c'eût peut-être été différent, mais tu t'es bornée à répéter que tu étais promise à lord Hardbury. Or votre animosité réciproque date de votre enfance et n'est un secret pour personne.

Le visage de lady Belinda s'illumina.

— Et puis, plus vite tu épouseras lord Sculthorpe, plus vite tu seras mère. Et moi, je serai une grand-mère comblée.

— Oui, mère.

Lady Belinda lui étreignit affectueusement les mains et alla retrouver ses amis. Arabella se dirigea vers le palais, à la recherche elle aussi de son amie. Avant cela, cependant, elle retira de son bras le serpent d'argent et l'offrit aux danseuses funambules.

Freddie et miss Treadgold ne semblèrent pas remarquer que Guy s'approchait de la fontaine. Miss Treadgold parlait – toute seule apparemment, car Freddie regardait dans le vide. L'expression de son visage rassura Guy : c'était bien celle de sa Freddie, l'enfant rêveuse et singulière qui n'écoutait pas et passait son temps à vagabonder. Parfois elle oubliait de rentrer à la maison, et il fallait partir à sa recherche. Un jour, on l'avait trouvée perchée en haut d'un arbre, et Guy avait dû déployer toute son ingéniosité pour la faire descendre. Lorsqu'il lui avait demandé comment elle était montée là-haut, elle avait répondu qu'elle n'en savait rien.

Un flot de tendresse lui dilata le cœur. Elle était à présent une jeune femme, une étrangère en quelque sorte, pourtant elle était toujours, indéniablement, sa petite sœur. Affranchis de la tyrannie paternelle, ils formeraient enfin une vraie famille.

Ce fut miss Treadgold qui le vit la première. Ses grands yeux bruns s'arrondirent dans son joli minois en forme de cœur, et elle resta bouche bée. Quand Guy la salua, elle sauta sur ses pieds et fit la courbette, les joues roses.

Guy se tourna vers sa sœur.

— Freddie...

Pas de réponse. Il répéta son nom, d'une voix plus forte, ouvrant les bras, s'attendant à ce qu'elle s'y jette en riant.

— Freddie ?

— Oui, fit-elle avec un vague sourire. Oh, bonsoir, Guy, ajouta-t-elle, avant de se réfugier de nouveau dans ses pensées.

Guy baissa les bras. Bon, très bien, elle ne l'embrasserait pas.

— Nous sommes honorées que vous vous joigniez à nous, lord Hardbury, déclara miss Treadgold.

Lady Frederica était tellement impatiente de vous revoir.

— Son enthousiasme est effectivement... frappant, rétorqua-t-il, pince-sans-rire.

— Elle a tendance à rêvasser, et nous... Oh, mais nous n'avons pas été présentés !

Elle pressa une main sur sa bouche, mortifiée.

— Tant pis, faisons semblant de l'avoir été, lui chuchota-t-il d'un ton de conspirateur.

— Tout de même ! Que devez-vous penser de moi ?

— Je pense, chère mademoiselle, que votre défunte tante avait épousé mon père, et que nous pouvons donc nous passer de présentations officielles.

Elle était vraiment charmante. Mais peut-être était-il sensible à sa douceur et à son charme parce qu'il sortait d'une discussion avec l'implacable Arabella. Force lui était de reconnaître que cette dernière avait raison : miss Treadgold correspondait à son idéal d'épouse.

— Lady Frederica et vous avez tant de choses à vous dire, reprit-elle, battant de ses longs cils. Je vous laisse.

Une deuxième courbette, et miss Treadgold s'éloigna. Guy pivota pour la suivre des yeux mais il avisa, dans la foule, Arabella qui parlait avec... fichtre, n'était-ce pas Sculthorpe ?

Il se retourna vers Freddie qui contemplait un couple d'acrobates.

— Alors maintenant, tu préfères qu'on t'appelle Frederica ?

— Lady Treadgold préfère m'appeler *lady* Frederica, répondit-elle d'un air absent. D'après elle, Freddie est un prénom masculin qui ne convient pas à une dame.

— Tu peux choisir le nom qui te plaît. Tu n'es pas obligée de leur obéir.

Freddie garda le silence. Une étrangère indifférente. Sans doute aurait-il pu agir autrement, cependant à l'époque, quand il était un jeune homme de vingt ans révolté et perdu, quitter l'Angleterre lui avait paru la seule solution.

Il s'assit à côté de sa sœur sur la margelle de la fontaine. De fines gouttelettes d'eau lui rafraîchirent le cou et les bras, et il arrangea machinalement les plis de sa tunique sur ses genoux. Il observait les invités, repérait çà et là des figures familières, se remémorait le nom de ces personnes.

Chaque heure qui s'écoulait en Angleterre effaçait un peu plus ses années d'exil et le souvenir de ses aventures. Pourtant il les avait appréciées, il avait savouré une liberté qu'il ne connaissait pas ici. Depuis son retour à Londres, il avait usé ses bottes à force de sillonner la ville à pied. Il avait beau se plaindre d'avoir dû pourchasser sir Walter d'une résidence à l'autre, il avait aimé chevaucher à travers la campagne, s'arrêter dans une auberge pour déguster une tourte arrosée d'une bonne pinte de bière et discuter des récoltes avec les clients.

C'était bon de se retrouver chez soi.

Une sourde angoisse le tenaillait cependant, à cause de ses trop grandes demeures que hantait l'ombre de son père, et de la conscience du vide de son existence.

— Comment vas-tu ? demanda-t-il à Freddie. Qu'es-tu devenue pendant mon absence ?

Sa sœur fronça ses épais sourcils.

— Veux-tu que je résume huit années en un mot, ou ai-je droit à une phrase entière ?

— Touché.

Il était face à une charade inédite : converser avec sa sœur devenue une inconnue renfrognée.

— Sir Walter et lady Treadgold vous traitent correctement, Ursula et toi ?

— Ils disent qu'à présent, nous sommes une famille.

— Comment est Ursula ?

— Elle n'a que deux ans.

— Et notre belle-mère, la mère d'Ursula, comment était-elle ?

Freddie haussa les épaules, les yeux toujours rivés sur les acrobates qui, la femme juchée sur les épaules de l'homme, exécutaient leur numéro.

— Elle s'ennuyait. Elle passait son temps à se pomponner, à jouer aux cartes ou à rendre visite à des gens. Je crois qu'elle est morte d'ennui. Elle trouvait la vie tellement assommante qu'elle ne s'est pas donné la peine de survivre.

— Tu as des amis ?

— J'en ai une foultitude.

— Vraiment ?

— Oh oui… Grâce à l'argent que m'a légué notre père et à ton retour qui fait de moi la sœur du célibataire le plus convoité d'Angleterre, je suis devenue la demoiselle la plus recherchée du pays.

Elle se redressa.

— Je vais demander à ces acrobates comment ils s'y prennent pour exécuter ce numéro.

Guy lui saisit la main.

— Assieds-toi.

Elle se rassit, docile. Il la lâcha et se mit à tambouriner des doigts sur la pierre fraîche de la margelle. Freddie observait la foule comme s'il n'était pas là, comme si huit années d'absence avaient fait de lui un fantôme sans intérêt particulier.

— J'ai l'intention de devenir ton tuteur et celui d'Ursula, poursuivit-il. Il n'est pas juste que père ait désigné sir Walter. Je me marierai le plus rapidement possible, pour nous bâtir un vrai foyer.

Elle ne réagit pas.

— Freddie ? Tu m'écoutes ?

— Pas vraiment. Tu as dit quelque chose d'intéressant ?

— J'ai dit que j'espérais me marier bientôt.

— J'aime bien miss Larke. Elle ne se contente pas de répéter les âneries que les gens débitent. Et les messieurs redoutent ses commentaires.

Ce n'était pas le cas de Guy. Lui ne supportait pas qu'elle s'évertue à le faire plier. Il avait suffisamment subi l'autorité de son père, cet être dénué de scrupules.

— Je ne me marierai pas avec miss Larke. C'est notre père qui l'avait choisie pour moi. Je choisirai mon épouse moi-même. Et tu pourras, toi aussi, choisir ton mari.

— Merci.

La politesse de sa sœur irrita Guy. Elle préférait tout de même vivre avec lui qu'avec les Treadgold, non ?

— Seulement voilà... Tu m'écoutes, Freddie ?

— Oui, Guy.

— Pour obtenir la garde d'Ursula et toi, je dois prouver que sir Walter gère mal votre capital. Par exemple qu'il détourne de l'argent. As-tu remarqué quoi que ce soit qui pourrait m'aider ? Un détail qui te paraît suspect, par rapport à son comportement ou ses dépenses.

Pas de réaction.

— Freddie ?

— Je ne sais pas.

— Quoi donc ?

— Je ne sais pas ce que tu as dit, répondit-elle avec un sourire rêveur. Je n'écoutais pas.

— Je parle de ton avenir.

— Tout le monde parle sans cesse de mon avenir. Je vivrai chez sir Walter, ou chez toi, ou chez mon futur mari dont je ne connais pas le visage. Installez-moi où bon vous semble, je serai une gentille marionnette. Comment cet acrobate fait-il ça ? Je vais lui poser la question.

Cette fois, Guy la laissa s'éloigner. Il aurait dû prévoir sa réaction. Quand il serait son tuteur, ils pourraient repartir du bon pied.

Autrement dit, il devait négocier avec sir Walter.

Quand il se leva, les regards se tournèrent vers lui. Plusieurs personnes traînaient alentour, dans l'espoir de lui parler. Il était reconnaissant au prince régent qui donnait cette fête en son honneur, et lui offrait la possibilité de renouer avec d'anciennes connaissances, mais dans l'immédiat il devait dénicher sir Walter. Il fouilla la foule du regard et réalisa soudain que, lorsqu'il ne voyait pas Arabella, il la cherchait instinctivement.

Guy se frotta les yeux et scruta le ciel. Pas d'étoiles : les immuables fumées de Londres les masquaient. Au cours de ses voyages, il s'était pris de passion pour les étoiles. Il envisageait même de se payer un télescope et d'étudier l'astronomie. Ce serait une brique supplémentaire pour reconstruire l'édifice de sa vie.

À cet instant, une voix joyeuse le tira de ses réflexions :

— Mon cher lord Hardbury ! Je suis ravi de vous voir de retour !

Encore un soi-disant ami, songea Guy. Celui-ci était un quinquagénaire de taille moyenne, couronné d'une tonsure, pourvu d'un bouc bien taillé et d'un large sourire qui révélait une dent en or.

— Nous avons beaucoup de choses à nous raconter, ajouta gaiement le nouveau venu.

— Sir Walter Treadgold ? s'enquit Guy, frappé d'une illumination. Je vous cherchais justement.

— Je suis à votre disposition, lord Hardbury.

— Si seulement vous disiez vrai, cher monsieur ! rétorqua Guy en riant. Vous auriez peut-être pris la peine de répondre à mes lettres. Entre-temps, votre notaire vous a certainement informé que je dépose une requête pour obtenir la tutelle de mes sœurs.

Une pause.

Sir Walter se frotta les mains, hocha aimablement la tête.

— Ne gâchons pas cette magnifique soirée avec de fastidieuses questions juridiques. Je souhaite par-dessus tout que nous soyons bons amis.

— Et moi, je souhaite par-dessus tout être le tuteur de mes sœurs.

Sir Walter poussa un soupir de commisération.

— Ah, si seulement c'était aussi simple ! Un testament a force de loi. Si la cour de la chancellerie n'annule pas celui de votre père, je ne peux rien faire pour vous.

— Mais si la cour estime que vous gérez mal le capital de mes sœurs…

— Allons, voyons, monsieur le marquis ! s'exclama sir Walter. Qu'essayez-vous d'insinuer ? Votre père comptait sur moi pour gérer leur patrimoine comme il le faisait lui-même.

— C'est précisément ce qui m'inquiète, vu que mon père était un homme corrompu.

L'insulte tomba à plat. Sir Walter se gratta le menton d'un air pensif.

— À vrai dire, j'ai peut-être une solution à notre petit problème.

— C'est *notre* problème, à présent ?

— Je crois que vous avez fait la connaissance de notre Matilda ?

— Qui ? Oh… miss Treadgold.

— C'est ma nièce, la fille de mon cher frère qui nous a quittés, mais nous la considérons comme notre fille, comme d'ailleurs lady Frederica. Notre Matilda est délicieuse et remarquablement bien éduquée.

— Vraiment ?

— Elle m'assiste dans mes nombreuses œuvres de charité, et elle est infatigable.

— Vraiment ?

— Et elle joue merveilleusement du pianoforte.

— Vraiment ?

— J'ai entendu dire que vous cherchiez une épouse, enchaîna sir Walter, lui opposant une mine candide. Je me permets de vous rappeler que, dans son testament, votre père cite trois propriétés qui seront à vous si vous épousez miss Larke, et à moi si vous choisissez une autre jeune femme. Si vous épousiez notre Matilda, ces trois propriétés feraient partie de sa dot. Je pourrais aussi vous donner un coup de main pour obtenir la tutelle de vos sœurs.

— Qui feraient donc également partie de la dot de votre nièce.

Sir Walter éclata de rire, envoyant des postillons alentour.

— Vous interprétez mal mes propos, monsieur le marquis.

— Oh non, je ne crois pas. Pour un baronnet, je trouve que vous manquez de finesse.

— Il vous faudra des amis, rétorqua sir Walter, imperturbable. Je suis disposé à être votre ami. Et mon fils, Humphrey, est un jeune homme très bien. Il pourrait être comme un frère pour vous. Vous devriez le parrainer et lui ouvrir les portes de votre club.

Il y avait de quoi rire. Guy regrettait presque Arabella. Elle aussi avait toujours quelque chose à demander, mais elle ne prétextait pas l'amitié ou l'amour.

— Mon cher sir Walter, vous êtes une canaille. Vous mijotez quelque chose, et je compte bien découvrir de quoi il s'agit. Si vous voulez que nous soyons amis, permettez-moi de voir mes sœurs.

Son interlocuteur agita les mains.

— Mais que dites-vous, lord Hardbury ! Vous pouvez les voir quand vous le souhaitez. Quand vous rendrez visite à Matilda ou quand vous l'emmènerez faire une promenade et que...

— Vous êtes une fripouille. Le jeu serait sans doute amusant, malheureusement je n'ai pas envie d'y jouer.

Sur ces mots, Guy tourna les talons et s'éloigna à grands pas.

4

La parade militaire était une pure merveille. Des milliers de soldats en tunique rouge rangés en lignes et colonnes impeccables, leurs uniformes identiques jusqu'aux boutons dorés étincelants, leurs bottes luisant comme des miroirs et leurs mousquets claquant à l'unisson.

Le défilé s'étirait sur près de deux kilomètres, avait expliqué lord Sculthorpe à Arabella et à sa mère, tout en manœuvrant adroitement sa voiture à travers la foule qui se rassemblait pour voir le duc d'York passer les troupes en revue. La promesse d'une belle journée et d'un somptueux spectacle – avec fanfare militaire, charge de cavalerie et famille royale que les plus chanceux apercevaient au loin – avaient attiré des milliers de badauds. Travailleurs, banquiers ou aristocrates se mêlaient dans une joyeuse cacophonie.

Durant toute une éprouvante semaine, Arabella était allée de réceptions en réunions mondaines, où les invités la congratulaient. Félicitations, lui disait-on, comme si elle avait accompli un exploit, elle qui s'était contentée de devenir adulte et de prononcer un simple « oui ». Pour comble de malheur, lord Sculthorpe l'escortait, charmant, affable, ne manquant pas une occasion de la toucher, de lui chuchoter des mots doux avec ce regard lubrique qui la rendait malade.

Heureusement, il lui restait la capacité d'oublier sa situation désespérée en admirant le défilé militaire.

Ce fut seulement quand les soldats se figèrent d'un même mouvement qu'Arabella détourna le regard – pour croiser celui de Guy, qui l'observait d'un air à la fois amusé et perplexe.

Il était immobile, les mains nouées derrière le dos, les jambes écartées. Sa redingote bleue moulait ses larges épaules, son chapeau était légèrement incliné en arrière. Une posture nonchalante qui ne dissimulait pas l'extraordinaire vitalité qui émanait de lui.

Un lent sourire étira ses lèvres. Arabella lui décocha ce regard réfrigérant qui incitait les autres hommes à fuir. Mais que fit Guy ? Il s'approcha tranquillement.

Le soleil soulignait les ridules qui étoilaient le coin de ses yeux, d'un vert lumineux. On devinait chez lui une dureté que démentaient ses sourires désinvoltes : un homme prêt à relever tous les défis.

— Les parades militaires te plaisent, constata-t-il. Tu as un air littéralement extatique.

Parce que c'était Guy et qu'elle se fichait de son opinion, elle répondit sincèrement :

— Je les trouve apaisantes.

Il émit un petit rire qui la fit frissonner.

— Il n'y a que toi pour juger apaisante la présence de dix mille hommes en armes.

Sans cesser de sourire, il la détailla de pied en cap. Pour l'occasion, elle avait choisi une élégante tenue bleue de style militaire, agrémentée d'épaulettes, de galons et de brandebourgs, que parachevait un chapeau à calotte basse assez semblable à un shako de hussard. L'aigrette qui le surmontait était superflue, bien sûr, mais elle faisait forte impression – dans l'univers d'Arabella, c'était essentiel.

— Je dois reconnaître que le style militaire te va bien. Je me demande pourquoi on ne t'a pas promue au rang de commandante en chef.

— Je me pose aussi la question. J'adorerais avoir tous ces soldats sous mes ordres, marchant du même pas.

Elle fit passer son ombrelle de son épaule droite à son épaule gauche.

— Tu serais aimable de soumettre cette idée au duc d'York, quand tu le verras tout à l'heure. Je serais heureuse de le remplacer.

— Ton fiancé pourrait peut-être s'en charger, puisqu'il est un héros de guerre.

La peste soit de Guy Roth.

— Tu sembles bien amer, mon cher. Tu n'es tout de même pas jaloux de lord Sculthorpe, qui s'est rendu utile pendant que tu étais parti bouder à l'autre bout du monde à cause de ton amour perdu ?

Guy se borna à hocher la tête. Il ne se vexait pas facilement, c'était agaçant.

— D'un côté, je trouve que Sculthorpe et toi êtes bien assortis. Mais d'un autre côté, comme les prétendants doivent se bousculer pour t'épouser, je ne comprends pas pourquoi tu irais choisir un homme comme ça.

Comme quoi ? À quoi pense-t-il quand il m'appelle « sa vierge » ? Pourquoi est-ce que ça me dégoûte tellement ? Que va-t-il me faire ? Tu veux bien me l'expliquer ? Quelqu'un aura-t-il enfin la bonté de me l'expliquer ?

Mais elle ne pouvait dire des choses pareilles. Il n'était pas question de montrer sa peur, surtout à Guy.

La colère la submergea soudain. Elle crispa les doigts sur le manche de son ombrelle, luttant contre une furieuse envie de frapper Guy, d'arracher ses yeux rieurs, parce qu'elle avait tenté de lui demander de l'aide et qu'il avait refusé d'entendre, et parce qu'elle n'avait aucun droit de lui en vouloir puisqu'il ne lui devait rien. Si elle était forcée d'épouser Sculthorpe, il n'en était pas responsable. Cependant il avait tort d'être si sûr de lui, si content de lui... et si attirant.

Il ne parut pas remarquer sa fureur. Évidemment, elle s'entraînait depuis toujours à cacher ses pensées et à étouffer ses émotions. Les émotions ne servaient à rien.

Guy non plus, à vrai dire.

— Allons donc, lord Sculthorpe est adorable, ironisa-t-elle. Il me fait penser à un chien de manchon : j'ai bien envie de lui apprendre des tours.

— S'il existe une femme capable de faire sauter un homme à travers des cerceaux de feu, c'est bien toi.

— Merci.

— Ce n'était pas un compliment.

— Hmm.

Une salve de coups de feu les interrompit, et Arabella reporta son attention sur les militaires. Guy s'attardait. C'était bizarre.

— Si tu avais toutes ces armes à ta disposition, qu'en ferais-tu ? interrogea-t-il.

— Tu serais le premier que j'attacherais au poteau d'exécution, répondit-elle par réflexe.

Ce n'était pas vrai. Elle exécuterait d'abord Sculthorpe, puis Guy. Ou bien elle les mettrait tous les deux face au peloton d'exécution, pour ne pas gaspiller de balles.

— Attention, rétorqua Guy, jovial. Il ne faudrait pas que ton fiancé te surprenne en train de flirter avec moi.

Elle écarquilla les yeux.

— Flirter ? J'ai menacé de t'abattre.

— Ce qui, venant de toi, est synonyme de conter fleurette. Je suis vraiment flatté.

— Tu es franchement agaçant. Tu ne m'as adressé la parole que pour me provoquer ?

— C'est à peu près ça.

Plissant les paupières, il l'étudia d'un air songeur.

— Mais pourquoi Sculthorpe ? Note que j'admire ton efficacité : je n'avais pas plus tôt refusé ta main que tu prenais ce type au collet. Ne pouvant être marquise, tu t'es résignée à être baronne. Il est conscient d'être un second choix ?

En réalité, Sculthorpe ne figurait même pas sur sa liste de choix possibles. Si seulement Guy l'avait laissée dire ce qu'elle avait à lui dire, elle aurait pu gagner du temps jusqu'au retour de Hadrian Bell. C'était trop tard, à présent.

— Tu fais erreur, articula-t-elle, dédaigneuse, en se détournant pour observer la foule. Je me suis simplement exercée sur toi, pour être sûre de bien faire les choses quand elles auraient de l'importance.

Elle repéra soudain un spectaculaire chapeau vert émeraude, sur la tête d'une femme qui voulait être vue. Clare Ivory en l'occurrence, célèbre pour sa beauté, son esprit et avec une réputation autrefois honorable. C'était elle que Guy Roth avait voulu épouser, jusqu'à ce qu'elle gâche tout à cause d'une aventure avec lord Sculthorpe et devienne une courtisane.

Guy était si près d'elle qu'Arabella le sentit se raidir.

— Il fallait bien que je la rencontre tôt ou tard, marmonna-t-il.

— La femme qui t'a brisé le cœur et poussé à prendre la fuite. Tu n'as jamais pensé que quitter le pays pendant huit ans était un brin excessif ? En principe, pour guérir d'un chagrin d'amour, un jeune homme abuse de poésie et d'alcool.

— Je n'étais pas doué pour ça.

— Pour te soûler, ou pour composer des poèmes affligeants ?

— Les deux, soupira-t-il. Je faisais un jeune homme tourmenté absolument lamentable. J'aurais pourtant aimé être blême et lugubre. J'ai même envisagé de sombrer dans la débauche.

Il lui lança un coup d'œil oblique.

— Les femmes m'auraient évidemment trouvé irrésistible.

— Évidemment. Les pauvres chéries n'auraient pas résisté à l'attrait de ton âme torturée.

— Je leur aurais bien sûr brisé le cœur.

— Et elles t'auraient encore plus adoré.

— Hélas, c'est ma faiblesse : je raffole du soleil, de la compagnie et de l'exercice physique. De plus, il y a en ce monde tant de choses passionnantes à découvrir, de gens à rencontrer, que j'oubliais sans cesse mon désespoir.

Sans doute disait-il une partie de la vérité pour dissimuler ses véritables sentiments, mais Arabella ne fit pas de commentaire. Cette conversation était étonnamment agréable.

— Freddie est encore là ? hasarda-t-elle.

— Je ne sais pas. Sir Walter ne se lasse pas de ce jeu de cache-cache.

Arabella sentit un frisson courir le long de son dos.

— Ce n'est pas un jeu, Guy. Tu dois t'occuper de Freddie. Je pourrais peut-être les trouver, mais...

— Alors maintenant, tu fais partie de la police ?

— Sir Walter n'est pas un honnête homme, il...

— Il escroque mes sœurs ? Je suis au courant, Arabella.

La désinvolture de Guy s'était évanouie, cédant la place à une amère gravité.

— J'ai chargé quelques hommes d'enquêter là-dessus. Sir Walter le sait, voilà pourquoi il disparaît. Il s'amuse, le bougre, mais j'en viendrai à bout sans que tu t'en mêles.

— Si cela ne concernait que toi, je te laisserais volontiers plastronner. Malheureusement, c'est Freddie qui paiera les pots cassés.

— Tu ne sais pas tout, Arabella.

— Toi non plus.

Ils étaient maintenant face à face, si près l'un de l'autre que l'ombrelle dissimulait leurs deux visages. Si seulement Arabella avait pu le secouer pour le forcer à écouter. Car, si elle n'avait pas réussi à se sauver, elle pouvait encore protéger Freddie.

Elle n'avait cependant que des soupçons sur les projets que nourrissait sir Walter à l'égard de Freddie. Il fallait mener l'enquête et trouver des preuves. Elle pourrait persuader sa mère d'inviter les Treadgold à Vindale Court. Sir Walter s'y croirait en sécurité, parce que le père d'Arabella s'abstiendrait désormais d'inviter Guy. Elle aurait ainsi le loisir de...

Un rire l'arracha à ses pensées. Surprise, elle s'aperçut que Guy s'était reculé pour mieux l'étudier.

— Qu'y a-t-il de si drôle ? lança-t-elle sèchement.

— Il y a des milliers de personnes autour de nous, une armée et une fanfare militaire, pourtant j'entends tourner les rouages de ta cervelle. Qu'est-ce que tu mijotes ? Je me souviens que tu avais l'habitude de...

Il s'interrompit soudain, sa gaieté envolée, les yeux rivés sur un point derrière Arabella. Elle n'eut pas besoin de se retourner pour deviner ce qui se passait. Elle se raidit, bandant sa volonté, et réussit à ne pas sursauter lorsque lord Sculthorpe lui prit le bras.

Guy regardait cette large main gantée sur la manche de la veste bleue d'Arabella. Celle-ci se ressaisit et glissa sa main sous le bras de son fiancé. Peut-être qu'après le mariage, elle n'éprouverait plus cette répulsion qui lui donnait la chair de poule.

— Vous étiez là, très chère, articula Sculthorpe, les yeux rivés sur Guy. Bonjour, Hardbury.

Sans un mot, Guy pivota et s'éloigna.

Sculthorpe ricana.

— Sa Seigneurie m'a complètement ignoré... Oh, regardez ça : il bave encore d'envie devant cette catin.

Arabella ne répondit pas. Les idioties de Sculthorpe la laissaient de marbre. Elle était infiniment plus intéressée par la rencontre entre Guy et miss Ivory : ils s'étaient figés, tels deux matous prêts à en découdre. Puis miss Ivory fit volte-face dans un tourbillon de jupons vert émeraude, tandis que Guy s'enfuyait dans la direction opposée.

Ils dansaient un sacré cotillon, tous les quatre : Guy, fiancé à Arabella dès l'enfance, s'était débarrassé d'elle pour épouser Clare Ivory qui l'avait laissé tomber pour Sculthorpe, lequel l'avait abandonnée et allait maintenant épouser Arabella. Là-dessus, miss Ivory était devenue une cocotte, Sculthorpe était parti faire la guerre, Guy le tour du monde, tandis qu'Arabella restait chez elle. C'était presque une comptine.

— Oh… je vous ai choquée, miss Larke.

Ah bon, je suis choquée ? Dites-moi donc ce que je ressens, puisque vous paraissez le savoir.

Elle saisit le verre de citronnade qu'il lui offrait, but une gorgée. Le breuvage était tiède et n'avait même pas goût de citron, mais le siroter l'empêchait de dire ce qu'elle pensait. C'était peut-être pour cela qu'elle aimait bien bavarder avec Guy : comme elle se moquait éperdument de son opinion, elle pouvait dire ce qui lui plaisait.

— Il faut m'excuser, poursuivit Sculthorpe. Quand je suis en compagnie d'une dame, mon langage n'est pas toujours convenable. Vous allez épouser un militaire qui ne mâche pas ses mots, je le crains. J'appelle un chat un chat. Et une catin une catin.

Et une vierge une vierge.

— Mais vous êtes une femme réaliste, reprit-il, et je suis heureux de pouvoir parler sans circonlocutions avec vous. Voilà pourquoi nous nous entendons si bien.

Comme il la dévisageait d'un air interrogateur, elle le gratifia d'un petit hochement de tête qui parut le satisfaire.

— J'espère que vous ne vous laissez pas submerger par les préparatifs du mariage. Vous devez prendre soin de vous, jusqu'à ce que je puisse le faire.

— Le mariage n'aura lieu qu'au printemps. Nous avons largement le temps de tout organiser.

— Votre père ne vous a pas prévenue que notre programme est modifié ? Je vous accompagnerai à Vindale Court, où vos parents donneront un bal pour nos fiançailles. Les bans seront publiés au cours des semaines suivantes, et nous serons mariés peu après la Saint-Michel.

Arabella pensa aussitôt à l'oie farcie qu'on faisait rôtir pour la Saint-Michel dans tous les familles anglaises qui en avaient les moyens, et qui précédait une tarte aux mûres. Elle aimait particulièrement le mois de septembre, quand les feuilles des arbres se teintaient d'orangé sous le ciel bleu, et qu'on allait cueillir les mûres et ramasser les noisettes, en prévision de la Saint-Michel. Elle aidait sa mère qui donnait toujours une fête pour les métayers et les villageois, avant le début de l'hiver. Réussiraient-elles, cette année, à organiser en même temps cette fête et un mariage ?

— Je pensais que nous étions d'accord pour nous marier au printemps prochain, ici à Londres, durant la saison mondaine, objecta-t-elle.

— J'ai changé d'avis.

Il se pencha vers elle. Le soleil fit étinceler les médailles militaires accrochées sur sa poitrine.

— J'ai hâte de commencer notre vie de couple. Ma patience s'amenuise chaque fois que je vous regarde.

Eh bien, faites-nous une faveur et cessez de me regarder.

Elle aussi méritait une médaille, à force de tenir sa langue. Devrait-elle continuer ainsi jusqu'à la fin de ses jours ?

— Puis-je être franche avec vous, monsieur ?

— J'espère que vous le serez, ma petite vierge farouche et incisive, chuchota-t-il d'un ton suggestif.

Arabella se raidit pour réprimer un haut-le-corps.

— Je trouve que vous utilisez beaucoup ce mot, « vierge », articula-t-elle.

Elle le vit tiquer.

— Mais c'est la vérité, fit-il remarquer.

— Bien sûr. Je suis simplement surprise que vous vous réjouissiez autant à l'avance de ce que vous exécuterez en moins de temps qu'il ne vous en faut pour fumer un cigare.

Il se rapprocha, à tel point qu'elle sentit sur sa joue son haleine chargée de tabac.

— Se réjouir à l'avance, c'est tout le plaisir. Vous le ressentez aussi, n'est-ce pas, ma petite Arabella ?

Figée, celle-ci s'obligea à le regarder et, d'une voix cajoleuse qui sonna atrocement faux à son oreille :

— Si je peux me permettre, monsieur, je ne vous appartiens pas.

Avec la rapidité fulgurante de la vipère qui attaque, il referma les doigts sur le manche de l'ombrelle. Son regard était dur, sa mâchoire crispée. Arabella eut l'impression de recevoir une décharge électrique dans la poitrine.

Cela ne dura qu'une fraction de seconde. Sculthorpe était de nouveau tout sourire. Il fit glisser ses doigts le long du manche, jusqu'à la main d'Arabella qu'il étreignit brièvement.

— Je vois que vous aimez jouer, ma chère, gronda-t-il gentiment. Mais je sens vos petits frissons de plaisir quand je parle de ce qui nous attend. N'ayez pas honte : je suis votre futur mari, et votre excitation me ravit.

Il laissa retomber sa main.

— Et vous avez raison, bien sûr : vous ne m'appartenez pas encore, mais vous serez bientôt mienne. Le soir de nos noces, je vous posséderai tout entière, après quoi vous serez à moi et à personne d'autre. Oh... je vois qu'à cette idée, le souffle vous manque.

Pour une fois, Sculthorpe avait bien compris : Arabella étouffait. Elle détourna le regard vers les rangées impeccables, consolantes, de soldats.

— Et après ? s'enquit-elle d'une voix rauque.

— Après quoi ?

— Notre lune de miel. Après que vous m'aurez...

Les soldats marchaient, défilaient. Puis, sur un signal invisible, ils s'arrêtèrent.

— ... après que vous m'aurez... possédée tout entière.

Il extirpa de sa redingote son étui à cigares en argent, et fit signe à un jeune laquais qui tenait une lanterne de lui apporter du feu.

— Après cela, vous serez la mère de mes enfants, répondit-il tranquillement. Quand nos fils seront nés et que le cadet sera désigné héritier du domaine de votre père, vous pourrez vivre là-bas avec lui, en toute indépendance. Je peux inscrire cette clause dans le contrat de mariage, si vous le souhaitez.

Ils se marieraient bientôt et envisageaient déjà de vivre séparément. La proposition n'était pas si terrible. Par ce mariage, Arabella s'assurait l'objet de ses rêves : Vindale Court, son foyer. Une épouse n'avait pas le droit d'interdire sa couche à son mari, s'il tenait à accomplir le devoir conjugal, cependant elle n'aurait plus à le supporter dès qu'elle aurait mis deux garçons au monde. Ensuite, elle serait libre.

— Vous êtes contente, dit-il.

— Je suis folle de joie. Je... J'ai besoin d'air, ajouta-t-elle bêtement, vu qu'ils étaient en plein air.

— Je comprends, murmura-t-il d'une voix onctueuse. Nous nous comprenons si bien, tous les deux. À l'instant où j'ai posé les yeux sur vous, j'ai su que vous seriez parfaite pour moi.

— Je... J'en suis honorée, monsieur, bredouilla-t-elle, et elle lui fourra son verre dans les mains.

Elle s'éloigna à toute allure, se frayant aveuglément un chemin dans la foule. Elle avait franchi les limites de la bienséance en parlant aussi franchement à Sculthorpe. Mais elle avait besoin de savoir, et maintenant qu'il avait répondu, elle se sentait encore plus désemparée. Peut-être les hommes avaient-ils tous les mêmes pensées lubriques, mais ils les dissimulaient sous de bonnes manières et de la mauvaise poésie. Peut-être Sculthorpe avait-il ôté le masque parce qu'ils étaient fiancés.

Elle aurait pu marcher sans but pendant des heures, mais un chapeau vert attira une fois de plus son attention.

Clare Ivory était seule, elle aussi, et se dirigeait vers un bosquet. Sans même savoir ce qu'elle avait en tête, Arabella la suivit.

Elle atteignait les arbres lorsque Clare Ivory pivota.

Sous le chapeau, son visage pâle formait un ovale parfait. Elle avait une bouche rose et pulpeuse, de grands yeux gris pailletés de bleu, les cheveux si blonds qu'ils étaient presque blancs. On disait de Clare Ivory qu'elle avait un visage d'ange.

— Est-ce que vous me suivez, miss Larke ? Je m'étonne qu'une demoiselle aussi distinguée connaisse mon existence.

Arabella ferma son ombrelle. Il ne fallait pas qu'on la surprenne en compagnie de miss Ivory.

Heureusement les arbres les cachaient, et il n'y avait alentour que des gamins qui jouaient aux dés.

— Nous avons beaucoup de points communs, rétorqua-t-elle. Nous étions toutes les deux censées nous fiancer avec Guy Roth, et lord Sculthorpe fut votre premier amant, ce qu'il sera bientôt pour moi.

Les yeux de Clare Ivory s'arrondirent.

— Vous manquez singulièrement de délicatesse, et vous vous souciez bien peu de votre réputation. Que penserait le monde si l'on vous voyait avec moi ?

— On pourrait brosser de nous deux un magnifique portrait, dont le titre s'impose.

— « La Vierge et la Putain ».

Pour une jeune femme dotée d'un visage d'ange, miss Ivory s'exprimait sur un ton vif et sarcastique.

— Vous vous trouvez audacieuse ? ajouta-t-elle.

— Curieuse, plutôt.

Même si la peur, la colère et le désespoir donnaient sans doute de l'audace, songea Arabella.

— Vous auriez pu épouser Guy, dit-elle.

— Mais je n'en avais pas envie, rétorqua Clare Ivory, pointant le menton d'un air de défi. Vous m'avez suivie jusqu'ici pour me parler de Guy ?

— Guy ne m'intéresse pas, répondit Arabella qui jouait distraitement avec les franges de son ombrelle. Je cherche des renseignements sur lord Sculthorpe.

— Seigneur Dieu ! Les choses que je pourrais vous révéler ne sont pas de celles qu'une lady doit savoir au sujet de son mari.

— Permettez-moi de vous contredire. Une lady doit en savoir le plus possible sur tout ce qui la concerne. Je veux comprendre ses inclinations, ses... goûts.

Son interlocutrice tourna la tête, pas assez vite cependant pour cacher un sourire narquois.

— Je vous amuse, miss Ivory ? lança sèchement Arabella.

— J'ai l'impression que ce genre de conversation ne vous est pas familier, miss Larke. Vous trouvez cela agréable ?

— Je trouve cela affreusement pénible. Et vous ?

— Pareil.

— Alors finissons-en vite.

— La prière de toutes les filles de joie, ironisa Clare Ivory.

— Et de toutes les épouses ?

Cette réplique fit rire Clare Ivory. Toutes deux se regardèrent avec une étrange sensation de connivence.

— Faut-il avoir peur de lord Sculthorpe ? demanda Arabella.

— Il n'est pas réputé pour être cruel.

— Mais est-il réputé pour fréquenter les bordels, à la recherche de vierges ? hasarda Arabella.

— Vous en savez plus que vous ne le devriez. Ce savoir-là est dangereux pour une jeune femme comme vous.

Arabella balaya l'argument d'une main impatiente. Pourquoi les gens répétaient-ils qu'il était dangereux pour les femmes de connaître certaines choses ? L'ignorance était sans doute infiniment plus dangereuse.

— Je suppose qu'une vierge est un mets délicat, poursuivit-elle. Se les procure-t-on facilement ? Ou sont-elles simplement très jeunes ?

— Le baron préfère que ses femmes soient adultes et consentantes – mettons ça à son actif. Elles ne sont pas bon marché, mais il paie sans barguigner.

Arabella détourna la tête, scrutant le bosquet. Elle ne devait pas rester là, au risque de se compromettre, mais elle avait besoin de savoir.

— Que cherche un homme qui préfère les vierges ?

— L'ivresse de la possession, je suppose. Planter son drapeau sur le territoire qu'il est le premier à explorer. Penser qu'une part de la créature conquise lui appartiendra toujours. Plus il déflore de vierges, plus il possède de femmes.

— Un beau tableau de chasse à la grouse.

— En quelque sorte.

— Il a besoin de l'emporter sur les autres hommes, poursuivit Arabella qui réfléchissait à voix haute. Il ne s'agit pas de son plaisir, ni même de la femme qu'il convoite.

— Ce qui est amusant, c'est que ces hommes-là ne peuvent pas dire à coup sûr si une femme est vierge ou non. Ils s'en croient cependant capables, et refusent d'écouter les sages-femmes, les guérisseuses et les courtisanes qui affirment le contraire.

Un frisson d'excitation parcourut l'échine d'Arabella.

— Vraiment ? On m'a toujours fait croire qu'il y avait une preuve physique de la vertu féminine.

Clare Ivory secoua la tête d'un air entendu.

— Je le croyais, moi aussi. Jusqu'à ce que... Passons.

— Une femme maligne pourrait donc vendre plusieurs fois sa virginité.

— Une bonne affaire pour elle, quoique de courte durée. Un homme s'attend à ce qu'il y ait du sang sur les draps et une barrière à forcer. Il existe des ruses pour le sang, et le reste est du théâtre.

Clare Ivory émit un petit rire.

— D'un certain côté, une prostituée expérimentée fait une vierge plus convaincante qu'une fille réellement innocente.

À cet instant, une nouvelle salve de coups de feu retentit. Arabella ne s'était que trop attardée. Elle rouvrit son ombrelle avec une maladresse inhabituelle.

— Merci, miss Ivory. Votre savoir et votre expérience me sont précieux.

Elle tenait là un article qu'elle commanderait volontiers à des auteurs féminins, si elle parvenait à le publier discrètement. Elle n'aurait qu'à le glisser au milieu de textes frivoles n'intéressant que les femmes, et que les hommes n'auraient pas l'idée de lire.

— Un baron n'est pas aussi prestigieux qu'un marquis, reprit son interlocutrice en lui décochant un regard pénétrant, mais après votre mariage vous exercerez une influence considérable. Votre réputation vous précède, comme on dit.

Il y avait dans ces mots une invitation à laquelle Arabella s'empressa de répondre.

— J'apprécierais que nous fassions plus ample connaissance, en toute discrétion.

— Moi aussi.

Clare Ivory tendit une main gantée de dentelle. Arabella la serra sans hésitation.

— Ce fut un plaisir, miss Ivory.

— Un plaisir réciproque. Je vous ai observée au fil des années, et je me suis toujours demandé pourquoi Guy refusait de vous épouser.

— Nous ne nous sommes jamais bien entendus, même si nous étions promis l'un à l'autre depuis l'enfance.

— Peut-être est-ce pour cette raison que vous ne vous entendiez pas.

— Peut-être, en effet.

L'esprit en ébullition, Arabella s'éloigna et se mêla de nouveau à la foule pour rejoindre sa mère et Sculthorpe.

Épouserait-elle Sculthorpe ? Cela ne faisait malheureusement aucun doute. Cette idée lui soulevait le cœur, mais pour une jeune femme de son rang, un mari répulsif n'était guère qu'un désagrément de l'existence, au même titre que la menstruation, le poisson bouilli et l'ongle du petit orteil qui accrochait invariablement les bas. À l'instar de sa mère, de sa grand-mère et de ses tantes, elle était née pour la richesse et les privilèges – c'était le prix à payer.

Et si elle refusait ? Elle perdrait tout, et à quoi servirait-elle alors ? En tant que baronne, elle aurait le pouvoir d'aider les autres. Renoncer à cela sous prétexte qu'elle n'aimait pas la façon qu'il avait de la regarder serait stupide.

Elle devait se marier avec Sculthorpe. Elle devait devenir sa femme, sa propriété, ce qui ne l'obligerait pas à lui appartenir corps et âme. Elle n'était pas forcée de garder sa virginité pour lui.

Arabella s'arrêta si brusquement qu'un badaud la bouscula et la gratifia d'une bordée d'injures puis, quand elle le toisa, se confondit en excuses. Mais elle ne l'entendit même pas.

Cette idée était choquante. Impensable. Pourtant elle y avait pensé. Et tandis qu'elle restait immobile au milieu de la foule et des soldats défilant dans un ordre parfait, cette idée se raffermit en elle, aussi rassurante et protectrice qu'un bouclier.

La loi décrétait qu'une femme appartenait à son mari, mais Arabella avait peu de respect pour la loi puisqu'elle était édictée par les hommes. Que Sculthorpe pense ce qu'il voulait. Elle se prouverait à elle-même qu'elle ne lui appartenait pas, et plus jamais elle ne se sentirait lâche en sa présence.

Elle était soudain revigorée. Cette part d'elle, qui tremblait de peur et qu'elle ne reconnaissait pas, s'apaisa, son sentiment d'impuissance se dissipa. Elle serait baronne. Elle élèverait des fils et des filles, et les aimerait pareillement. Elle utiliserait sa position sociale pour influer sur la politique et venir en aide à ceux qui étaient dans le besoin, pendant que son époux achèterait ses putains vierges et la laisserait tranquille.

Arabella se remit en marche d'un pas léger.

Il y avait néanmoins un obstacle de taille : elle ne savait absolument pas comment perdre sa virginité. Les hommes se contentaient de flirter avec elle. Il lui suffisait de lancer un coup d'œil aux pires débauchés pour qu'ils partent au galop chercher une proie plus facile.

Existait-il en ce monde des hommes prostitués ? Clare Ivory pourrait peut-être lui en dénicher un.

Non... On ne confiait pas une tâche aussi cruciale à un inconnu.

Elle en était là de ses réflexions lorsque sa mère surgit devant elle.

— Tu as l'air bien fringante, tout à coup, s'étonna lady Belinda.

— Les parades militaires me ravigotent. Si nous invitions sir Walter et lady Treadgold, et leur famille, à Vindale Court ? Apparemment, ils ont quitté la ville, mais si quelqu'un peut leur mettre la main dessus, c'est bien vous.

Lady Belinda la dévisagea d'un air interrogateur.

— Je m'intéresse à miss Treadgold, expliqua gaiement Arabella. Et bien sûr, j'adore Freddie.

— Eh bien, pourquoi pas ?

Arabella allait poursuivre son chemin quand elle aperçut un chapeau vert émeraude qui passait à toute allure. Clare Ivory. Elle se sentit vaciller, lança un regard à sa mère qui la dévisagea en silence.

Nul ne pouvait résister au silence de lady Belinda.

— Je lui ai parlé, c'est tout.

— Sois prudente, ma chérie.

— Oui, mère.

— Fais très attention.

5

Un rendez-vous secret, c'était divertissant, songeait Guy en faisant les cent pas dans le salon de sa maison désertée, à minuit, un verre de vin à la main.

S'il avait accepté de donner ce rendez-vous à Clare Ivory, ce n'était cependant pas pour le frisson d'excitation, mais par simple curiosité. Il avait été surpris de recevoir un billet d'elle, le lendemain du défilé militaire. Elle voulait lui parler, écrivait-elle. Elle n'avait rien à lui demander et ne lui causerait pas d'ennuis. Personne ne devait être informé de leur entrevue. Il donnerait leur soirée aux domestiques, elle arriverait à minuit. Ces mystères étaient excessivement mélodramatiques, de l'avis de Guy, mais il était suffisamment intrigué et amusé pour jouer le jeu.

Il espérait aussi en apprendre davantage, car après toutes ces années, il ne comprenait toujours pas ce qui s'était passé exactement. Nul n'osait mentionner Clare Ivory devant lui.

Quel dadais il était à cette époque-là ! À l'instant où il avait vu Clare, il en était tombé follement amoureux. Avec quelle exaltation juvénile il lui déclarait sa flamme ! Et comme il était fiévreux quand, après sa dernière et terrible dispute avec son père, il avait voyagé toute la nuit pour supplier Clare de s'enfuir avec lui, tout cela pour l'entendre avouer que Sculthorpe l'avait séduite et abandonnée.

Malgré cela, il lui avait demandé sa main, et malgré cela, elle avait refusé. Il était parti sans exiger d'explication parce qu'il était jeune, fier, et qu'il craignait de fondre en larmes. Il n'aurait pas supporté que la femme qui lui brisait le cœur le voie sangloter. Au lieu de quoi, il avait provoqué Sculthorpe en duel, s'était fait rosser puis, quasiment aveugle tant ses yeux étaient tuméfiés, avait embarqué sur le premier bateau qui quittait l'Angleterre.

Lorsqu'il entendit le seul domestique qui n'était pas sorti ouvrir la porte, il posa son verre sur le secrétaire, rajusta la robe de chambre indienne en soie verte qu'il portait sur sa chemise, et s'appuya contre le mur pour attendre Clare.

On frappa un coup léger à la porte, qui s'ouvrit sans bruit. Une silhouette se faufila dans la pièce et referma doucement.

Ce n'était pas Clare. Une ample cape à capuche dissimulait les formes et le visage, mais Guy n'avait pas besoin de les voir. Clare était plus petite et plus pulpeuse, elle avait une démarche sautillante, alors que la personne qui entrait était grande et semblait glisser sur l'eau.

À l'évidence, Guy était tombé dans un piège.

Il saisit un stylet sur le secrétaire tandis que l'intruse – ou l'intrus – approchait. En un bond, il lui mit la lame sous la gorge.

— Qui êtes-vous ? Assassin ou voleur ?

— Pire.

C'était pire, en effet, constata-t-il quand elle eut baissé sa capuche.

C'était Arabella.

Impassible, elle le regardait tranquillement, comme s'ils étaient au milieu de la foule en plein jour. Comme s'il était concevable pour une femme de se rendre seule chez un homme, à minuit ou d'ailleurs à n'importe quelle heure.

— Seigneur Dieu, ironisa-t-elle. Je ne te connaissais pas ce penchant pour le théâtre.

— Que diable fais-tu ici ? J'aurais pu t'égorger.

— Ce qui aurait été gênant pour nous deux, effectivement.

Guy s'écarta. Il croyait avoir tout vu et tout vécu durant ses voyages, mais rien ne l'avait préparé à ce spectacle : Arabella chez lui au milieu de la nuit, seule, en train de retirer ses gants et sa cape. Elle portait une robe d'un gris terne qui aurait mieux convenu à une gouvernante.

— C'est encore une de tes manigances pour m'attirer dans le piège du mariage ? s'enquit-il, pointant le stylet vers la porte. Ta mère va surgir en glapissant que tu es perdue d'honneur et de réputation ?

— J'espère bien que non. Si par malheur elle arrivait, cependant, tu serais aimable de ne pas l'égorger. J'aime beaucoup ma mère.

Guy laissa échapper un rire – de consternation, sans doute. Il jeta le stylet sur le secrétaire et reprit son verre. Le vin lui ferait du bien.

— Qu'est-ce que tu as mijoté avec Clare ? J'ai reconnu son écriture. À moins que tu aies ajouté à tes autres talents celui de faussaire ?

— Pas encore, mais c'est une excellente suggestion.

Arabella traversa la pièce, telle une comédienne s'avançant vers le centre de la scène.

— J'ai demandé à miss Ivory d'écrire ce billet.

— Comment se fait-il que tu la connaisses ?

— Je connais tout le monde.

Elle se servit du vin et l'avala d'une lampée, geste fort peu féminin.

— Je suis là parce que j'ai quelque chose pour toi, annonça-t-elle.

— Tu n'as rien que je puisse vouloir.

— Si. L'occasion de te venger.

— De qui ?

— Lord Sculthorpe, évidemment.

Elle reposa le verre d'un geste brusque. Puis elle le poussa pour qu'il soit parfaitement aligné sur la carafe de vin.

— Me venger de Sculthorpe... Pour quelle raison ?

— Tu le demandes ?

— Il m'a roué de coups il y a des années, mais... c'était un militaire aguerri, et je ne savais pas me battre. C'est du passé. Je n'ai aucune envie de prendre ma revanche.

Son verre à la main, il se laissa tomber dans un fauteuil près de la cheminée.

— Je te prie de t'en aller à présent, avant que je te jette dehors.

— Tu n'es pas bon stratège, n'est-ce pas ?

Elle vint se percher sur l'accoudoir du fauteuil qui faisait face à celui de Guy.

— Tu désirais épouser Clare Ivory, et Sculthorpe l'a séduite. Maintenant Sculthorpe a l'intention de m'épouser, mais tu peux me séduire le premier.

Guy s'étouffa, cracha son vin, les yeux larmoyants, et faillit briser son verre en le posant sur un guéridon. Toujours impassible, Arabella lui tendit un mouchoir.

— Je peux... *quoi* ? croassa-t-il.

— Te venger, répéta-t-elle avec impatience. Ça ne te plairait pas ?

— Ça plairait à Sculthorpe à ma place, mais je ne suis pas Sculthorpe.

Il s'essuya les yeux et jeta le mouchoir sur le guéridon.

— Tu as perdu l'esprit ? questionna-t-il.

— Non, répondit-elle après réflexion.

— Si tu ne veux pas épouser Sculthorpe, ne le fais pas. Cette histoire ne me concerne pas.

— Oh, mais j'épouserai Sculthorpe, inutile de t'inquiéter à ce sujet. Et maintenant, si nous allions dans la chambre ? Je n'ai pas beaucoup de temps.

Elle se tenait devant lui, son expression indéchiffrable dans la lumière dorée des chandelles. Malgré sa robe grise et le simple chignon roulé sur sa nuque, elle était assez fascinante. Il ne put s'empêcher d'étudier ses formes et les ombres qui sculptaient son visage. Son corps – cet imbécile – réagissait. S'ils avaient été des étrangers… dans un autre lieu, à une autre époque…

Mais c'était Arabella, et si elle ne partait pas immédiatement, il la ferait passer par la fenêtre.

Il se leva, et il eut tort, car leurs visages se retrouvèrent à quelques centimètres l'un de l'autre. Elle bougea une main qui frôla la chemise de Guy.

Il lui saisit les doigts.

— À quoi rime cette absurdité ? murmura-t-il.

D'un seul mouvement, elle dégagea sa main, pivota et s'éloigna. Elle s'en allait, enfin ! Mais non… Comme si elle dansait seule, elle se retourna.

— Je n'ai pas eu assez d'aventures dans ma vie, déclara-t-elle d'une voix trop forte. Je me doute que Sculthorpe et toi n'êtes plus puceaux depuis belle lurette. Pourquoi ne pourrais-je pas, moi aussi, jeter ma gourme et voir le loup ?

Quel tissu de sornettes !

— Ce n'est pas tout à fait la même chose, objecta-t-il.

— Ne chicane pas. Tu comprends parfaitement ce que je veux dire.

Guy ne savait plus s'il fallait rire ou se fâcher.

— Toi et moi, nous n'avons jamais été amis, dit-il, néanmoins j'ai toujours admiré ton intelligence et ton talent. Mais avec tout le respect que je te dois, je t'assure qu'en matière de séduction, tu es lamentable.

— Voilà pourquoi je n'essaie pas de te séduire. Je te demande de me séduire, ce qui est tout à fait différent.

— J'ai la désagréable impression que tu parles sérieusement.

— Je ne risquerais pas mon avenir pour une farce.

Il s'approcha d'elle, s'efforçant de ne pas poser les yeux sur les formes déliées que dissimulait la robe grise.

— Tu penses vraiment que nous devrions nous dévêtir et feindre de nous apprécier pour coucher ensemble, avant que tu reprennes allègrement ton chemin ?

— C'est à peu près ça. Il n'est toutefois pas nécessaire d'ôter tous nos vêtements, ni de faire semblant de s'aimer bien.

— C'est grotesque. Rentre chez toi.

Elle détourna le visage, mais il vit qu'elle serrait les dents. Il étudia son profil, la colonne de son cou quand elle déglutit, ses seins qui se gonflèrent sous la robe lorsqu'elle prit une profonde inspiration.

— J'irai jusqu'au bout, murmura-t-elle sans le regarder.

Désarçonné, Guy lui effleura l'épaule et laissa retomber sa main.

— Que se passe-t-il ? Si tu as besoin d'aide...

Elle ne répondit pas. Cette histoire n'avait aucun sens. Arabella n'était pas un parangon de douceur et de docilité féminines, mais sa conduite avait toujours été irréprochable. Il pouvait comprendre qu'une jeune femme désire explorer sa sensualité. Mais *Arabella* ? Elle évitait son contact et le regardait à peine. À l'évidence, elle n'éprouvait aucun désir pour lui.

Il n'y avait qu'une explication rationnelle : c'était encore une manœuvre pour le piéger, le contraindre à l'épouser, après l'échec qu'elle avait subi lors de la fête costumée, mais elle avait une étrange façon de s'y prendre.

— Si quelqu'un apprend que tu es venue ici en pleine nuit, ta réputation sera anéantie.

— J'ai été très prudente, et tu seras discret, n'est-ce pas ?

— Naturellement, grogna-t-il. Si ça se savait, on m'abattrait d'une balle dans la nuque, ou on me mènerait à marche forcée jusqu'à l'autel. Je ne veux pas me retrouver marié avec toi.

Il s'interrompit, pensif.

— Mourir ne m'enchante pas non plus, note bien.

— Personne n'en saura rien, je te le répète.

— Pas même Sculthorpe ?

— Surtout pas lui.

— Mais pourtant il…

— Je ne suis pas là pour parler de Sculthorpe, trancha-t-elle. Bon… pourrions-nous nous dispenser de tes pudeurs de jeune fille ? Vu les efforts que déploient les hommes pour s'approprier le corps des femmes, et l'énergie avec laquelle les femmes le leur refusent, tu devrais m'être reconnaissant de te faciliter la tâche.

Elle affichait son air impérieux, mais ses yeux papillotaient. C'était un léger indice, songea-t-il.

Comment réagir ? Il n'avait qu'à la flanquer dehors. Ou s'habiller et sortir. Ou simplement l'ignorer, voire s'enfermer à double tour dans sa chambre. Elle n'avait aucun pouvoir sur lui, physiquement, financièrement ou socialement – et certainement pas sexuellement, malgré l'attrait déconcertant mais forcément passager qu'elle exerçait sur lui.

Arabella ne pouvait pas le pousser à faire ce qu'il n'avait pas envie de faire.

Il voulait qu'elle l'admette, qu'elle s'avoue vaincue et qu'elle le dise. Quel culot elle avait ! Conspirer avec Clare pour s'introduire frauduleusement chez lui !

La chasser serait facile... mais peut-être trop facile. L'obliger à renoncer, comme il l'avait fait le soir de la fête costumée, serait plus gratifiant. Or il savait comment gagner la partie : il fallait se moquer d'elle, ce qu'elle n'avait jamais supporté – c'était son talon d'Achille.

— Mazette ! Arabella Larke, si parfaite, si froide, devient une aventurière. Tu penses sans doute avoir eu une idée lumineuse, mais la réalité...

Il souffla par le nez avec une grimace de dégoût.

— Nous deux, nus comme des vers. Peau contre peau. Les jambes qui s'emmêlent. Moi qui touche des parties de ton corps dont tu ignores même le nom. Et les fluides corporels ! Beurk.

— Merci de me prévenir. On y va ?

Bizarrement, l'espace entre eux s'était rétréci, cependant la jeune femme ne cédait pas d'un pouce. Sans doute connaissait-elle l'accouplement en théorie – Arabella était une cérébrale – mais en pratique ?

— On va où ? railla-t-il. Tu n'aurais même pas le courage de m'embrasser.

Elle haussa les sourcils.

— Tu crois peut-être que c'est un jeu ?
— Maintenant, oui, c'en est un.

Guy se souvenait de l'avoir vue naguère s'exercer au tir à l'arc. Sitôt la flèche encochée, Arabella était seule au monde, chaque fibre de son corps tendue vers la cible. Bien campée sur ses jambes, elle estimait d'un coup d'œil la direction du vent, visait, décochait la flèche, mettait dans le mille et remportait tranquillement le trophée.

Guy, à présent, était la cible.

Elle n'hésita qu'une fraction de seconde avant de regarder fixement sa bouche. Ses lèvres bien dessinées frémirent, et Guy détourna les yeux – il n'était pas question de l'embrasser, ah ça non !

Elle, en revanche, en avait manifestement l'intention. Elle se concentrait. Il essaya de ricaner, mais le regard intense d'Arabella le fit taire. L'atmosphère se chargeait soudain d'une dangereuse tension érotique.

Lui planterait-elle sur la joue un baiser rapide et froid ? Non... Elle embrasserait pour gagner. Pas de tergiversation ou de demi-mesures.

Et si lui l'embrassait – ce dont il s'abstiendrait, bien sûr, mais s'il le faisait tout de même... comment la fière et digne Arabella réagirait-elle lorsque leurs peaux se frôleraient, lorsque leurs souffles se mêleraient ?

Il faudrait d'abord l'amadouer : effleurer ses lèvres, attendre qu'elles s'entrouvrent et...

Il s'aperçut alors que, sans s'en rendre compte, il avait comblé la distance qui les séparait. Arabella fixait sa bouche par-dessous ses cils, et un bout de langue rose apparut entre ses lèvres. Il sentit une bouffée de chaleur lui monter au visage.

« Ne me déçois pas », souffla une voix dans sa tête. Ce fut sa dernière pensée cohérente, car Arabella posait les doigts sur sa joue – une caresse impalpable, des volutes de fumée qui s'enroulèrent, brûlantes, au creux de son ventre.

Elle s'appuya contre lui et, le temps d'un battement de cœur, il se noya dans ses yeux bleus, s'imprégna de son parfum. Puis elle ferma les paupières et l'embrassa.

Ses lèvres étaient douces et chaudes.

Le désir transperça Guy comme une flèche. Grisé, il referma une main sur son cou de cygne, pour l'empêcher de se dérober quand il chercha sa langue. Elle tressaillit, tenta de s'écarter, mais il insista et elle céda, s'appuyant de nouveau contre lui pour accueillir langoureusement sa langue.

Il eut la sensation qu'une flamme parcourait tout son corps.

Bon sang de bois ! Il la lâcha brusquement et recula d'un pas chancelant. Mais qu'est-ce qu'il fabriquait ? Il lui apprenait à embrasser, alors que ce baiser était censé la décourager et la chasser de chez lui ? Quoique… peut-être avait-il atteint son but. Arabella s'était figée, les poings crispés.

Il avait l'avantage de l'expérience, il savait comment maîtriser le désir et à quel moment lui lâcher la bride. Ce n'était pas le cas d'Arabella. Elle était orgueilleuse, or le désir et l'orgueil ne pouvaient pas coexister. Le désir égalisait les humains, il transformait les rois en mendiants et les misérables en empereurs.

En proie au désir, Arabella était vulnérable.

— Voilà qui est fait, dit-elle, affichant un flegme assez convaincant. Pouvons-nous à présent cesser d'atermoyer ?

— Quoi ? Pas de fleurs ni de poésie ? rétorqua-t-il d'un ton désinvolte, en espérant qu'elle ne remarquerait pas l'éraillement de sa voix. Tu me donnes l'impression d'être un homme trop facile. Tu voles un baiser et tu ne donnes rien en échange ?

Elle lui décocha un regard noir.

— Tes petits jeux me fatiguent, Guy.

— Malheureusement pour toi, ça commence à peine.

Il lui effleura le menton, l'entendit retenir son souffle.

— Tu es trop directe, ma belle. Un homme a besoin d'être courtisé. Il faut l'aguicher, lui susurrer des mots doux, le flatter, l'enjôler avec des caresses furtives et des baisers jusqu'à ce qu'il soit fou de désir.

— Tu as probablement assez d'imagination pour faire comme si je t'avais enjôlé ? Le résultat final sera le même.

— Cela n'ira pas du tout, je le crains. Si tu me veux, tu dois me conquérir.

Avec un soupir théâtral, elle traversa la pièce d'un pas de grenadier, extirpa de leur vase des fleurs coupées, revint se camper devant Guy et lui fourra le bouquet dans les mains. Les tiges étaient gluantes, des gouttes d'eau froide dégoulinèrent sur ses poignets.

— Voilà les fleurs, articula-t-elle en s'essuyant les doigts avec son mouchoir. Quant à la poésie… « Te comparerai-je à un jour d'été[1] ? » « Tes yeux n'ont rien de l'éclat du soleil[2]. » Tu es assez flatté et enjôlé ? On peut s'y mettre ?

---

1. Shakespeare, sonnet 18.

2. Shakespeare, sonnet 130. « Les yeux de ma maîtresse n'ont rien de l'éclat du soleil. »

Sa brusquerie la trahissait. Quel que soit son véritable objectif, elle n'était pas en quête d'intimité. Donc... mais oui ! L'intimité la ferait fuir. Il avait été mal inspiré de lui réclamer un baiser. Il était temps de changer de tactique.

— Non, non... Il faut me donner le sentiment que je suis unique.

Il choisit dans le bouquet un petit zinnia rouge dont il coupa la queue humide.

— Comme ça... murmura-t-il en promenant la fleur sur la joue d'Arabella pour la glisser derrière son oreille. Oui, c'est ravissant.

— Tu te moques de moi.

— Pas du tout. Généreux comme je suis, je te donne une leçon particulière de séduction. Si tu ne veux pas apprendre, tu n'as qu'à t'en aller.

Le foudroyant du regard, elle ébaucha un geste pour retirer la fleur, mais Guy lui prit la main.

— Tss, tss... Laisse cette jolie fleur dans tes cheveux, pendant que je te récite de la poésie pour te charmer.

— Ne te donne surtout pas cette peine.

Elle était mal à l'aise. Encouragé, Guy entrelaça ses doigts aux siens. Le désir couvait encore en lui, mais il refusa d'y prêter attention.

— « Elle marche dans sa beauté, semblable à la nuit des climats sans nuages et des cieux étoilés[1] », murmura-t-il.

L'incertitude se lisait sur le visage d'Arabella. Elle semblait étrangement jeune et fragile. Parfait.

— « Tout ce qu'ont de plus beau la lumière et l'ombre est réuni dans ses traits et dans ses yeux... »

Une image surgit soudain dans l'esprit de Guy : le désert d'Anatolie, où le ciel nocturne semblait

1. Poème de lord Byron.

infini, clouté d'étoiles scintillantes, comme si on était tout près du paradis. Sous ce tapis d'étoiles, les humains n'étaient que d'infimes créatures, pourtant Guy avait eu le sentiment de faire partie d'une entité sublime. La splendeur des cieux l'avait empli d'émerveillement et de paix.

Il battit des paupières, et l'image disparut. Arabella l'observait, le bleu de ses yeux s'était assombri. C'était un jeu dangereux, Guy en avait conscience. Il ne nouerait jamais une relation intime avec elle – c'était naturellement hors de question. Cependant, malgré ses innombrables défauts, Arabella était captivante et elle se tenait tout près de lui. Or Guy était un homme sensible aux femmes captivantes qui se tenaient tout près.

— Je ne connais pas par cœur la suite du poème…

Il fit glisser entre ses doigts une longue boucle noire qui frôlait la joue d'Arabella.

— Byron évoque des nattes de jais, des pensées suaves et des sourires victorieux. Ma foi, on croirait que c'est toi qui lui as inspiré ces vers. Du moins, en ce qui concerne la chevelure. Pour les pensées suaves et les sourires victorieux, c'est beaucoup moins évident.

Elle pivota brusquement, jeta la fleur au sol.

— Tu as fini ? articula-t-elle sèchement. Dispensons-nous de ces fadaises assommantes, faisons comme si nous nous étions chuchoté des mots doux, et passons à la suite.

Son assurance n'était qu'une façade. L'orgueilleuse ne voulait pas reconnaître qu'elle perdait pied.

— Tu penses vraiment que je vais faire ça, dit-il.

— Je ne commence jamais quelque chose si je n'ai pas l'intention d'aller jusqu'au bout.

— Très bien. Dans ce cas, déshabille-toi. Complètement.

Elle se figea, telle une statue de marbre. Ha, ha, elle n'y arriverait pas ! Dans un instant, elle avouerait qu'elle n'avait pas le courage d'exécuter son plan extravagant, quel qu'il soit, et elle le laisserait tranquille. Il serait vainqueur, comme autrefois quand ils étaient gamins.

Guy croisa les bras et s'appuya au mur.

Alors Arabella leva haut la tête et commença à se dévêtir.

6

Le sourire ironique de Guy vacilla. Arabella relevait le défi.

Elle retira ses chaussures, qu'elle disposa soigneusement côte à côte. Puis elle dégrafa sa robe.

— Tu comptes rester là à me regarder ? articula-t-elle.

— Oui, c'est ce que je vais faire. Si ça t'embête, tu peux partir.

Elle poussa un soupir de contrariété – que Guy trouva excitant, ce qui l'irrita. Il n'était pas question de se laisser aller à l'excitation !

Arabella se déshabilla rapidement et sans la moindre gêne, comme si Guy était un meuble dont la présence n'avait aucune importance. Une fois nue, elle n'essaya même pas de cacher certaines parties de son anatomie. Elle ne bougeait pas, fière et droite comme un « I ».

Bon sang de bois ! Arabella nue, chez lui, dans son salon. Son corps était une somptueuse œuvre d'art, tout en angles et courbes, ombre et lumière. La flamme des bougies dorait sa toison brune, ses mamelons rosés, et les grains de beauté qui, pareils à des étoiles, parsemaient sa peau crémeuse.

Guy sentit son propre corps – cet imbécile – réagir de façon incontrôlable. Il dut se rappeler à l'ordre pour déglutir, respirer et desserrer ses poings. Quant à sa verge... eh bien, il était face à une femme nue.

Arabella se posa au bord de la banquette, les mains jointes dans son giron, comme si elle attendait qu'on lui serve le thé.

— Et maintenant ? demanda-t-elle.

Excellente question.

— Dénoue tes cheveux, ordonna-t-il.

— Les recoiffer ensuite serait trop compliqué. Je dois partir d'ici dans l'état où j'étais en arrivant.

— Tu devrais partir immédiatement.

— Je m'en irai après que nous aurons réglé cette affaire.

Sapristi ! Qu'était censé faire un homme avec une femme attirante et apparemment consentante, lorsqu'il avait pour seul objectif de la pousser à admettre qu'elle avait tort ? Il ne la toucherait pas, bien sûr que non. Mais il ne capitulerait pas le premier. Il voulait coûte que coûte la voir perdre son sang-froid et détaler à toutes jambes, afin qu'elle n'exige plus jamais rien de lui.

Il était sur la bonne voie : la crispation de ses épaules ne trompait pas.

Si se dévêtir ne la décourageait pas, la nudité de Guy s'en chargerait sans doute.

— Tu as déjà vu un homme nu, Arabella ? Un homme jeune et viril. Tu risques de trouver ce spectacle effrayant.

— Je m'efforcerai d'être convenablement impressionnée.

Ricanant sous cape, et tout en vérifiant qu'elle l'observait, Guy ôta avec une lenteur étudiée sa robe de chambre indienne, qui tomba mollement au sol. Puis il retira sa chemise et la lança à la jeune femme. Elle s'en débarrassa d'un geste brusque, et le regarda enlever son caleçon.

Les yeux d'Arabella, d'un bleu soudain brûlant – du moins, Guy se plut-il à le penser –, errèrent sur son torse, ses hanches et, avec une audace sidérante, sur son sexe qui fit le beau sous ce regard.

Guy sentit son sang circuler plus vite dans ses veines. Il était assez vaniteux pour espérer l'éblouir avec son corps sculpté par des années d'aventure, d'escarmouches et de dur labeur. Il avait, sans ménager sa peine, façonné ce corps qui le servait fidèlement, et quand les femmes le trouvaient à leur goût, il s'en félicitait.

— Que de muscles… commenta Arabella d'une voix sourde.

— Je n'appelle pas ça un muscle, rétorqua-t-il et, avec une grossièreté délibérée, il referma les doigts autour de son membre dressé et frémissant.

Arabella laissa échapper une sorte de couinement. Guy fit un pas vers elle, puis un autre. Elle écarquilla les yeux, entrouvrit les lèvres. Elle retenait son souffle.

Elle était inquiète. Parfait.

— Allonge-toi, dit-il.

Elle ne bougea pas.

— Dans ce cas, tu n'as plus qu'à t'en aller.

Elle tressaillit puis, avec une grâce sinueuse, s'étendit sur la banquette. Guy se positionna au-dessus d'elle, lentement pour lui laisser le temps de s'enfuir, ce qui permit malheureusement au parfum d'Arabella et à sa chaleur de prendre le contrôle de ses sens. Mazette, elle avait un corps adorable, avec ses angles et ses courbes qu'il avait une envie folle d'explorer…

Mais, évidemment, il s'en garderait bien.

— Et maintenant, souffla-t-il contre sa bouche, tu veux que je te prenne de force ?

Leurs jambes se frôlèrent, et Arabella eut un mouvement de recul. Si elle ne supportait pas qu'on la touche, elle ne tarderait pas à capituler.

— Ce ne sera pas nécessaire, répondit-elle d'une voix qui grimpait dans l'aigu. Je te suggère de passer à l'action et...

— Oh, ma belle... tu n'as donc rien appris sur l'art de la séduction ?

S'appuyant sur une main, il posa l'autre sur la clavicule d'Arabella, effleurant du talon de la paume la naissance de ses seins. La vision de ses doigts tannés sur ce satin crème était incroyablement troublante, et il dut lutter contre une envie folle de palper ces seins ronds et fermes. Il changea de position, si bien que sa verge frotta contre la cuisse d'Arabella. Elle ravala un petit cri, s'écarta d'un mouvement brusque, se figea de nouveau.

Il lui mordilla l'oreille. Elle sursauta.

— Je crois que tu n'es pas encore prête, murmura-t-il, traçant d'un doigt de paresseuses arabesques entre sa gorge et sa poitrine – ce territoire qu'aucun homme n'avait exploré. Qu'allons-nous faire ?

— Premièrement, tu pourrais cesser de jouer avec moi.

— C'est toi qui as commencé, grogna-t-il – maîtriser son désir devenait de plus en plus difficile. Mais ce jeu-là est dangereux, et tu es sûre de perdre. Reconnais que tu as eu tort, et va-t'en.

Sur le visage d'Arabella passa une fugitive expression de tristesse. Puis elle poussa un soupir d'impatience et d'ennui.

— Je ne m'attendais pas à cette parlote. Dépêche-toi, Guy, je n'ai pas toute la nuit.

Elle était bonne comédienne, mais il sentait sa tension. Dans un instant, elle mesurerait son erreur et prendrait la fuite – ce qui leur prouverait à tous deux qu'elle ne pouvait pas le forcer à obéir.

En parlant d'obéissance...

— Touche-moi, commanda-t-il.

Elle le regardait, le détaillait, et il avait l'impression que le bleu de ses yeux le brûlait.

— Tes épaules... murmura-t-elle. Elles sont très...

Il faillit ne pas voir la flamme fugace du désir dans le regard de la jeune femme. Arabella, dressée à ne jamais montrer ses émotions, le désirait. Cette idée fut de l'huile jetée sur le feu qui couvait en lui.

Qu'elle aille au diable ! Il devait arrêter ça tout de suite.

Et abandonner la partie avant qu'elle ait reconnu sa défaite ? Jamais !

Encore un peu de patience. Dans un instant, elle lui servirait une excuse absurde pour décamper en ménageant sa fierté.

Elle promena une main légère sur son bras, dessinant d'un doigt révérencieux le contour de son biceps.

À son tour de la toucher. Elle ne le supporterait pas.

Il s'étendit sur le flanc près d'elle, laissa courir ses mains sur son corps charmant : la gorge, les épaules et les bras, le ventre, la taille fine, les hanches. Il caressa ses cuisses, les genoux pareils à des galets, remonta vers le pli de l'aine. Il guettait ses réactions.

Elle ne bronchait pas.

Bon. Si ses doigts échouaient, sa bouche réussirait. Il mordilla doucement son épaule lisse et chaude, son cou, son oreille et...

Elle laissa échapper un gémissement. Il releva vivement la tête, pour la voir presser une main sur ses lèvres. Ha, ha, elle était bien embêtée !

Il approchait du but.

— Qu'est-ce que tu fais ? articula-t-elle. Pourquoi tu ne…

Riant de lui-même pour s'infliger semblable torture, Guy entrelaça ses doigts aux siens. Il l'entendit déglutir, expirer. Ils se regardèrent. Les yeux d'Arabella étaient aussi bleus que le ciel du désert.

Il se sentit tomber dans ce bleu insondable. Il s'y perdit comme on se perd dans le désert, la nuit. L'impétuosité de cette femme, sa force et sa vulnérabilité se mêlaient et tissaient autour de lui un cocon divin. Cette sensation l'exaltait et le rendait humble à la fois, le grandissait et l'affaiblissait. Il essaya de s'en libérer, car il savait – ô combien ! – qu'il était simplement un homme et elle une femme, que l'acte de chair n'avait rien d'extraordinaire. Pourtant… il était envahi par la fantastique conviction que cela allait plus loin, et que cette femme exaspérante, impérieuse et si pleine de vie, tenait entre ses mains une infinité de possibles.

Alors une lueur nouvelle vacilla dans le bleu des yeux d'Arabella. De sa main libre, elle effleura son visage, comme pour vérifier qu'il était bien réel.

Oh oui, il l'était. Jamais il n'avait été à ce point réel.

Pour ne plus la regarder, de crainte d'entrevoir le paradis dans ses prunelles, il ferma les paupières et l'embrassa. Que faire d'autre ?

Lorsque leurs lèvres s'unirent, un plaisir ineffable submergea Guy. Il était grisé, ensorcelé. Telle une déesse, elle se redressa à demi pour mieux fouiller sa bouche de sa langue ardente. Elle le prit par le cou, pressant ses seins contre lui. Il enfonça un genou entre ses cuisses et aussitôt, une longue jambe s'enroula autour de lui comme une liane.

Il sentait bouillonner en elle une violence qui ne demandait qu'à se déchaîner. La façade s'effondrait. Parfait ! C'était exactement ce qu'il cherchait.

S'arrachant à leur baiser, il promena sa bouche affamée sur sa gorge et ses seins magnifiques. Récompensé par un gémissement rauque, il glissa les doigts dans sa toison. Une lueur sauvage flambait dans ses yeux dont le bleu virait à l'indigo. Elle haletait, gémissait, s'ouvrait à lui.

Elle lui agrippa la nuque et l'embrassa, féroce et exigeante – de plus en plus exigeante. Mais il continua à la caresser, implacablement, même quand elle s'arc-bouta et lui laboura le dos de ses ongles. Elle le mordait, l'empoignait, le serrait. Elle n'était pas douce, et il ne voulait pas qu'elle le soit. Il s'oubliait, s'abandonnant au plaisir de faire jouir cette créature passionnée.

— Arrête ! ordonna-t-elle.

Mais quand il essaya de se dégager, elle le retint et, d'une voix furieuse et implorante à la fois :

— Non... encore !

Il était ivre, il riait, tandis que ses doigts accomplissaient leur œuvre. Enfin, elle poussa un cri, un spasme convulsif la secoua tout entière, déformant son visage. Il la contemplait, stupéfait et ébloui par sa beauté sauvage.

— Guy, soupira-t-elle quand le calme fut revenu.

Il avait finalement remporté la victoire. Il pensa vaguement que cette victoire n'était pas celle qu'il souhaitait, puis le vide se fit dans son esprit quand elle chuchota en dardant sur lui un regard intense :

— S'il te plaît. Prends-moi, maintenant.

Le désir eut raison de tout le reste. Il plongea en elle avec délice, et elle laissa échapper un long gémissement, pareil au vent sur la lande. Il se souvint alors – trop tard – que c'était sa première fois. Il se figea. Les paupières closes d'Arabella frémissaient, cependant elle ne paraissait pas ressentir de douleur. Il attendit, puisant dans ses réserves d'endurance, jusqu'à ce qu'elle prenne une profonde et tremblante inspiration.

Lorsqu'elle rouvrit les yeux, ils étaient presque noirs. Ses jambes enserraient la taille de Guy, ses ongles griffaient son dos.

— Guy, articula-t-elle – et c'était un ordre.

Alors il s'abandonna. Il avait l'impression d'être emporté par une violente tempête et il tenait bon, courant éperdument vers l'extase. Un plaisir inouï l'anéantit, et il réussit de justesse à se retirer pour répandre sa semence sur la banquette.

Pantelant, il retomba sur les coussins, assourdi par les battements de son cœur. Il était en sueur, et l'air frais sur sa peau le fit frissonner. Bandant ses dernières forces, il entoura Arabella de ses bras pour la garder tout contre lui.

L'air sur sa peau était frais, le corps de Guy brûlant. Arabella contemplait les moulures du plafond, comptait les respirations de son compagnon. Elle se concentrait là-dessus pour ne pas fondre en larmes.

Elle ne pleurait jamais, et il n'était pas question de commencer maintenant. Elle ne devait pas se blottir contre lui, se griser de sa chaleur, de l'odeur musquée du sexe.

C'était impossible. Il fallait se lever, s'habiller, sortir dans la rue et rentrer chez elle à pied.

Il fallait continuer.

Elle s'écarta de lui avec précaution, dans l'espoir de se sauver pendant qu'il dormait. Elle se poussa vers le bord de la banquette, se laissa tomber sur le tapis et resta là un moment, étourdie, étonnée de n'avoir plus de force. Dieu sait comment, elle réussit tout de même à se mettre debout et, sur la pointe des pieds, alla ramasser sa robe. Elle récupéra son mouchoir, avec lequel elle essuya son intimité. Une minuscule tache brune s'imprima sur le tissu, à peine une goutte de sang. La pénétration n'avait pas été vraiment douloureuse. Dire qu'elle s'attendait à quelque chose de... chirurgical, voire sordide. Au lieu de quoi, cela avait été...

Oh, Seigneur, elle n'aurait jamais imaginé... ça. Les mains rudes de Guy, ses muscles d'acier, ses doigts en elle, sa verge en elle. Et ce désir fou qui s'était emparé d'elle, cette sauvagerie, ce besoin désespéré de le garder en elle.

À présent elle avait mal, non pas physiquement, mais dans cette partie si bien cachée de son être. Comme si au tréfonds d'elle, une porte s'était ouverte à la volée sur un jardin secret. Une porte qu'elle ne parvenait pas à refermer. C'était là qu'elle avait mal, et c'était de là que venait cette insupportable envie de pleurer.

Elle chiffonna le mouchoir dans son poing et serra les paupières. Soudain chancelante, elle se cramponna à un guéridon et leva la tête vers les cieux indifférents. Elle devait se ressaisir, museler ses émotions.

Seigneur, que lui avait-il fait ?

Un bruit léger la fit tressaillir. Elle se retourna. Guy était réveillé. Il l'observait, nu et magnifique, les sourcils froncés. Son regard était plein de douceur.

Elle y lut de l'inquiétude. De la tendresse aussi. Un soupçon de *pitié*.

— Arabella ? murmura-t-il en se redressant d'un mouvement souple. Ça va ?

Il avait vu. Maudit soit-il ! Il l'avait surprise dans ce moment de faiblesse, de désespoir. Cette idée fut comme un coup de fouet qui lui lacéra le cœur. Il avait percé sa carapace et découvert la face cachée de son être, cette part d'elle qui avait peur de Sculthorpe, cette secrète et merveilleuse part d'elle qui exultait dans ses bras.

Dans quelques minutes, elle rentrerait chez elle. Dans quelques semaines, elle épouserait Sculthorpe. Sa vie poursuivrait son cours, et Guy n'en sortirait jamais tout à fait. Guy qui l'avait vue violente et passionnée, à vif, sans défense et terriblement seule.

Son cœur aurait voulu lui dire : « Quand tu me tenais contre toi, je ne me sentais plus seule. » Son cœur aurait voulu lui crier : « Aide-moi, je t'en supplie ! Je n'ai personne d'autre que toi, et je suis terrifiée. »

Elle ouvrit la bouche pour laisser son cœur parler, parce qu'elle lisait sur le visage de Guy de la tendresse et de l'inquiétude.

« Non, il se moquera de toi, il te plaindra, et tu ne t'en remettras jamais ! » lui hurla son orgueil.

Et ce satané orgueil fit jaillir d'autres mots de ses lèvres.

— J'imagine qu'à présent nous sommes fiancés, déclara-t-elle froidement. J'étais vierge, et je ne le suis plus.

Sur les traits de Guy, la douceur et la compassion disparurent, tel le fragile oiseau chanteur chassé par les aboiements d'un féroce bouledogue – l'orgueil d'Arabella.

— C'était donc ça, ton plan, grogna-t-il.

Un rictus de mépris aux lèvres, il se recoucha sur le canapé, nu, décadent et s'en moquant éperdument. Des griffures zébraient sa peau tannée par le soleil – la marque d'Arabella.

— L'honneur exige que je me marie avec toi ? Ainsi, tu te servirais de mon honneur comme d'une arme contre moi, lança-t-il avec un rire amer. Un baron n'est pas assez bien pour toi ? Tu guignes toujours le rang de marquise. Dommage que ton ambition ne s'assortisse pas de quelques principes. Quand je pense que je m'inquiétais pour toi. Quel imbécile je suis !

Comme elle ne supportait plus de voir son visage, elle ramassa sa robe de chambre et la lui jeta à la tête. Il la saisit au vol, l'enfila et se recoucha sur les coussins pour la regarder s'habiller d'un air insolent. Dans sa hâte, elle ne boutonna pas complètement sa robe. Elle drapa sa cape sur ses épaules – les vêtements la fortifiaient à l'instar d'une armure et l'aidaient à mater ses émotions.

— Clare était informée de ton plan ? demanda-t-il. D'ailleurs, comment vous êtes-vous connues, toutes les deux ? Vous vous retrouvez à l'heure du thé pour discuter de ton fiancé, l'homme qui l'a forcée à mener une existence de courtisane ?

— Tu ne sais donc pas... répliqua-t-elle, sidérée. Oh, Guy... toi et ton sens de l'honneur.

— Tu adores mon sens de l'honneur. Mais, au cas où ce ne serait pas clair dans ton esprit, je ne t'épouserai jamais. Ce qui s'est passé... ajouta-t-il, montrant d'un geste la banquette. Ça ne signifie rien. Je ne te dois rien.

Arabella haussa les épaules. Il ne comprendrait jamais, lui qui détenait le pouvoir et évoluait dans le monde comme un poisson dans l'eau. Elle l'avait choisi et utilisé sans pitié, sûre qu'il ne serait pas cruel et resterait discret. Car si cela s'ébruitait, ils seraient obligés de se marier. Or Guy ne lui passerait jamais la bague au doigt.

— Je suppose que personne ne t'a dit la vérité au sujet de Clare Ivory. Personne n'ose te dire ce que tu ne veux pas entendre. Sculthorpe n'a pas suborné miss Ivory et n'a pas causé sa perte. Ils avaient un contrat. Elle lui a vendu sa virginité pour trois cents livres. Elle a *choisi* de devenir une courtisane.

Il se redressa lentement sur son séant.

— C'est impossible, voyons. Si elle m'avait épousé, elle aurait eu beaucoup plus d'argent.

— Oh, Guy… tu manques parfois d'intelligence, mais nul ne pourrait t'accuser de manquer de cœur.

Il dardait sur elle un regard sombre et indéchiffrable. Arabella entendait de nouveau cette petite voix intérieure – la voix de son cœur – la supplier d'arrêter de se battre, de conclure une trêve. Les larmes menaçaient de déborder. Comme il se moquerait d'elle, s'il savait !

Il ne devait pas savoir. Jamais. L'histoire se terminait là. Désormais, il n'y aurait plus que lord Hardbury et lady Sculthorpe, hantés par le souvenir d'une heure de passion et séparés par d'anciennes querelles mesquines. Guy connaîtrait toujours son secret, et elle ne le lui pardonnerait jamais. Elle préférait qu'il la méprise : tout valait mieux que sa pitié.

— Qu'espérais-tu accomplir ce soir, sincèrement ? demanda-t-il. C'était ta première fois et…

— Et elle fut plutôt satisfaisante.

Sur quoi, comme si cela ne suffisait pas, elle pêcha un shilling dans son réticule et le lui lança.

— Pour services rendus, dit-elle, et avant qu'il ait pu réagir, elle se rua hors du salon.

Il lui fallut déployer toute sa volonté pour rentrer chez elle sans verser la moindre larme.

7

Le mariage qui approchait avait un bon côté : il donnait à Arabella le prétexte idéal.

Elle avait les yeux cernés ? C'était à cause du mariage. Elle s'était agitée durant les deux jours de voyage entre Londres et le Warwickshire ? Le mariage, évidemment. Elle était irascible et cinglante ? Ne cherchez pas, c'était à cause du mariage.

Et si le souvenir des caresses de Guy palpitait au tréfonds d'elle, si son cœur pleurait ce qu'il avait perdu, si elle contemplait distraitement le paysage et ne voyait que le visage de Guy, la colère et le mépris qui flambaient dans ses yeux... eh bien quoi ? il fallait mettre ça sur le compte de ce satané mariage.

Elle retrouva cependant un semblant de paix intérieure quand sa mère et elle atteignirent Longhope Abbey, leur village. À la hauteur du vieux chêne noueux, la route bifurquait et soudain on voyait, dorées par le soleil de l'après-midi, les célèbres ruines de l'abbaye que dirigeait jadis l'abbesse Avicia, laquelle régnait en souveraine sur cette partie de la Mercie. Arabella brûlait de chevaucher au grand galop jusqu'en haut de la colline.

Le vent sur son visage et la beauté de son pays natal la consoleraient.

Cela la délivrerait sans doute de ces émotions indésirables qui bouillonnaient en elle. Elle avait l'impression de s'être toujours prise pour une montagne et de découvrir tout à coup qu'elle était en réalité un volcan, que les mains de Guy avaient réveillé. Depuis cette nuit-là, ces maudites émotions jaillissaient de tout son être tel un flot de lave qu'elle avait toutes les peines à contenir.

Lorsqu'elle descendit de la berline, Arabella faillit se précipiter aux écuries. Elle était enfin à la maison !

Pas pour longtemps, hélas. Vindale Court ne serait bientôt plus son foyer.

Ce fut Ramsay, le majordome, qui les accueillit quand lady Belinda et elle pénétrèrent dans le hall monumental du manoir.

— Votre père désire vous voir, déclara Ramsay d'un ton lugubre, comme s'il annonçait une terrible nouvelle.

Il estimait qu'un majordome se devait d'afficher un air sinistre et solennel, cependant il était aussi turbulent qu'autrefois – tout le monde l'avait entendu batifoler avec Mme Ramsay, quand ils pensaient que personne n'écoutait.

Arabella sentit son cœur se serrer une fois de plus. Après le mariage, il lui faudrait quitter Ramsay et tous les domestiques qui, dévoués corps et âme à lady Belinda, servaient la famille depuis des lustres.

Quand Arabella était enfant, Ramsay était encore un valet chahuteur. Elle le revoyait tirant un petit chariot jaune, dans lequel elle était assise avec Oliver, son frère jumeau. Il leur faisait faire le tour du jardin à toute allure, pour leur plus grande joie.

Elle s'étonnait à présent qu'un valet ait été chargé de promener les enfants dans un chariot. Peut-être sa mémoire lui jouait-elle des tours. Elle se demandait parfois si ses souvenirs d'Oliver étaient bien réels.

Sans prendre le temps de se changer, elle se dirigea vers le bureau de son père, où Queenie l'accueillit comme à l'accoutumée, en agitant ses grandes ailes vertes et en hurlant :

— *Quelle journée ! Quelle journée !*

M. Larke se leva de son fauteuil et s'approcha du perchoir sur lequel le perroquet s'époumonait. Il avait repris du poids pendant qu'Arabella et sa mère étaient à Londres, même si sa redingote flottait encore sur ses épaules. Il calma Queenie, sans regarder sa fille. Mais elle sentait comme toujours, braqués sur elle, les quarante-sept yeux des vingt-quatre oiseaux empaillés disséminés autour de la pièce, tels des jurés implacables réunis pour condamner ses défaillances. Elle les connaissait tous : le pivert, le cacatoès, le geai de Bengale. Le faucon qui trônait sur la table au milieu du bureau n'avait qu'un œil. Elle l'appelait Pirate, et ils s'entendaient plutôt bien.

Quarante-neuf yeux, si l'on comptait le portrait d'Oliver accroché au mur – l'ange aux joues roses et aux boucles noires qui serait éternellement un garçon de huit ans.

« Quel est le problème cette fois ? demanda-t-elle à l'enfant qui lui souriait avec malice. Sale petit morveux. Si tu avais vécu, tu l'aurais déçu, toi aussi. »

M. Larke daigna enfin se tourner vers elle.

— Félicitations, tu as réussi à rester fiancée avec lord Sculthorpe. Je regrette que cela ne se soit pas fait au printemps dernier. Mais tu voulais absolument attendre Guy Roth. Celui-là, tu l'as mal jugé, ma fille.

Il tendit sa main à Queenie, qui frotta son bec contre ses doigts avec un ronflement sourd, pareil à un ronronnement.

— Mais n'en parlons plus. Pour une fois, tu t'es bien conduite. J'ai été si gravement malade cet hiver que j'ai eu peur de mourir sans avoir de petit-fils. Je suis bien rétabli, à présent. Cependant, je refuse de perdre encore du temps.

Il lui décocha un regard acéré.

— Te marier aurait été nettement plus facile si tu étais devenue une jeune femme douce et réservée.

Arabella noua ses mains.

— Je suis extrêmement douce et réservée, et si quelqu'un ose dire le contraire, je le rosse à coups de cravache.

— Toi et tes plaisanteries, rétorqua son père d'un air las. Il vaudrait mieux que ces fiançailles avec Sculthorpe ne soient pas une farce.

La porte s'ouvrit et se referma. Une bouffée de parfum s'insinua dans l'atmosphère chargée d'électricité. Comme si son épouse n'était pas entrée dans la pièce, M. Larke poursuivit :

— Sculthorpe sera là demain, si j'ai bien compris, et il restera jusqu'au bal que nous donnerons pour vos fiançailles. Plus vite tu seras mariée, plus vite tu mettras des fils au monde. Le second viendra vivre avec nous.

Incroyable. Elle n'était pas enceinte qu'on lui prenait déjà ses enfants. Du haut de son portrait, Oliver chantonna : « Tu serviras enfin à quelque chose ! »

« Remonte dans tes nuages, espèce de poison, riposta-t-elle. Mon seul crime est de t'avoir survécu. »

— Laisse-moi te dire, ma fille, que si tu ne mènes pas Sculthorpe à l'autel, je couperai les ponts avec toi et je léguerai tous mes biens à Archibald Larke. Tu ne saboteras pas cette affaire, je ne le tolérerai pas.

— Le mariage aura lieu, père.

Il se rassit dans son fauteuil. Son état de santé préoccupait sa femme et sa fille. Arabella avait encore tant de choses à lui dire. Dans un mois, elle quitterait le manoir pour entamer une vie conjugale sans amour.

Ses parents, eux, vivaient en bonne entente depuis vingt-cinq ans : M. Larke, ornithologue renommé, riche cousin d'un duc, et lady Belinda Misson, belle et stoïque, fille du comte de Keyworth.

— Peut-être que nous pourrions… bredouilla Arabella.

Ses parents la regardèrent d'un air interrogateur. Elle sentit son cœur manquer un battement. Maudites émotions !

— Si nous passions un peu de temps ensemble ? Tous les trois. Nous pourrions peut-être…

— Pour quoi faire ? la coupa son père, visiblement déconcerté. J'ai un emploi du temps chargé, et il en va de même pour vous deux.

— Vous n'avez pas encore vu mon travail sur *Le Guide illustré des volières de Vindale.*

— Ça attendra. Il s'agit surtout d'organiser le mariage et de préparer ce que tu emporteras dans ta nouvelle demeure.

Oliver, sur son mur, jubilait. « Oh, la gifle ! »

« Ferme-la, chérubin. J'espère que les anges crachent dans ton thé. »

— Je crois que tu as invité sir Walter Treadgold et sa famille, enchaîna M. Larke. Par conséquent, les filles Roth viendront aussi. Je ne veux pas de

Guy Roth... lord Hardbury, à présent. Celui-là, il n'a pas intérêt à se montrer. Il a trahi la promesse de son père en refusant de t'épouser. Ce n'est pas une attitude que je peux pardonner ou oublier.

Effectivement, M. Larke avait la mémoire longue. Arabella caressa le bec de Pirate.

— Il est peu probable que lord Hardbury apprenne que ses sœurs sont ici, dit-elle. Et même s'il le sait, il ne viendra pas. Non seulement il s'est fâché avec vous, mais aussi avec sir Walter, lord Sculthorpe et moi-même.

— Il est désormais le marquis de Hardbury, intervint lady Belinda. S'il vient, je ne pourrai pas le mettre dehors. Je serai obligée de lui offrir l'hospitalité.

Arabella lança un coup d'œil surpris à sa mère qui affichait, à son habitude, un calme olympien. Voilà qui était bizarre. Le tsar de Russie pouvait bien frapper à la porte du manoir, si lady Belinda ne voulait pas de lui sous son toit, elle trouverait le moyen de le faire déguerpir.

M. Larke balaya l'air d'une main impatiente.

— Oui, sans doute. Mais je vous préviens : s'il décidait de séjourner chez moi, je serais tout juste courtois.

— Il ne viendra pas, insista Arabella.

Son cœur se serra une fois de plus au souvenir des mains de Guy, si tendres, puis de son regard chargé de mépris et de dégoût. Désormais, il ne s'approcherait plus d'elle.

Depuis quelques jours, Guy était en proie à une nervosité qui ne cessait d'empirer. Quand il arriva au Swann's où l'attendait Leo Halton, son vieux camarade d'école – à présent duc de Dammerton –, il ne tenait plus en place.

Remettre les pieds dans cette maison de jeu huppée de St. James's ne l'enchantait pas. Le Swann's avait été le repaire de sa jeunesse, faute de mieux : c'était l'un des rares établissements londoniens que son père approuvait, et donc l'un des rares qui laissaient Guy entrer.

La maison paraissait prospère, quoiqu'elle eût peu changé depuis huit ans : le portier était toujours le même, et il vous servait les mêmes paroles creuses d'une voix sirupeuse. Les salons étaient restés dans l'état où ils se trouvaient autrefois, tendus de satin vieil or et meublés de fauteuils confortables.

L'apparition de Guy dans la salle de jeu, où se déroulait une intense partie de pharaon, troubla le silence feutré. Les têtes se tournèrent vers lui, mais il fila tout droit vers le salon attenant, nettement plus animé.

Dammerton était déjà là, paré d'un de ces gilets brodés de couleur vive qu'il affectionnait. Un verre de cognac à la main, il était affalé dans un fauteuil. Guy lui envia sa nonchalance. Plusieurs jours s'étaient écoulés depuis la visite d'Arabella, or il se sentait aussi chiffonné que les draps de son lit après une nuit d'insomnie.

Il était à peine assis qu'un serveur accourut prendre sa commande. Le service était impeccable et les alcools de première qualité, ce qu'appréciait le défunt marquis. Guy n'avait rien à reprocher au Swann's, mais à l'époque il ne digérait pas l'humiliation d'être banni comme une vulgaire crapule de la plupart des établissements de ce genre, tout cela parce que personne n'avait le cran de désobéir à son père.

— Alors, Hardbury ? Mon tuyau était bon ? demanda Dammerton d'une voix traînante.

Il avait l'air à moitié endormi. Guy n'était pas dupe : les lions aussi semblent assoupis, une seconde avant de fondre sur leur proie.

— T'a-t-il mené à sir Walter ? ajouta le duc.

— Presque. Je suis arrivé trop tard, et j'ignore quelle route il a prise. Il pourrait être à l'autre bout du pays, à l'heure qu'il est. Cet homme ressemble à un fichu lapin de garenne : il plonge dans un trou et ressort à des kilomètres de là.

— Mais pourquoi a-t-il détalé de cette façon ? Ton notaire ne lui a tout de même pas parlé de ton enquête ?

— C'est moi qui lui en ai parlé, avoua Guy.

— Ah, Guy l'impulsif ! ricana Dammerton. Tu n'as jamais été doué pour la diplomatie.

Guy avait également dû l'avouer au notaire, lequel avait pincé les lèvres et marmonné :

— C'était sans doute la chose à faire, lord Hardbury.

L'hypocrite. Personne n'osait dire à un marquis qu'il avait fait une bêtise. Autrefois, il aurait pris ces mots au pied de la lettre, certain d'avoir raison. Tels étaient les avantages de la maturité : il avait toujours été un imbécile, et maintenant il avait la sagesse de le savoir.

Ce désastre avec Arabella était la preuve flagrante de son idiotie.

À quoi diable pensait-il, cette nuit-là ? Eh bien, il ne pensait pas, voilà. Il s'était cru tellement malin, il s'était raconté tant de balivernes ! Arabella avait dit sans détour ce qu'elle voulait, puis tenté maladroitement de l'obtenir. Il eût été facile pour lui de la jeter dehors. Mais non : dans son arrogance et son aveuglement, il avait joué un jeu dangereux et il avait perdu.

Bon sang de bois ! S'il n'était pas un débauché, il n'était pas un ange non plus. Tel un puceau candide, il s'était pourtant laissé séduire. Par une vierge candide.

Vierge, certes, mais à peu près aussi candide que Méphistophélès.

— Tiens donc… fit soudain Dammerton.

Il leva son verre, comme s'il portait un toast à quelqu'un qui se trouvait à l'autre bout de la pièce. Guy se retourna : une femme blonde, dans une robe saphir, franchissait la porte. Un journaliste avait écrit que Clare Ivory portait toujours des couleurs de pierre précieuse ; c'était sa signature, comme le blanc était celle de la célèbre Harriette Wilson, courtisane elle aussi.

— Franchement, Dammerton ! Tu savais qu'elle serait là ?

— Elle ne fréquente pas le Swann's, d'habitude.

Guy se carra dans son fauteuil, s'y trémoussa un instant, puis, pestant entre ses dents et décochant un regard noir à son ami qui gloussait, se leva.

Clare bavardait avec un homme et une femme sur la terrasse. Tous trois se turent lorsque Guy s'approcha. Il ne voyait que Clare, et ce visage d'ange qui avait hanté sa jeunesse.

— Laissez-nous, je vous prie, dit-il au couple.

— Nous sommes en pleine discussion, lord Hardbury, objecta Clare. Je vous…

— Laissez-nous.

L'homme et la femme s'éloignèrent sans demander leur reste. Clare frappa de son éventail la paume de sa main.

— Je suis une femme d'affaires. Je négociais avec ces gens un contrat qui me rapportera une coquette commission en tant qu'intermédiaire. Si vous souhaitiez me parler, vous auriez dû prendre rendez-vous.

Guy s'appuya contre la balustrade.

— Je croyais que nous avions rendez-vous, l'autre nuit. Au lieu de quoi, il m'a fallu divertir Arabella Larke.

Divertir ? Façon de parler. Plusieurs jours après, il avait encore à l'esprit l'image d'Arabella, cramponnée au guéridon, la tête levée vers le ciel. À ce moment-là, la compassion lui avait serré le cœur, il aurait fait n'importe quoi pour la protéger... puis il avait compris que ce n'était qu'une froide manœuvre.

La peste soit de l'honneur ! Il ne devait rien à Arabella Larke.

Qu'elle aille rôtir en enfer.

Chaque fois qu'il se déshabillait, il contemplait dans le miroir les griffures sur sa peau. Il se remémorait leur étreinte, la passion d'Arabella, et regrettait que la marque de ses ongles s'estompe peu à peu.

Il se força à reporter son attention sur Clare.

— Vous ne direz à personne qu'elle est venue chez moi.

Clare émit ce rire mélodieux qui le charmait naguère, et maintenant le laissait indifférent.

— Je serai muette comme une tombe – pour elle, et non pour vous. Miss Larke est ma nouvelle alliée. D'ailleurs, vu sa réputation sans tache, personne ne le croirait.

Clare secoua gracieusement la tête.

— Quel curieux couple vous faites, tous les deux, reprit-elle. Chacun de vous s'adresse à moi pour parler de l'autre.

— Je ne me suis pas adressé à vous pour parler d'Arabella.

— Comme c'est intéressant... Elle m'a dit la même chose.

Guy étudia le visage adorable de Clare, son regard pénétrant. Il avait craint, en la voyant, de redevenir l'amoureux transi qu'il était à vingt ans. Il s'était inquiété pour rien. De cette histoire ne subsistaient qu'une vague nostalgie de sa jeunesse, et le regret d'avoir gaspillé un amour pur et fervent.

— Expliquez-moi pourquoi vous avez choisi de devenir une courtisane, déclara-t-il, les révélations d'Arabella au sujet de Clare l'ayant choqué. Vous saviez pourtant que je rêvais de vous épouser. Je vous ai même offert les bijoux de ma mère pour vous prouver ma sincérité, et vous les avez vendus.

Une légère rougeur colora les joues de Clare.

— Ils m'appartenaient, puisque vous me les aviez donnés. Je pouvais donc en faire ce que bon me semblait.

— Si vous m'aviez épousé, vous auriez pu avoir tout ce que vous désiriez.

— Comme vous, peut-être ? rétorqua-t-elle sèchement mais avec un sourire suave. Vous aviez tout ce qu'on peut désirer, n'est-ce pas : le titre, la position sociale, et un père qui tenait la moitié de Londres sous sa coupe et contrôlait tous vos faits et gestes. À mon sens, vous n'aviez que ce que votre père vous permettait d'avoir. Si nous nous étions mariés, j'aurais été une prisonnière dans une cage dorée.

— Une vie de courtisane n'est-elle pas une prison dorée ?

— La porte est toujours ouverte. Je fais mes propres choix, je ne dois rien à personne, et j'ai conclu suffisamment d'affaires lucratives pour ne plus avoir besoin de travailler.

Guy balayait du regard l'enfilade de salons, se rappelant le jeune homme qu'il était autrefois. Il avait été autorisé à s'asseoir à la table de jeu, cependant son père avait pris des dispositions pour que ses gains éventuels soient bloqués sur un compte. Il repartait donc toujours les poches vides. Chaque fois qu'il trouvait une piste pour s'assurer un revenu, son père la lui barrait. Même l'armée avait refusé de l'enrôler.

— Pourquoi ne m'avez-vous pas parlé de tout cela, à l'époque ?

— Oh, Guy... j'ai essayé, mais vous n'écoutiez pas. Vous n'aviez qu'une seule préoccupation : vous libérer de l'emprise de votre père. Je me demandais souvent si j'existais à vos yeux, ou si j'étais devenue le symbole de votre liberté, de même que miss Larke était le symbole de la tyrannie de votre père.

Les mains crispées sur la pierre lisse de la balustrade, Guy scruta les jardins en contrebas. Il se remémorait sa dernière dispute avec son père, particulièrement violente, au sujet de Clare Ivory et Arabella Larke.

— Je vous aimais.

— Et vous exprimiez ouvertement vos sentiments, acquiesça-t-elle avec un sourire triste. Mais plus vous répétiez que vous m'aimiez, plus je me sentais prisonnière. Je vous ai bien mal traité, je le regrette. J'étais jeune et désemparée, c'est ma seule excuse. Comme je n'avais pas le courage de vous dire en face que je refusais de vous épouser, j'ai opté pour la facilité.

Guy ne s'était à aucun moment interrogé sur les sentiments de Clare. Il l'aimait, par conséquent elle devait l'aimer, pensait-il avec la logique d'un jeune homme privilégié.

— Ne regrettez rien, dit-il. Aujourd'hui, je vous suis reconnaissant de m'avoir rejeté. Je suis parti à l'aventure, et j'ai adoré ça. Ces années de liberté m'ont permis de devenir l'homme que je suis à présent.

Il se redressa, prêt à prendre congé, à laisser Clare Ivory et son passé derrière lui, mais elle déclara :

— Il paraît que vous avez des problèmes avec sir Walter Treadgold ?

— Nom d'une pipe, tout se sait dans cette ville, grogna-t-il.

— Les gens parlent, et certains écoutent. L'une des sœurs York a des vues sur le fils de sir Walter. Humphrey Treadgold était extrêmement généreux avec nous, les courtisanes, mais nous l'avons perdu lorsqu'il a accepté un poste en Irlande. Apparemment, sir Walter lui a demandé de rentrer au bercail.

— Pourquoi devrais-je m'intéresser au fils de Treadgold ?

— Vous pourriez utiliser ce genre d'information contre lui.

Un petit chantage par-ci, une filouterie par-là ; pots-de-vin, faveurs et confidences. Le père de Guy procédait de cette façon.

Il hocha la tête.

— Je comprends pourquoi vous vous entendez bien avec Arabella. Vous êtes aussi dénuées de principes l'une que l'autre.

— Qu'on ne partage pas les vôtres ne signifie pas qu'on en est dépourvu.

Elle le dévisagea d'un air malicieux.

— Je présume que vous n'êtes pas invité au mariage ?

— Je n'y assisterais pas même si j'étais invité. Si vous les croisez, elle ou Sculthorpe, souhaitez-leur de ma part tout le bonheur du monde.

— Votre sœur pourra peut-être lui transmettre le message.

— Freddie ?

— Sir Walter et sa famille au grand complet sont à Vindale Court, avant même le bal qui sera donné pour les fiançailles de miss Larke.

Elle pencha la tête de côté.

— Vous l'ignoriez ?

Guy éclata d'un rire sonore et passablement lugubre, qui s'envola dans la nuit. Il avait interrogé tous ceux qu'il rencontrait, et pendant ce temps Clare détenait l'information qu'il cherchait.

Pestant entre ses dents, il rejoignit le duc. Bravo, sir Walter, qui avait couru se réfugier dans la seule demeure d'Angleterre où Guy n'était pas le bienvenu. Et bravo, Arabella, qui ne désarmait pas et se servait de Freddie et Ursula comme appâts pour lui passer la corde au cou.

Mais elle en serait pour ses frais. Il n'irait pas à Vindale Court.

8

La victoire était plus compliquée et coûteuse qu'Arabella ne l'avait imaginé, cependant c'était une victoire.

— Une jolie récolte pour ma petite vierge qui est une maligne, murmura lord Sculthorpe, pointant le cigare qui grésillait entre ses doigts sur le panier de noisettes que tenait Arabella, tandis que la troupe des invités déambulait dans les bois.

À ces mots, Arabella n'eut même pas un frémissement. Elle n'éprouva que de la satisfaction et un bienfaisant sentiment de supériorité.

Car depuis l'arrivée de lord Sculthorpe à Vindale Court – où il attendrait avec les autres invités le bal de fiançailles et le mariage –, ce qu'il faisait et disait lui était parfaitement indifférent.

Dans un acte désespéré, imprudent et immoral, elle avait disposé de son corps. Elle avait gagné. Sculthorpe n'aurait jamais sa virginité.

Et si elle pensait à Guy, si cette pensée était pareille à un coup de vent au tréfonds d'elle, cela ne voulait rien dire. Pendant la journée, elle devait s'occuper des nombreux invités, et la nuit, lorsque les souvenirs l'assaillaient… eh bien, personne n'avait à savoir comment elle se consolait, seule dans son lit.

— Je crains néanmoins que miss Treadgold ne vous ait damé le pion, ajouta Sculthorpe.

Matilda Treadgold avait surpassé tout le monde. Arabella était impressionnée, non par le panier rempli à ras bord de la demoiselle, mais par le fait qu'elle n'avait pas cueilli une seule noisette de ses blanches mains. Un quatuor de jeunes gens de passage s'était joint à leur expédition – deux ornithologues allemands, un futur botaniste de Sierra Leone, et le cousin au énième degré d'un des invités – et s'était aussitôt mis au service de la poupée de porcelaine qu'était miss Treadgold. Elle n'avait qu'à jeter un regard langoureux à une noisette pour que le quatuor fonde sur le malheureux fruit ! Elle demeurait souriante et chaleureuse – le genre de femme dont la présence ensoleille une maison et dont tout le monde apprécie la compagnie.

Autant de qualités que Guy souhaiterait trouver chez son épouse.

Le panier de Freddie était plein, lui aussi, mais on y voyait quelques trésors au milieu des noisettes : de jolis cailloux, une plume et un champignon orange.

Les voisines et amies d'Arabella, Cassandra DeWitt et Juno Bell, avaient préféré les mûres aux noisettes. Empêtrées dans les ronces, elles essayaient de se libérer mutuellement en riant aux éclats.

Plus loin, la nounou d'Ursula s'efforçait d'empêcher la fillette de fourrer dans sa bouche tout ce qu'elle trouvait par terre. Miss Norton, la jeune et efficace gouvernante, surveillait trois gamins et s'ingéniait à les occuper.

— Miss Treadgold mérite le trophée, dit Arabella à Sculthorpe.

— Vous ne le lui disputerez pas ?

— Pourquoi le ferais-je, puisque j'ai d'ores et déjà gagné ?

Il se rengorgea, persuadé qu'elle parlait de lui et estimait avoir remporté le gros lot. Maintenant qu'elle n'avait plus peur de lui, elle découvrait qu'il était assez facile à manipuler.

Soudain, miss Treadgold poussa un cri perçant :

— Oh, il est mort ! Quelle horreur !

Du bout de son bâton, elle poussa le cadavre d'un écureuil. Puis, avec un peu de retard, elle laissa tomber le bâton et fit un bond en arrière, une main pressée sur sa jolie bouche, les yeux ronds comme des soucoupes. Ses chevaliers servants se précipitèrent.

— Séjourner à Vindale Court doit être bien pénible pour vous, chère mademoiselle, commenta l'un des ornithologues. Les oiseaux empaillés de M. Larke sont exposés dans tout le manoir.

— Ils sont tellement hideux, n'est-ce pas ? Ils me donnent des cauchemars, gémit miss Treadgold en frissonnant ostensiblement.

Freddie s'était approchée pour examiner l'écureuil mort. Les enfants voulurent faire de même, mais leur gouvernante les retint.

Sculthorpe émit un rire indulgent. Arabella l'observa attentivement, mais ne décela rien de répréhensible dans le regard qu'il posait sur Freddie et miss Treadgold. Elle n'aurait donc pas à les protéger : il réservait à sa fiancée ses sourires et œillades lubriques.

Cependant, peu à peu, elle vit s'allumer dans ses yeux cette lueur répugnante, et s'imprimer au coin de ses lèvres un rictus concupiscent. Surprise, elle suivit son regard.

Il lorgnait la gouvernante.

Les narines palpitantes, il souffla bruyamment un panache de fumée. Puis il scruta le ciel, tira sur son cigare et, plaquant de nouveau sur son visage un sourire bienveillant, reporta son attention sur le groupe de jeunes gens.

Le tout s'était déroulé en une seconde, et Arabella se félicita de l'avoir remarqué.

— Je trouve que miss Norton se débrouille remarquablement bien avec ces galopins, déclara-t-elle d'un ton anodin. Elle leur tient la bride haute.

— Qui donc ? rétorqua-t-il en jetant un coup d'œil à miss Norton. Ah oui... la gouvernante.

— Je suppose que vous étiez vous aussi un galopin qui tourmentait sa gouvernante, plaisanta-t-elle.

Une étincelle flamba dans les yeux de Sculthorpe, mais il répondit avec cette façon de se moquer de lui-même qui faisait son charme :

— C'est plutôt elle qui me tourmentait, je l'avoue. Je parle de la gouvernante de ma sœur.

— Elle était si terrible ?

— Au contraire, c'était une pure merveille, et j'en étais entiché.

Il secoua pensivement la tête.

— Je n'étais sans doute pas le premier garçon à se croire fou amoureux d'une gouvernante, à être obsédé par ses airs guindés et ses manières autoritaires.

— Je suppose que si vous la rencontriez aujourd'hui, vous vous apercevriez qu'elle est simplement une femme comme les autres. Elle perdrait son éclat.

— Elle l'a perdu depuis longtemps, rétorqua-t-il avec un soupir sarcastique. Depuis le jour où j'ai découvert la vérité à son sujet. Je... Pardon de parler crûment.

— Je vous en prie, ne vous excusez pas.

— Nous nous comprenons, vous et moi. La vérité, c'est que mon frère aîné l'a séduite. Je les ai vus en pleine action, dans sa chambre.

Il n'expliqua pas pourquoi il les espionnait, et Arabella ne se donna pas la peine de poser la question.

— Mais, bien sûr, c'était du Kenneth tout craché. L'héritier, l'aîné, celui qui avait déjà tout. Il savait que j'étais amoureux d'elle et il l'a prise quand même. Elle était à moi et il me l'a prise. Que cela m'ait profondément blessé lui était indifférent.

Les traits de Sculthorpe se durcirent.

— Telles sont les passions échevelées des gamins, poursuivit-il avec un petit rire. Néanmoins, nous n'oublions jamais la première. Il n'est pas convenable d'évoquer ces sujets avec vous, mais vous êtes une femme réaliste et nous serons bientôt mariés.

— Je suis contente que vous me parliez de ces choses-là, répliqua-t-elle avec sincérité. J'en suis très contente.

Car à présent, elle savait qu'il lui faudrait protéger aussi ses employées. Quand le moment viendrait d'engager une gouvernante, elle veillerait à en choisir une qui ait enterré trois maris, qui soit capable de fendre une bûche à mains nues... et qui aiderait Arabella à faire disparaître un cadavre.

— Vous ne souriez pourtant pas, lui reprocha Sculthorpe en lui lançant un regard pénétrant. Pour notre nuit de noces, vous me sourirez.

— Naturellement.

Avec un peu de chance, elle se souviendrait de sourire au moment voulu. Peut-être aurait-elle intérêt à s'entraîner, comme elle s'entraînait à produire une tache de sang sur le matelas.

— Nous devrions le brûler, dit alors Freddie qui étudiait toujours l'écureuil mort.

— Vos désirs sont des ordres, lady Frederica, rétorqua aussitôt Sculthorpe.

Du bout de sa botte, il recouvrit le petit cadavre de feuilles sèches et laissa tomber dessus le mégot incandescent de son cigare. Une volute de fumée s'éleva du bûcher improvisé.

Arabella en profita pour s'éloigner et flâner seule un moment. Dieu qu'elle aimait ces bois à l'automne ! Et aussi au printemps, en été et en hiver. Comme elle regretterait de ne plus assister au défilé des saisons à Vindale Court et de ne plus voir les gens qui avaient peuplé son existence.

« Cesse de pleurnicher », se tança-t-elle. Un jour, elle reviendrait vivre ici. En attendant, le foyer conjugal serait certainement agréable. Le domaine des Sculthorpe se trouvait dans le Norfolk, au bord de la mer. Elle apprécierait la proximité de la mer et toutes ces hautes falaises, d'où son mari pourrait tomber.

Le sentier moucheté de soleil la conduisit jusqu'à la route, au-delà de laquelle s'étendait un grand champ. Entre les tranchées brunes ouvertes par le soc de la charrue, le sol était tapissé de chaume doré.

Arabella s'arrêta, humant l'air frais et l'odeur de la terre tout juste labourée.

Soudain, un bruit de sabots attira son attention. Un cheval approchait. Elle ne distinguait pas le visage du cavalier mais elle sut tout de suite, à sa posture, à son manteau et son chapeau, qui il était. Un frisson brûlant la parcourut.

Guy était là. Elle était pourtant sûre qu'il ne viendrait pas. Mais il était là.

Elle demeura immobile, jusqu'à ce qu'il soit devant elle. Arabella promena son regard sur ses larges épaules, ses mains habiles qui tenaient les rênes, ses cuisses musclées. Ils étaient habillés de pied en cap, pourtant elle eut l'impression qu'ils étaient nus tous les deux.

Et dans les yeux de Guy… Elle se risqua à soutenir son regard amusé, provocant, et n'y vit… rien.

Rien qui la fasse reculer. Guy savait sur elle des choses qu'elle-même ignorait, cependant dans ses yeux elle ne lisait aucune jubilation malsaine, aucun mépris ni aucun sentiment de supériorité.

— Je me joins à la fête, déclara-t-il d'un ton guilleret. Je resterai peut-être même jusqu'au bal de fiançailles. J'espère que tu me réserveras une danse. Je promets de ne pas t'écraser les orteils.

Elle lui décocha un regard noir.

— Tu n'es pas invité.

— Oh, toi et moi, nous savons qu'en invitant mes sœurs, tu m'invitais aussi.

— Moi, au moins, j'ai réussi à les localiser. Tu semblais avoir des difficultés à le faire.

— Et tu t'es servie d'elles pour m'attirer ici. Tu n'as rien à envier à Machiavel.

— Merci.

— Ce n'est pas un compliment.

— Hmm… marmonna-t-elle. Je te préviens : mon père a déclaré que tu n'étais pas le bienvenu sous son toit.

— Je me fiche de ce que dit ton père. Quant à toi, tu n'es sûrement pas surprise de me voir. Compte tenu des circonstances.

Arabella sentit son cœur tressaillir de… d'espoir ? de joie ? Qu'il ait voulu la voir et… « Ne sois pas ridicule ! » se tança-t-elle. Il n'éprouvait que du mépris pour elle, et c'était mieux ainsi, car il la rendait vulnérable.

— De quelles circonstances s'agit-il ? se força-t-elle à rétorquer.

Il ouvrait la bouche pour répondre, quand ils entendirent des brindilles craquer sous un pas d'homme. Guy serra les dents, et Arabella n'eut pas besoin de se retourner pour savoir qui arrivait.

— La présence de mes sœurs à Vindale Court, articula-t-il.

Il inclina la tête.

— Bonjour, Sculthorpe.

Celui-ci se campa à côté d'Arabella et posa la main au creux de ses reins. Elle ne cilla pas, ne s'écarta pas. C'était assurément la situation la plus gênante qu'elle eût jamais connue, mais elle n'était pas gênée. Elle était simplement soulagée d'avoir repris le contrôle d'elle-même face à Sculthorpe.

— Bonjour, Hardbury. J'ignorais que vous étiez invité.

À cet instant, miss Treadgold émergea des bois, ses soupirants dans son sillage. Un sourire chaleureux éclaira le visage de Guy. Les gens avaient tous ce sourire-là quand miss Treadgold apparaissait, comme si sa vue suffisait à les rendre heureux.

Personne ne souriait de cette façon à Arabella. Cela ne l'avait jamais attristée, mais brusquement elle se disait que provoquer pareille réaction serait fabuleux.

— Lord Hardbury ! s'exclama miss Treadgold en le gratifiant d'une gracieuse courbette. Quelle merveilleuse surprise !

— L'air de la campagne vous va bien, mademoiselle, déclara-t-il sans cacher son admiration. Quel charmant tableau pour un voyageur fatigué !

— Vous êtes trop aimable, monsieur. Lady Frederica est là, vous devez être impatient de lui parler.

— Naturellement, rétorqua Guy, souriant de plus belle. Et j'espère avoir l'occasion de vous parler aussi.

— Oh... souffla-t-elle en rosissant et en baissant les yeux.

Arabella plongea les doigts dans ses noisettes, avec une envie folle de les leur jeter à la figure.

Guy remarqua son geste, et elle discerna une lueur narquoise dans son regard : il avait deviné ses pensées. Puis il pêcha quelque chose dans sa poche et le lui lança – une pièce de monnaie, qui virevolta dans l'air.

Arabella l'attrapa au vol.

— Que se passe-t-il ? interrogea Sculthorpe.

Elle savait déjà que c'était un shilling, comme celui qu'elle avait lancé à Guy cette nuit-là, à Londres.

— Miss Larke, insista sèchement Sculthorpe. Pourquoi lord Hardbury vous a-t-il lancé cette pièce ?

Arabella gardait les yeux fixés sur Guy.

— Oh, ce n'est rien. Juste un souvenir d'un épisode du passé. Une bêtise.

À cet instant, le cheval piaffa et se mit à encenser. Guy le talonna en ricanant et s'éloigna au galop.

Guy s'était juré d'éviter Arabella durant son séjour à Vindale Court. Cependant, à force de l'observer avec Sculthorpe dans le salon après le dîner, l'envie le démangeait de semer la zizanie.

On lui avait déjà subtilement conseillé de bien se tenir. D'abord lady Belinda :

— Vous serez heureux, je n'en doute pas, de passer un *agréable* séjour parmi nous.

Puis lord Larke :

— Elle épousera Sculthorpe. Ne vous avisez pas de tout fiche en l'air, Hardbury.

Et enfin sir Walter :

— Je suis absolument ravi que nous soyons amis... et même parents !

Mais Guy était de plus en plus nerveux, à cause évidemment d'Arabella. C'était surtout son attitude à l'égard de Sculthorpe qui l'exaspérait. Elle lui témoignait une patience et une tolérance dignes d'une femme mariée depuis vingt ans ! Sculthorpe plastronnait sans paraître remarquer qu'elle se bornait à hocher la tête de temps en temps.

Arabella, si vive, si acerbe, était muette. Pas étonnant que Guy brûle de la réveiller. Bon sang de bois ! D'où lui venait ce besoin irrépressible de l'asticoter ? C'était une fièvre dangereuse, pareille à celle qui pousse certains à se rasseoir à la table de jeu après avoir perdu leur dernier penny.

Aussi, ce soir-là, lorsque Sculthorpe extirpa de sa poche son étui à cigares en argent et, priant la compagnie de l'excuser, alla fumer dehors, et qu'Arabella s'approcha du pianoforte pour montrer les partitions à miss Treadgold, Guy oublia ses bonnes résolutions et rejoignit les jeunes femmes.

Sans lui adresser un regard, Arabella s'esquiva. Il aida miss Treadgold à choisir une partition, puis céda à un autre invité le privilège de tourner les pages.

Arabella bavardait avec Freddie. Il mit le cap sur elles, mais quand il arriva à la hauteur de sa sœur, Arabella s'était déjà éloignée. Elle était près de sa mère. Guy se dirigea promptement vers lady Belinda… tandis qu'Arabella faisait route vers la console sur laquelle étaient posées tasses et théière.

« Arrête-toi, tout le monde va remarquer que tu la pourchasses à travers le salon », s'exhorta-t-il. Mais quand il la vit saisir la théière, il vint se camper à son côté.

Arabella jeta un coup d'œil autour d'elle et ne repéra sans doute aucune issue, car elle se résigna à lui servir une tasse de thé dont il n'avait aucune envie. Le décolleté carré de sa robe dévoilait ses clavicules. Guy en sentait encore la délicatesse sous ses doigts, il revoyait ses mains sur ses seins.

Il détourna les yeux.

— Tu m'évites, Arabella ? demanda-t-il à voix basse.

— Ne sois pas ridicule. Je n'évite personne, ce n'est pas mon genre. En revanche, je choisis avec soin mes interlocuteurs.

Elle tourna la tasse sur la soucoupe, afin que les motifs de la porcelaine coïncident exactement, puis tendit le tout à Guy d'une main qui ne tremblait pas.

— Qu'est-ce que tu mijotes, Arabella ? Que veux-tu de moi ?

Elle haussa les sourcils.

— Que diable pourrais-je vouloir de toi ? Tu as rempli ta mission, l'aurais-tu oublié ?

Son regard fier était un tourbillon qui enveloppait Guy. Les souvenirs déferlaient : leurs bouches, leurs corps soudés, la passion enivrante et, depuis, le désir lancinant de recommencer.

Si seulement il pouvait l'emmener loin d'ici, dans le désert, et la coucher sous la voûte étoilée. Mais ils étaient coincés dans un salon au milieu des bavardages, des notes de musique et du tintement des tasses à thé.

Il méprisait cette femme. Il la désirait. Elle était redoutable. Il était fou.

— Je ne suis pas là pour toi, réussit-il à articuler, les dents serrées.

Il reposa brusquement sa tasse, de crainte de la broyer entre ses mains.

Arabella donna une chiquenaude à la tasse, pour que ses motifs soient alignés sur ceux de la soucoupe. Raté.

— Je ne suis pas là pour toi, répéta-t-il.

Foudroyant du regard la tasse récalcitrante, elle joignit les mains à hauteur de sa taille. Elle ouvrit la bouche pour répliquer… Aucun son ne franchit ses lèvres. Elle essaya encore. Pas un mot. Elle jeta un coup d'œil circulaire, avisa Freddie.

— Tu…

Elle s'éclaircit la gorge.

— Tu es là pour tes sœurs, je présume. Et j'ai l'impression que sir Walter et toi êtes subitement devenus amis.

Dieu merci, elle avait renoué le fil de la conversation.

— Tu as découvert le pouvoir du subterfuge ? poursuivit-elle.

— De la diplomatie, corrigea-t-il. Je fais preuve d'une modération admirable. Je me suis même retenu de le traiter de corrompu et d'hypocrite.

Faire semblant d'apprécier quelqu'un qu'il méprisait ne lui plaisait pas. Quand sir Walter avait demandé quel bon vent l'amenait, Guy avait marmonné, tout en regardant Matilda Treadgold, que Vindale Court ne manquait pas d'attraits. La figure de sir Walter s'était littéralement illuminée, et il avait illico prié sa nièce de conduire Guy auprès de la petite Ursula.

Sa sœur était une adorable poupée au sourire à faire fondre, auréolée de soyeuses boucles blondes, une petite bavarde au babil incompréhensible.

— Félicitations, rétorqua sèchement Arabella. Mais je voudrais que tu m'écoutes à propos de Freddie. Tu dois découvrir...

— Non, la coupa-t-il en levant une main. Tu ne me dis pas ce que je dois ou ne dois pas faire. Que ce soit notre règle numéro un.

— Oh, nous aurons donc des règles ? s'enquit-elle, écarquillant les yeux. Comme c'est charmant ! Tu vas bientôt me demander d'obéir aux règles.

— Je ne suis pas aussi stupide. Mais j'ai besoin de ton aide pour obtenir la garde des mes sœurs et reconstruire ma famille.

— Si c'est tellement important pour toi, je m'étonne que tu aies laissé un simple chagrin d'amour t'entraîner si loin de chez nous.

— Ce n'est pas parce que Clare Ivory m'avait brisé le cœur que je suis parti.

— Dans ce cas, pourquoi es-tu parti ?

Son départ était alors la seule conclusion possible d'une décennie de bagarre dont le point culminant avait été l'ultime et violente querelle de Guy avec son père, lorsqu'il lui avait annoncé son intention d'épouser Clare et que le marquis l'avait menacé de l'enfermer dans la cave, tant qu'il n'accepterait pas de se marier avec Arabella.

— Vous ne pouvez pas me forcer ! avait hurlé Guy avec la fougue de la jeunesse. Je ne serai jamais votre marionnette.

— Tu n'as pas assez de jugeote pour décider par toi-même, avait rétorqué son père. Tu feras ce que je te dis de faire, jusqu'à ce que tu sois un homme digne de ce nom.

— Un tyran corrompu comme vous ?

— Je suis chez moi, avait déclaré froidement le marquis. Et tu feras ce que je dis tant que tu seras chez moi.

Voilà comment ils s'étaient partagé le monde : le père régnait en Angleterre, et Guy était libre partout ailleurs.

Arabella l'observait d'un air interrogateur.

— C'était une question de principes, finit-il par répondre.

— Des principes ?

— Eh oui. Tu sais de quoi il s'agit ?

Elle haussa les épaules.

— Ma gouvernante m'en a peut-être touché deux mots autrefois, mais comme elle racontait des histoires de fées, de licornes et d'honorables gentlemen, je ne l'écoutais que d'une oreille.

Il ne put s'empêcher de rire.

— Mon père n'avait assurément rien d'honorable. Son activité favorite était de chercher comment sa position pouvait lui rapporter de l'argent et de l'influence, et il exigeait que je suive son exemple. Il avançait toujours des arguments raisonnables pour justifier sa malhonnêteté. Je l'ai bien déçu, avec ma conscience morale et tout le reste.

— Ah, la conscience... quel supplice ! Pire qu'une crise d'urticaire.

— Je comprends pourquoi mon père t'appréciait. Dans les lettres que je lui écrivais, je promettais de rentrer au bercail si j'avais la possibilité de gagner ma vie et de me marier à ma guise, à quoi il répondait invariablement que je ferais ce qu'il jugeait bon pour moi et, donc, que je t'épouserais.

Arabella daigna enfin manifester de la surprise.

— Vous n'avez tout de même pas passé des années à vous disputer à cause de moi ? C'est grotesque. Il y a d'autres héritières en Angleterre, et nos pères n'ont jamais été à ce point unis.

— Tu es devenue à ses yeux le symbole de mon obéissance.

— Pas étonnant que tu aies refusé mordicus de m'épouser.

— Bah... ton caractère vindicatif a aussi joué son rôle.

— Seigneur, et moi qui pensais que ça faisait mon charme...

Guy tressaillit. Arabella serait-elle capable de rire d'elle-même ? Non, impossible.

— Tu continues donc à chercher l'épouse idéale, enchaîna-t-elle. Elle te contemplera avec adoration, et le grand homme tombera une fois de plus follement amoureux.

— J'ai hâte, rétorqua-t-il gaiement pour ne pas trahir son agacement. Être amoureux vous donne le sentiment d'être pleinement vivant, un peu comme l'alcool et le jeu, mais c'est moins mauvais pour la santé. Alors quand je rencontrerai la dame adorable qui m'adorera, crois-moi... je tomberai si vite à ses pieds que j'en aurai une commotion.

Une ombre de mélancolie passa dans le regard d'Arabella, aussitôt chassée par une lueur sardonique.

— Mazette ! On commande une fiancée comme on commande une nouvelle redingote, taillée sur mesure ? Qui se doutait que l'amour était aussi pratique ?

Elle tourna les yeux vers miss Treadgold qui, assise au pianoforte, achevait un morceau de musique.

— Mais, bien sûr, ce que le marquis demande, le marquis l'obtient. Sir Walter m'a informée que tu étais ici pour courtiser sa nièce.

— N'importe quel homme préférerait miss Treadgold aux autres jeunes femmes présentes dans ce salon.

— Il la préférerait même à *moi* ? Bonté divine ! Mais pourquoi ?

— Ha, ha ! Parce que les hommes préfèrent une femme qui nourrit ses petits au lieu de les dévorer.

— Allons donc, je n'ai pas croqué de bébés depuis des lustres.

Il se mit à rire, surpris de nouveau, mais cette fois pas d'erreur : Arabella se moquait d'elle-même. Autre révélation : si sa bouche ne souriait pas, ses yeux riaient.

Ça alors… Avait-elle toujours eu de l'humour ? Ses déclarations outrageusement arrogantes étaient-elles en réalité des boutades ?

Une fois de plus, elle lui paraissait mystérieuse, tel le ciel nocturne de l'autre côté du monde, où les étoiles sont à la fois familières et absolument différentes.

Il dut faire un effort pour se rappeler où ils étaient. Qui était Arabella. Ce qu'elle avait fait. Et, pour bien se le rappeler, il rétorqua :

— C'est Sculthorpe qui doit être content.

Elle ne cilla pas.

— Est-ce lui qui t'a cassé le nez ?

— Non, j'avais quitté le pays quand ça m'est arrivé. J'étais l'Anglais typique, plein de morgue, qui s'attend à ce que le monde se plie à sa volonté.

— Parce que, en Angleterre, on te laissait toujours gagner.

Guy réprima une grimace. Il n'avait pris conscience de cette réalité qu'en s'aventurant dans le vaste monde, où son nom n'était plus un bouclier. Cela n'avait cependant pas échappé à Arabella, pourtant plus jeune que lui. Il faut dire qu'à l'époque, elle était la seule qui avait le cran de le défier.

— Que vous laissait-on gagner, Hardbury ?

C'était Sculthorpe qui revenait. Il empestait le tabac. Les traits d'Arabella se figèrent.

— Lord Hardbury me parlait de ses voyages, répondit-elle posément, d'une voix assez forte pour être entendue à l'autre bout du salon. De l'Italie, notamment.

Avec quelle aisance elle mentait ! Et ses mains, quand elle tendit une tasse de thé à son fiancé déjà cocufié, ne tremblaient pas.

La tasse et la soucoupe en porcelaine de Chine paraissaient bien fragiles dans les grosses pattes de Sculthorpe. Il regarda Guy. Peut-être se remémorait-il, lui aussi, le jour où le jeune insolent qu'était Guy à vingt ans l'avait provoqué et où, de ses poings énormes, le baron l'avait rossé.

— J'ai passé quelque temps en Italie pendant la guerre, déclara Sculthorpe. Et vous, qu'y faisiez-vous ?

— Lord Hardbury ! appela lady Treadgold. Matilda et moi mourons d'envie d'entendre le récit de vos voyages en Italie. N'est-ce pas, Matilda ?

Miss Treadgold semblait effectivement enthousiaste.

— Il paraît qu'on peut voir des squelettes ensevelis dans des cendres volcaniques.

— Matilda, gronda gentiment lady Treadgold.

— Mais, tante Frances, c'est tellement affreux ! se justifia la jeune fille. Tous ces pauvres gens...

— Tu as bon cœur, c'est tout à ton honneur. N'est-ce pas, lord Hardbury ?

— Absolument.

Il lança un coup d'œil à Arabella et à Sculthorpe. Sacrebleu, la situation était d'un ridicule achevé. Pourquoi avait-il changé d'avis et décidé de venir ici ?

Secouant la tête, il se dirigea vers lady Treadgold.

— Parlez-nous de Venise, susurra-t-elle. On y fabrique de splendides objets en verre.

La jolie, douce et peu stimulante miss Treadgold lui sourit timidement. Guy se montra aimable, et ne tourna pas une seule fois le regard vers Arabella qui, à l'autre bout de la pièce, bavardait tranquillement avec lord Sculthorpe et le futur botaniste.

9

Arabella se dirigeait vers les ruines de l'abbaye, tout en haut de la colline. Le vent la transperçait. En temps normal, elle venait ici à cheval, mais si elle en avait fait seller un, lord Sculthorpe aurait pu savoir qu'elle s'était absentée.

Non qu'elle se cachât de lui, bien sûr que non. Elle préférait simplement l'éviter.

Dieu que c'était agaçant. Les autres jours, la chasse ou la pêche avaient occupé Sculthorpe, mais voilà qu'aujourd'hui, en cet après-midi ensoleillé et venteux – un temps pourtant idéal pour tirer sur tout ce qui bougeait –, il avait annoncé son intention de rester au manoir.

Arabella s'était donc inventé une course à faire. Elle était sortie et avait monté la colline.

Les ruines de l'abbaye, dans cette lumière de fin d'été, invitaient à la méditation. Les arches et les murs tapissés de lierre encore debout semblaient indifférents à la marche du temps. Arabella avait toujours admiré Longhope Abbey, qui couronnait la colline depuis si longtemps qu'elle avait donné son nom au village. « Vous ne vous débarrasserez pas de moi », semblaient dire ces ruines.

Elle retira ses gants et promena les doigts sur les pierres. Oliver et elle aimaient jouer ici, autrefois.

Ils escaladaient les rochers et se mettaient mutuellement au défi d'explorer la crypte. Et, bien sûr, ils se barbouillaient la figure de mûres juteuses.

Un automne, un an après la disparition d'Oliver, les enfants des invités avaient disputé un tournoi. Celui qui cueillerait le plus de mûres serait vainqueur. Arabella avait gagné, mais à quel prix – robe déchirée, cheveux emmêlés et doigts affreusement tachés. Sa mère l'avait envoyée se changer, en lui rappelant sévèrement qu'elle était une lady et que son père ne devait surtout pas la voir dans cet état. Malheureusement, M. Larke l'avait vue. Il avait pincé les lèvres avec dégoût en la détaillant de la tête aux pieds.

— Tu n'es pas normale, ma fille. Quelle honte ! avait-il dit.

Arabella avait donc peaufiné l'art de cueillir des mûres sans s'égratigner ni se salir. Elle n'en récoltait pas beaucoup, mais la modération était une qualité requise pour une lady, contrairement à l'esprit de compétition.

Les ronces étaient toujours là, couvertes de fruits noirs et dodus qui luisaient au soleil et seraient cueillis pour la Saint-Michel. Selon la tradition, c'était ce jour-là que l'archange avait terrassé Lucifer et l'avait expulsé du paradis. Lucifer avait atterri dans un roncier, sur lequel il avait craché et qu'il avait maudit.

Repérant un fruit mûr, Arabella insinua sa main dans les ronces et le cueillit avec précaution. Elle ferma les yeux et goba la mûre, sucrée et légèrement acide.

Elle la savoura longuement, puis rouvrit les yeux.

Guy.

Immobile, il l'observait, insensible au vent qui enroulait son manteau autour de ses bottes. Le soleil caressait sa joue. Derrière lui, des grives battaient des ailes dans le feuillage orangé d'un arbre.

Elle ne lui avait pas reparlé depuis l'autre soir, n'avait même pas croisé son regard. À présent, elle ne parvenait pas à détourner les yeux. Il lui semblait que tout son être vibrait, comme si le vent et le soleil se glissaient sous ses vêtements et dans ses veines.

Peu importait : il allait s'éloigner. Pressé de l'éviter, comme il l'avait fait durant toute la semaine.

Mais non, il s'approcha d'elle. Bien trop près.

— Tu grappilles des mûres ?

Elle déglutit. Elle avait la bouche sèche.

— Et toi ?

— Je plaide coupable.

Il montra ses doigts tachés. Puis ces doigts, chauds malgré le vent frisquet, saisirent les mains d'Arabella.

— Admirable, commenta-t-il après les avoir examinées. Je t'ai vue cueillir une mûre et la manger, pourtant tes mains sont impeccables. Mais tu ne goûtes peut-être que les fruits encore verts. Tu les préfères acides ?

— Je suis déjà assez sucrée.

Il se mit à rire, et ce rire rappela à Arabella la caresse de ses mains sur son corps – taquin et grisant.

— J'ai une foule de qualificatifs pour te décrire, Arabella, mais « sucrée » n'en fait assurément pas partie.

— Or tu préfères les créatures sucrées.

— Oui, et aimables.

— Celles dont l'adoration te flatte et dont les sourires te réchauffent.

Ils se tenaient encore les mains, et s'en rendirent soudain compte. Guy ne résista pas quand elle lui fit ouvrir les siennes pour étudier ses paumes. Elles étaient calleuses, les doigts tachés de violet étaient égratignés.

C'étaient des mains d'aventurier, solides et sensuelles.

Comment était-il possible que ces mains l'aient si profondément transformée ? Comment avaient-elles éveillé dans son cœur ces émotions inconnues et chaotiques ?

— Les cals s'estompent, dit-elle. Bientôt, tes paumes ne seront plus aussi rugueuses.

— Personne ne s'en est plaint jusqu'ici.

Un frisson la parcourut, comme s'il avait promené ses doigts le long de son échine.

Alors elle fut obligée de le regarder. De se noyer dans le vert tendre de ses yeux, d'endurer l'assaut des souvenirs, jusqu'à ce qu'il libère ses mains pour les enfoncer dans ses poches.

— Je ne comprends toujours pas ce qui s'est passé cette nuit-là à Londres, dit-il d'une voix sourde. Je m'étais juré de ne pas en reparler, de ne plus jamais t'adresser la parole, mais cette nuit-là…

Derrière Guy s'étendait la mosaïque automnale des bois et des champs, une palette chatoyante de vert, de brun et d'or.

— Cela n'a pas d'importance, déclara Arabella au paysage. C'est du passé.

— Vraiment ?

Elle n'avait pas de réponse. Le silence les enveloppa, à peine troublé par le froissement des feuilles malmenées par le vent, le chant flûté d'une grive. Du coin de l'œil, Arabella vit Guy sortir une main de sa poche. Instinctivement, elle se tourna vers lui. Il lui effleura les lèvres.

— Tu penses quelquefois à cette nuit-là ? À nos caresses ?

Une question inutile, qui n'appelait qu'une réponse.

— Non, mentit-elle. Jamais.

Il se rapprocha encore. Si elle s'écartait, elle s'accrocherait aux ronces. Il était si près qu'elle aurait pu se presser contre lui, l'embrasser. C'était facile à imaginer, comme si elle avait fait cela des milliers de fois.

Mentalement, elle l'avait fait des milliers de fois.

— Même quand tu es seule dans ton lit, le soir ? Tu ne te remémores pas ce que tu as éprouvé dans mes bras ?

Pour le moment, Arabella sentait une onde brûlante, désormais familière, se dérouler dans son ventre. Comment savait-il ce qu'elle faisait seule dans son lit ?

— Tu te trahis, Hardbury, railla-t-elle au prix d'un effort considérable. Tu passes peut-être ton temps à rêver de moi, mais moi... je me souviens à peine de... de cette nuit.

— Tu as raison, je l'avoue. J'en rêve, murmura-t-il d'une voix rauque qui la fit frissonner. Je me rappelle chaque courbe de ton corps. Le goût de ta peau. La façon dont tu répondais à mes caresses, avec une passion sauvage. C'était magnifique. Tu étais magnifique.

— Ne te moque pas de moi.

— Je ne me moque pas, dit-il, et elle sut qu'il était sincère. J'avais l'impression d'être en pleine tempête. C'est excitant, dangereux, et ça vous donne l'impression d'être extraordinairement vivant. Je ne cesse de me demander depuis ce qui se cache derrière le bleu de tes yeux.

Elle garda le silence, mais il n'attendait pas de réponse.

Il tendit le bras vers les ronces, vers un fruit mûr et juteux.

Elle ne voyait que lui qui contemplait sa bouche. Elle entrouvrit les lèvres, et il y glissa la mûre. Elle laissa sa langue frôler son doigt, happer le fruit dont le jus sucré gicla contre son palais. Jamais elle n'avait rien goûté d'aussi bon. Elle déglutit et passa le bout de sa langue sur ses lèvres. Une lueur affolante s'alluma dans les yeux de Guy.

Il allait l'embrasser.

Elle désirait éperdument qu'il le fasse. Elle effleura sa joue.

Cruelle erreur : cela rompit le charme.

Il s'écarta en marmonnant « non ». Puis il pivota et s'éloigna à grands pas. Il secouait la tête, le vent faisait claquer son manteau tandis qu'Arabella, immobile, attendait stupidement un baiser qui ne viendrait pas.

Des voix portées par le vent l'arrachèrent soudain à sa transe.

Quelle imprudence d'avoir, ne fût-ce qu'un instant, oublié que si le domaine était immense, il grouillait de monde ! Si quelqu'un les avait épiés, tout serait perdu.

Mais Guy avait disparu, et les intrus n'avaient pas aperçu Arabella, qui fila en douce.

Elle courut vers les jardins, pressée de retrouver la solitude de sa chambre où elle pourrait se ressaisir.

Mais un obstacle lui barrait la route : Sculthorpe, qui patrouillait dans les allées. Oh non, pas lui ! Elle ne pouvait pas l'affronter, c'était au-dessus de ses forces.

Elle vira de bord et se glissa dans un petit jardin clos. Elle s'appuya contre le mur de pierre, près d'un treillis sur lequel grimpait une clématite rose. Elle ferma les yeux, écoutant sa respiration hachée, les oiseaux qui chantaient, la fontaine qui gargouillait.

Les oiseaux se turent soudain. Sans ouvrir les yeux, Arabella sut qu'elle n'était plus seule.

— Vous êtes là, dit Sculthorpe, jovial. Vous jouez à cache-cache avec moi.

Pitié, qu'un ouragan se déchaîne, un tremblement de terre, qu'il pleuve des sauterelles et des grenouilles ! Qu'il s'en aille !

Hélas, l'univers n'exauçait jamais ses prières. Elle ne parvenait même plus à contrôler son corps et ses pensées. Seigneur, pourquoi s'était-elle crue capable de tout maîtriser ? N'avait-elle donc rien appris ? Elle s'efforçait depuis toujours d'être maîtresse de sa vie, et chaque jour la vie résistait.

Que le diable t'emporte, Guy Roth. Qu'il emporte Sculthorpe, mon père, et aussi Oliver, et tous les autres !

— Je vous cherchais. Miss Larke ?

Le ton était plus sec. Contrarié.

Elle rouvrit les paupières. Sculthorpe se tenait à l'entrée du petit jardin, le chapeau à la main et l'air pincé. Il dardait sur elle un regard assez perçant pour l'épingler au mur.

— J'écoutais le chant des oiseaux, lord Sculthorpe.

Il se détendit visiblement et, d'un coup de poignet, lança son chapeau sur un banc.

— Quel endroit ravissant pour y retrouver une ravissante pucelle !

— Nous n'avons pas de chaperon, monsieur.

Sa voix tremblait. Bonté divine, voilà qu'Arabella Larke devenait une bécasse apeurée ! Pas besoin de cataclysme ou de pluie de grenouilles : à l'évidence, la fin du monde était proche.

— Nous sommes fiancés. Cela ne dérangera personne.

Moi, ça me dérange, espèce d'ignoble pervers !

Le sourire aux lèvres, il s'approcha d'un pas nonchalant. Il avait dans le regard quelque chose qu'elle n'y avait pas encore vu – l'habituelle lueur lubrique qui lui donnait la nausée, mais aussi quelque chose de plus dur, de plus redoutable. C'était le regard d'un prédateur.

Une émotion qui ne lui était pas familière la submergea brusquement. Elle était paniquée.

Elle était allée trop loin. Cette histoire était allée trop loin.

Sans le quitter des yeux, Arabella se força à respirer profondément pour desserrer l'étau qui lui comprimait la poitrine, et laissa monter la colère. Comment osait-il l'effrayer, la traiter comme une proie et en vouloir toujours plus ?

— J'ai décidé de vous embrasser, annonça Sculthorpe.

Arabella se plaqua contre le mur.

— Vous disiez pourtant souhaiter attendre, articula-t-elle.

— Juste un baiser, susurra-t-il, comme s'il parlait à une pouliche nerveuse. Un baiser pour aiguiser nos appétits. Vous ne frissonnez plus de désir pour moi comme auparavant. Cela me manque.

Il ne la touchait pas encore, pourtant elle frémit tout entière. Il eut un rire sourd, odieux. Elle allait hurler, le frapper ou vomir – peu importait, pourvu qu'il s'éloigne.

Il se rapprocha.

— Voilà, vous frissonnez de désir... Vous en voulez plus, n'est-ce pas ? Pour une vierge, vous êtes bien affamée.

Non, elle ne pouvait pas... Elle avait accepté, d'accord. Elle avait choisi, mais quand on n'a pas d'autre choix, choisit-on vraiment ? Au bout du compte, elle n'avait pas gagné. Ce n'était pas juste. Elle avait vaincu Guy, elle avait vaincu Sculthorpe, néanmoins ils avaient réussi à l'emporter.

Qu'ils soient maudits, tous les deux. Ils auraient dû être à sa place, plaqués contre ce mur. Elle aurait convoqué un peloton d'exécution et les aurait abattus.

— Regardez-vous, si guindée, si convenable et si autoritaire. Vous êtes parfaite pour moi. Je vous adore et, oui, je vais vous embrasser.

Il regardait fixement sa bouche, il se pourléchait les babines, mais sa convoitise n'avait aucun rapport avec la femme qu'elle était – sur ce point, elle ne s'était jamais fait d'illusion.

Elle tenta de s'abstraire de ce moment, de retrouver les ruines de l'abbaye, le vent et les bras de Guy, sa voix qui lui murmurait qu'elle était magnifique, ses doigts qui glissaient une mûre entre ses lèvres.

— Je vais embrasser ma petite pucelle avant de la faire mienne.

— Oh, bonté divine, je ne suis pas pucelle ! riposta-t-elle.

Il se figea, et elle en profita pour s'écarter prestement. Elle n'avait pas fait deux pas qu'il fondit sur elle et lui saisit brutalement le poignet.

— Vous n'êtes pas... *quoi* ? siffla-t-il.

— Je ne suis pas...

Ses doigts étaient pareils à un étau glacé, capables de lui broyer les os. Elle poussa un cri d'animal pris au piège.

— Lâchez-moi ! Vous me faites mal.

Elle leva la main pour le frapper, mais il lui bloqua le bras. Comme elle se débattait, il l'agrippa, se pressant contre elle.

— Votre virginité était à moi, et à moi seul ! gronda-t-il, son séduisant visage déformé par la rage. Quel homme a pris ce qui m'appartenait ? Vous étiez mon précieux petit trésor, une jolie lady, intacte, mais aussi collet monté, autoritaire et despotique qu'une gouvernante. Je vous chérissais et vous... vous m'avez *trahi* ?

Elle ne parvenait pas à se libérer. Entravée par sa jupe, elle essaya de lui donner un coup de pied. Il la lâcha brusquement et lui allongea une bourrade. Il la poussait, elle donnait des coups de pied, jusqu'à basculer en arrière. Instinctivement, elle se tordit pour tomber sur l'épaule. Le choc fut si rude qu'elle en eut le souffle coupé.

Elle reprenait sa respiration quand la pointe d'une botte s'enfonça dans ses côtes avec une violence inouïe. Comme si elle s'observait de loin, comme dans un cauchemar, elle vit son corps se soulever et retomber lentement au sol.

Elle serra les dents, se préparant au pire. Mais il ne se passa rien. Sculthorpe s'acharnait sur le treillage, il fulminait avec des sanglots contre les traîtresses, contre Kenneth, son frère qui était mort, et la douleur insupportable qui le torturait quand on lui volait ce qui lui appartenait.

Hébétée, Arabella scrutait les brins d'herbe pareils à des lames hérissées qui poussaient dru tout autour d'elle. Un scarabée brun se frayait péniblement un chemin dans cette jungle. Brave petit soldat, il se souciait comme d'une guigne de Sculthorpe, du fameux Kenneth qui lui avait soufflé la gouvernante dont il était amoureux, et de ce qui arrivait à Arabella Larke. Il se souciait uniquement de s'extraire de ce dédale de brins d'herbe.

Elle se releva précautionneusement, constata avec soulagement que ses jambes la soutenaient. Elle épousseta sa jupe. Ses bras et ses côtes étaient douloureux, mais elle n'y prêta pas attention. Ce n'était pas le moment de gémir.

Sculthorpe s'écarta soudain du treillage. Écarlate, il essuya ses larmes d'un geste rageur, comme un petit garçon. Il pleurait ? Il l'avait frappée, pourtant elle ne se plaignait pas. Et cette brute épaisse pleurnichait ?

— Nous ne nous marierons pas, déclara-t-elle d'une voix aussi froide et dure que les pierres du mur.

— Évidemment, ricana-t-il, méprisant. Je n'épouserai pas une fille souillée, dégoûtante, une traîtresse qui...

— Taisez-vous ! Comment osez-vous brutaliser une femme ?

— C'est votre faute.

Il serra les poings. Relevant l'ourlet de sa jupe, Arabella s'apprêtait à s'enfuir, mais il ne s'approcha pas.

— Vous avez laissé un autre homme prendre ce qui m'appartenait. Je le dirai à votre père !

— Moi, je lui dirai que vous m'avez frappée.

— Et moi, j'expliquerai à toute l'Angleterre pourquoi vous le méritiez.

Après quoi, son père la déshériterait. Elle devrait continuer à se battre. Elle était tellement lasse de se battre...

Mais elle ne capitulerait pas.

Il lui semblait que son esprit et son corps meurtris étaient pris dans une gangue de glace, cependant son orgueil ne l'abandonnerait jamais, et il savait ce qu'il fallait dire.

— Vous irez voir mon père pour l'informer que vous avez reçu une lettre, ordonna-t-elle. La lettre d'une dame que vous aviez espéré épouser, et qui est à présent disponible et consentante. Vous m'avez suppliée de vous délier de notre engagement afin de pouvoir vous marier avec votre bien-aimée.

— N'importe quoi, grogna-t-il.

— J'ai accepté, car j'ai pensé qu'il ne fallait pas épouser un homme qui languissait après une autre femme. Vous direz à mon père que mon comportement est irréprochable et n'a aucun rapport avec votre décision.

— Votre comportement ! Je dirai à votre père – au monde entier – comment vous vous êtes conduite.

— Et moi, je dirai qu'à cause d'un commentaire anodin de ma part, un malentendu…

— Un malentendu !

— … vous m'avez agressée. Quel genre d'homme prétendez-vous être ? Un gentleman ? Le célèbre héros de guerre qui frappe une femme ?

Un rictus de dégoût déforma la bouche de Sculthorpe.

— Tout le monde comprendra pourquoi. Vous avez laissé un autre homme vous déflorer, vous l'avez avoué.

— Je n'ai pas la moindre idée de ce que signifie le mot déflorer. Par conséquent, personne ne croira que je l'ai prononcé.

— Ce sera votre parole contre la mienne. Vous ne pourrez pas prouver que je vous ai frappée. Qui croirait une dévergondée, une menteuse, une…

— Seigneur Dieu ! le coupa-t-elle, sarcastique. Vous avez peut-être l'habitude de battre vos chevaux et vos chiens, car on ne voit pas les ecchymoses sur les animaux.

Sculthorpe se figea. Seuls ses yeux bougèrent pour se poser sur les bras d'Arabella, cachés sous les manches de sa robe.

— Je devrais… marmonna-t-il.

Il s'avança d'un pas. Elle ne cilla pas.

— Quoi donc ? Ajouter quelques bleus à ma collection ? Me tuer, peut-être ? Il me semble que les gens le remarqueraient, non ?

Il recula vivement, se tordit les mains.

— Je n'avais jamais fait ça auparavant. Vous m'y avez poussé.

— Si à cause de vous, mon père me soupçonne de m'être mal conduite, soyez sûr que je révélerai sur-le-champ à la bonne société ce que vous m'avez infligé. Quand tout le monde le saura, vous n'aurez plus le droit de vous approcher d'une dame, et surtout pas d'une jeune fille à marier.

— Serait-ce du chantage ?

Voilà qu'elle était aussi un maître chanteur. Elle n'avait jamais voulu ça. Elle avait simplement demandé à exercer un certain contrôle sur sa vie. On avait construit un labyrinthe où on l'avait précipitée, et elle tentait simplement d'en sortir.

— Il faut que je me protège, monsieur, puisque de toute évidence vous ne le ferez pas.

D'un geste, elle montra l'entrée du jardin.

— Il se fait tard. Vous devriez partir tout de suite, si vous voulez être loin avant la tombée de la nuit. Les domestiques vous feront parvenir vos bagages.

— Que se passera-t-il quand on s'apercevra que la « bien-aimée » dont j'ai reçu la lettre n'existe pas ?

— Hélas, le grand amour est un chemin parsemé d'épines plus que de roses.

Il resta un moment silencieux, dardant sur elle un regard venimeux.

— Très bien, articula-t-il. Vous ne dites rien, et je ne dis rien.

— Allez-vous-en.

Rassemblant son courage, Arabella lui tourna le dos.

— Faites en sorte d'être parti quand je rentrerai.

10

Arabella franchit la grande porte du manoir avec un sentiment de solennité. C'était peut-être la dernière fois qu'elle pénétrait dans le hall de Vindale Court. Peut-être allait-elle quitter pour de bon cette demeure.

Ramsay vint à sa rencontre, chassant d'un geste les domestiques qui se trouvaient dans le hall.

— Lord Sculthorpe ? murmura-t-elle.

Elle retira ses gants et l'épingle qui retenait son chapeau, qu'elle jeta sur une console. Une lourde mèche de cheveux tomba sur son front. Elle la repoussa, la mèche retomba. Elle aurait intérêt à se recoiffer avant d'affronter son père.

— Il est parti, et nous sommes en train de boucler ses bagages. Votre père désire vous voir.

— Je m'en doute. Il est furieux ?

Le majordome pinça les lèvres. Arabella se regarda dans le miroir. Elle ne distingua sur sa robe aucune trace de sa mésaventure, néanmoins ses yeux étaient anormalement brillants. Elle aurait vraiment dû se recoiffer, mais elle y renonça avec un plaisir pervers. Ses cheveux en désordre semblaient convenir parfaitement à la situation.

Cette fois, quand elle entra dans le bureau de son père, le perroquet Queenie ne décloua pas le bec. M. Larke était déjà debout.

— Deux semaines, articula-t-il. Tu as réussi à garder un homme pendant quinze petits jours.

Tel un soldat, Arabella avait les yeux rivés sur l'horizon. Elle ne voyait ni Queenie, ni les oiseaux empaillés, ni le sourire narquois d'Oliver sur son portrait accroché au mur.

Lady Belinda se glissa dans la pièce, ce qui n'interrompit pas la tirade de M. Larke :

— Sculthorpe séjournait dans cette demeure dont son fils aurait hérité. Arrive la lettre d'une femme qu'il n'a pas vue depuis des lustres, et voilà qu'il s'en va à toute allure.

Arabella se plongea dans la contemplation du mur. Sculthorpe lui avait obéi. Il la craignait donc un peu.

— Regarde dans quel état tu es, gronda son père, montrant ses cheveux qui, pour être honnête, commençaient à agacer Arabella. On m'a privé de mon fils, j'ai le malheur de n'avoir plus qu'un seul enfant vivant et, comble de malchance, cet enfant... c'est toi !

— Assez, Peter ! lança sèchement lady Belinda.

Son mari passa une main sur sa figure. Malgré elle, Arabella tourna les yeux vers Oliver qui ricanait : « Il voudrait que tu sois à ma place sur ce mur, et moi à la tienne ! »

« Fracasse-toi le crâne contre un arc-en-ciel, sale petit morveux », répondit-elle.

Le silence les enveloppait. Arabella avait mille choses à dire, mais cela ne servirait qu'à aggraver la situation.

— Nous avons une maison pleine d'invités et un bal de fiançailles dans trois jours, déclara lady Belinda, toujours pragmatique. Nous devons l'annuler.

— Non. Qu'elle assiste au bal, que tout le monde soit témoin de sa disgrâce. Un bal de fiançailles, et pas de fiançailles.

Arabella retrouva enfin l'usage de la parole.

— Vous pourriez me mettre au pilori au milieu de la salle de bal et distribuer des fruits pourris aux invités pour qu'ils me les lancent à la figure.

— Ne me tente pas.

Elle devrait évidemment affronter le monde. Pourquoi pas lors de son bal de fiançailles ? Elle évoluerait parmi la foule dans son élégante robe du soir, de longs gants cachant les bleus qui commençaient à fleurir sur ses bras, la tête haute. Nul ne saurait comment ses fiançailles avaient été rompues. Nul ne devinerait combien elle avait été faible et désarmée.

— Tu partiras le lendemain du bal, poursuivit son père. Je ne veux pas de toi ici, tant que tu ne m'amèneras pas un fils légitime et un mari acceptable. En attendant, je vais modifier mon testament.

— Peter, je t'en prie... est-ce bien nécessaire ? demanda lady Belinda. Arabella n'est pas fautive. Si lord Sculthorpe aime une autre femme...

— Je suis fatigué de t'entendre défendre ce... ce garçon manqué. Évidemment qu'elle est fautive ! Sculthorpe en aime une autre parce que notre fille est de celles qu'aucun homme ne peut aimer.

— Ne dis pas ça, rétorqua doucement lady Belinda. Ne dis jamais ça.

— Regarde la petite Treadgold, soupira-t-il amèrement. Elle n'a qu'à passer trois minutes avec un homme pour qu'il soit à ses pieds. Tandis que notre fille... Hardbury la connaît depuis toujours, et il ne supporte pas de se trouver dans la même pièce qu'elle.

Il se laissa tomber dans son fauteuil.

— Sors d'ici, que je ne te voie plus.

Naturellement, lady Belinda suivit Arabella dans sa chambre. Elle s'assit dans un fauteuil.

— Explique-moi ce qui s'est passé, demanda-t-elle. Tu n'as sûrement pas laissé Sculthorpe partir sans tenter de le retenir ?

Arabella ne répondit pas. Sa mère avait toujours été de son côté, même quand elle n'en avait pas l'air. Elle l'avait incitée à se dépasser et avait tenté de la modeler pour faire d'elle une jeune femme accomplie. Pourtant, Arabella était devenue une créature que personne ne pouvait aimer.

Elle défit les quatre boutons de sa manche gauche, étroite, qu'elle remonta sur son bras. Une couture craqua. Des marques rouges s'étaient imprimées sur sa peau crémeuse – des traces de doigts, inutile d'avoir beaucoup d'imagination pour le deviner.

Baissant la tête, sans se soucier de la mèche de cheveux qui dégringolait de nouveau sur son front, Arabella les effleura. Les ecchymoses étaient brûlantes et légèrement enflées.

Elle ne releva pas la tête en entendant le froufrou d'une robe, en sentant le parfum familier et rassurant. Sa mère lui prit doucement le bras, de ses mains fraîches, et examina les hématomes.

— Oh, ma chérie… Pourquoi n'as-tu rien dit ?

De ses doigts habiles, lady Belinda défit les boutons de la manche droite qu'elle roula sur le bras de sa fille. Elle étudia un instant les meurtrissures.

— J'ai mal jugé lord Sculthorpe, déclara-t-elle.

— Vous ne pouviez pas savoir…

— J'aurais dû. Pourquoi n'as-tu rien dit à ton père ?

— Il m'aurait accusée d'avoir provoqué Sculthorpe.

Arabella releva la tête.

— Je l'ai effectivement provoqué.

— Et tu aurais continué à le provoquer chaque jour de ta vie conjugale.

Lady Belinda repoussa la mèche rebelle qui balayait le front d'Arabella.

— Je pensais sincèrement que ton caractère bien trempé ne perturberait pas Sculthorpe.

— J'ai prononcé des mots qui…

— Peu importe, la coupa lady Belinda dont les yeux étincelaient. Aucun homme n'a le droit de maltraiter ma fille, quoi qu'elle ait dit ou fait. Si je le tenais en cet instant, je le tuerais. C'est à lui d'avoir honte, pas à toi, tu m'entends ? Si tu avais découvert sa vraie nature après votre mariage, tu n'aurais jamais pu lui échapper et tu aurais vécu un enfer.

— Vous devez le dire, mère. Moi, j'ai promis de me taire, mais vous devez en parler à vos amies, afin qu'elles ne laissent pas Sculthorpe s'approcher de leurs filles. Qu'il croupisse dans le célibat et la solitude, sans jamais comprendre pourquoi.

Elle s'apprêtait à trahir sa promesse, et alors ? Il ne méritait pas qu'elle tienne parole. De toute façon, elle était déshéritée. Elle ne lui permettrait pas de violenter une autre jeune femme. Elle n'était pas bonne à grand-chose, mais cela au moins, elle pouvait le faire. La bonne société saurait qu'Arabella Larke était vulnérable – une idée insupportable. Toutefois, on ne mentionnerait jamais l'incident devant elle, par correction, et son orgueil souffrirait en silence.

— Il y a eu autre chose ? interrogea lady Belinda.

L'image du petit scarabée surgit dans l'esprit d'Arabella. Elle se revit tombant brutalement dans l'herbe. Impossible d'avouer, même à sa mère, à quel point elle s'était sentie impuissante. Elle pouvait tout juste se l'avouer à elle-même.

— Cela ne suffit pas ? articula-t-elle.

Les sourcils froncés, lady Belinda entreprit de dégrafer la robe. Arabella eut l'impression d'être de nouveau une enfant sans défense. Elle détestait ça, pourtant elle avait besoin que quelqu'un la prenne dans ses bras. Sa mère ne l'avait jamais fait : entre elles, la tendresse ne s'exprimait pas de cette manière.

— Et maintenant, on me chasse de cette maison, murmura-t-elle.

Elle plaqua la robe contre sa poitrine pour l'empêcher de tomber.

— Nous trouverons une solution. Prends un bain chaud, ensuite on te servira ton dîner dans ta chambre. Demain, tu devras affronter le monde la tête haute. Laisse les gens dire ce qu'ils veulent.

Lady Belinda réfléchit un instant.

— Après le bal, tu n'auras qu'à aller chez mes parents. Ils t'aideront à trouver un mari convenable. Quand tu auras un fils, ton père se calmera.

Arabella connaissait quelqu'un qu'elle pourrait épouser, mais cette idée était sans doute vouée à l'échec. Peut-être Hadrian Bell, en recevant sa lettre, avait-il bien ri.

— Y a-t-il encore un homme qui accepterait de m'épouser ? La perspective d'un héritage et d'une jolie dot fait oublier bien des péchés. À présent, hélas, il ne me reste que les péchés.

— Ne sois pas amère, Arabella. Je t'ai appris à être plus forte que cela.

Elle décevait donc aussi sa mère. C'était à prévoir, venant d'une femme que personne ne pouvait aimer.

— Je suis fatiguée, mère.

— Repose-toi. Nous en reparlerons demain.

Demeurée seule, Arabella se déshabilla et, campée devant la psyché, examina son flanc constellé d'ecchymoses.

C'était son corps qu'elle regardait. Cependant, rares étaient les moments où elle avait la sensation de l'habiter : quand elle plongeait dans l'eau fraîche du lac en été, quand elle chevauchait dans la campagne, quand elle se glissait entre des draps propres ou enfilait un jupon de soie.

Lorsqu'elle était plus jeune et son caractère moins affirmé, les gentlemen n'hésitaient pas à lui faire des remarques du genre « vous êtes trop grande, miss Larke », comme si être petite était à sa portée, pour peu qu'elle fasse un effort. Une femme ne pouvait pas être aussi grande, disaient-ils. Mais elle était grande, et elle était une femme. Pas de chance.

Sculthorpe avait cru que ce corps lui appartenait. Quand Arabella avait tenté de le revendiquer, il avait cherché à le détruire.

Mais avec Guy, c'était différent. Par une étrange alchimie, lorsqu'elle lui avait donné son corps, il lui avait rendu ce don...

Elle le défiait, pourtant, puisque leur relation était fondée sur un antagonisme tenace. Cela ne semblait pas le déranger. Pour sa part, elle aimait bien qu'il la provoque. Elle se sentait plus vivante.

La porte s'ouvrit soudain, et Holly entra. Arabella ne bougea pas, regardant dans le miroir la femme de chambre s'approcher. Elle avait les yeux fixés sur les côtes d'Arabella, qui l'élançaient à présent.

— Oh, mademoiselle… murmura-t-elle. Quand je pense que c'est un héros de guerre…

— Ne parlez pas de ça à ma mère.

Holly s'affaira – sans s'apitoyer, Dieu merci.

— Nous prétendrons que vous êtes tombée de cheval. Vous avez connu pire avec les chevaux, et vous avez survécu.

Arabella aurait de loin préféré recevoir un coup de sabot. Un animal n'était pas malveillant : il ne cherchait pas à posséder, à rabaisser ou à manipuler.

— Nous allons parfumer votre bain avec de la fleur d'oranger. Ensuite, un bon chocolat chaud avec un zeste d'orange. Et une petite collation.

— Je n'ai pas faim.

— Des œufs brouillés sur des toasts grillés.

L'empressement de Holly était réconfortant. Arabella chercha quelque chose à dire, pour changer de sujet et ne plus penser à la douleur qui commençait à contracter ses muscles.

— Où en sont les recherches dans la chambre de sir Walter ? demanda-t-elle.

— Ça ne va pas vite, mademoiselle. C'est Joan ou Ernest qui s'en chargent, parce qu'ils lisent assez bien pour déchiffrer le nom de lady Frederica sur un document. Mais ils n'ont chaque fois que quelques minutes devant eux, et s'il y a quelque chose, c'est bien caché.

— Qu'ils continuent à fouiller. Et dites-leur bien que si jamais ils sont pris la main dans le sac, cela ne tirera pas à conséquence. Il faut avant tout veiller sur Freddie.

— Ce n'est pas le moment de vous tourmenter pour lady Frederica.

— Je ne me tourmente jamais pour quiconque. J'envisage simplement toutes les éventualités.

— Bien sûr ! se moqua gentiment la servante. Vous vous faisiez un sang d'encre pour Liza quand elle a accouché, et pour le vieux M. Niles lorsqu'on a voulu lui prendre sa maison, et aussi pour les garçons du jardinier quand leur mère est tombée malade. Maintenant, arrêtez de vous inquiéter pour tout le monde et acceptez qu'on s'occupe un peu de vous.

Arabella, trop lasse pour faire semblant, se laissa dorloter. On lui donna son bain, on la fit manger, puis on l'autorisa enfin à se coucher et à se réfugier dans le sommeil.

Le lendemain matin, après qu'une domestique eut allumé le feu et ouvert les rideaux, Arabella se leva et fit sa toilette. Puis elle resta plantée au milieu de la pièce, la tête vide.

Dehors, une épaisse brume emmitouflait la campagne. Peut-être la chambre flottait-elle dans le néant. Peut-être n'existait-elle plus. Peut-être qu'Arabella n'existait plus non plus, car Sculthorpe l'avait tuée, mais elle était trop fière pour l'admettre.

Elle chercha un mouchoir dans un tiroir de la commode, et trouva sous ses doigts une miniature – le portrait d'Oliver. Le souvenir d'une de leurs innombrables disputes lui revint : il l'avait poussée, elle était tombée sur les fesses et lui avait fait un croc-en-jambe pour le faire tomber à son tour. Ils s'étaient battus jusqu'à ce qu'on les sépare. On avait réprimandé Arabella, et elle seule parce qu'une fille ne se bagarre pas, mais Oliver avait tenu à partager la punition.

Elle rangea la miniature dans le tiroir, ferma les rideaux pour ne plus voir le brouillard, et se recoucha.

Un moment plus tard, lady Belinda entra dans la pièce et vint s'asseoir au bord du lit. Elle savait pertinemment que sa fille n'était pas malade. Arabella avait une santé de fer. La dernière fois qu'elle avait été souffrante, elle avait appris, après son complet rétablissement, qu'Oliver était mort. Cela avait laissé un vide en elle, et bouleversé à jamais la famille. Depuis, elle ne tombait jamais malade.

— Avez-vous besoin d'aide avec les invités ? demanda-t-elle. Et les préparatifs du bal ?

En réalité, cela lui était totalement indifférent. Elle voulait rester pour toujours dans cette chambre qui flottait dans le néant.

— Cassandra DeWitt a proposé de donner un coup de main.

Cassandra, leur voisine, était la gentillesse même. Elle serait adorable avec Arabella, qui n'était pas sûre de le supporter. Son orgueil prendrait le dessus et lui ferait dire des horreurs. Elle serait méchante avec son amie qui avait un cœur d'or, et elle se détesterait pour ça. Comme Cassandra ne lui en voudrait même pas, ce serait encore pire.

— Ne lui dites rien, murmura-t-elle. Il faudra que tout le monde le sache, mais pas tout de suite.

— Bien sûr, acquiesça lady Belinda qui lui étreignit la main et se redressa. Tu dois te ressaisir, Arabella. C'était horrible, je sais, mais tu ne peux pas continuer à ruminer ton malheur. On tombe, ensuite on se relève, et on affronte le monde comme si tout allait bien.

— Je me sentirai mieux demain.

Elle dormit toute la journée, comme si elle était réellement malade. Quand elle se réveilla, elle resta couchée à contempler le vide. Le brouillard avait envahi son esprit. Puis, soudain, elle réalisa qu'il y avait quelqu'un assis près de la cheminée.

Elle se redressa sur un coude.

— Freddie ?

Celle-ci sursauta.

— Je... Ma présence ne vous ennuie pas ?

— Pas du tout, mais que faites-vous là ?

— On ne me cherchera pas dans vos appartements. Parce que si on me trouve, on me prendra mon ouvrage.

Arabella s'assit dans le lit. Du tissu bleu sarcelle était étalé sur les genoux de Freddie.

— Que confectionnez-vous ?

— L'un des ornithologues allemands m'a décrit le pantalon turc que porte sa nièce pour monter à cheval.

Freddie se leva et déplia le vêtement.

— Vous voyez, c'est une sorte de large culotte qui permet de monter à califourchon, sans être indécente. Il m'a expliqué que, sur le continent, beaucoup de dames montent à califourchon, mais lady Treadgold considère que ce n'est pas convenable.

— C'est pourtant très bien. Je me rappelle avoir vu un portrait équestre de Marie-Antoinette. Elle porte un pantalon et monte à califourchon.

— Absolument ! répliqua Freddie en se tortillant dans le fauteuil. Je l'ai dit à lady Treadgold, mais elle m'a fait remarquer que Marie-Antoinette avait été guillotinée.

— Je ne crois pas que sa façon de monter à cheval y soit pour grand-chose.

— Allez savoir, soupira Freddie d'un air accablé. J'ai l'impression que si je ne me conduis pas comme ils veulent, je serai décapitée.

Arabella fronça les sourcils.

— Sir Walter vous a-t-il trouvé un mari ? Le savez-vous ?

Freddie se remit à coudre et resta si longtemps silencieuse qu'Arabella se demanda si elle n'avait pas oublié qu'elles étaient en train de bavarder.

— J'ai dix-neuf ans, finit-elle par répondre. Lady Treadgold estime que, puisque nous ne portons plus le deuil, il est temps de me marier. Elle dit que je suis une héritière, que mon frère est marquis et que, par conséquent, on se moque que je ne sois pas jolie ni gentille avec les gens.

— Ont-ils prononcé des noms ? insista Arabella. Ont-ils donné des réceptions et invité des jeunes gens acceptables ? Vous ont-ils présenté quelqu'un ?

— Non, je ne crois pas...

Voilà qui était étrange. On aurait pu penser que sir Walter et lady Treadgold se hâteraient de dénicher un époux pour leur pupille. Sir Walter ne raterait pas une occasion de se faire de nouvelles et profitables relations en exhibant, telle une brebis primée, la riche sœur d'un marquis.

Qu'ils n'encouragent pas Freddie à se marier confirmait la théorie d'Arabella : ils manigançaient quelque chose. Si seulement les domestiques pouvaient en découvrir la preuve...

— Ils ont l'intention de vous emmener à Londres au printemps, pour la saison mondaine ?

— Non. Enfin... ils ont dit qu'ils le feraient peut-être. Je ne sais pas, et je m'en fiche. De toute façon, personne ne me courtisera. Les hommes aiment Matilda. Moi, c'est mon argent qui leur plaît.

Freddie s'interrompit, scrutant le plafond.

— Je me demande quel effet ça fait d'être admirée et complimentée, d'avoir un homme qui vous susurre des mots doux et vous donne l'impression d'être unique.

— Je l'ignore. Les hommes ne me susurrent pas des mots doux.

Hormis Guy, pour se moquer d'elle, à Londres cette nuit-là, quand il avait piqué une fleur rouge dans ses cheveux, alors qu'elle sentait encore sur ses lèvres le goût de leur premier baiser.

Elle marche dans sa beauté, semblable à la nuit...

Une poignante mélancolie lui serra la gorge. Après l'amour, alors qu'elle tremblait encore du plaisir qu'il lui avait donné, il l'avait prise dans ses bras et l'avait pressée contre sa peau brûlante. Elle avait écouté son cœur battre. Grâce à lui, elle avait éprouvé un miraculeux sentiment de plénitude. Comme s'il lui avait permis d'être elle-même, de réunir les facettes de son être qu'elle montrait au monde à celles qu'elle gardait secrètes.

« Ne sois pas ridicule », se tança-t-elle. Après l'humiliation et la douleur qu'un homme lui avait infligées, comment pouvait-elle avoir envie qu'un autre l'étreigne ? Mais peut-être Guy n'était-il pas en cause. Peut-être avait-elle simplement besoin que quelqu'un la prenne dans ses bras.

— Encore faudrait-il savoir si l'homme en question est sincère, marmonna-t-elle.

— Je me demande quel effet ça ferait, c'est tout, rétorqua Freddie.

Comme Arabella n'avait pas de réponse, elle se laissa retomber sur ses oreillers et ferma les yeux.

11

Il y avait, dans les voix qui lui parvenaient depuis le hall, la tension et la retenue propres aux femmes qui se querellent tout en restant courtoises, alors qu'elles ont envie de hurler.

— Vous le récupérerez lorsque nous serons de retour à la maison, disait l'une d'elles – Guy reconnut la voix de lady Treadgold. Vous pouvez monter à cheval à califourchon dans notre propriété, où personne ne risque de vous voir, mais pas ici, quand nous sommes en société.

Guy cala sur sa hanche une Ursula qui gloussait et s'avança dans le hall. Lady Treadgold était avec Freddie. La jeune fille, vêtue d'une amazone verte, avait la mine sombre.

— Voilà votre frère, dit lady Treadgold d'un ton plus enjoué. Voyons ce qu'en pense le marquis.

— Je me moque de son opinion, marmonna Freddie.

— Ce que je pense de quoi ? demanda Guy, desserrant les petits doigts d'Ursula qui tiraient sur sa cravate et menaçaient de l'étrangler.

— J'étais en train de coudre un pantalon turc pour pouvoir monter à califourchon, mais lady Treadgold me l'a confisqué.

— Nous sommes en société, répéta cette dernière. En Angleterre, une demoiselle distinguée ne monte pas à califourchon.

— Je suis bonne cavalière et je veux pouvoir aller au galop. J'aime la vitesse.

Freddie jeta un regard noir à Guy.

— Tu te souviens ?

Il ne comprit pas tout de suite à quoi elle faisait allusion. Puis un souvenir lui revint : une luge lancée sur une pente enneigée, lui qui coinçait la petite Freddie entre ses genoux, et elle qui poussait des cris de joie et l'implorait d'aller plus vite – une prière qu'il s'était empressé d'exaucer.

— Tu étais une enfant, à l'époque, dit-il. Une demoiselle ne doit pas se conduire de cette manière. N'est-ce pas, Ursula ?

La fillette répondit par un bredouillis joyeux où il crut entendre quelque chose comme « Marc Aurèle n'approuverait pas », mais ce n'était sans doute pas ça. Au début, son babillage le mettait mal à l'aise. Il comprenait à peine un mot sur cinq, ce qui prêtait à des interprétations farfelues. Mais, dans le fond, les paroles de la fillette n'avaient guère d'importance : leurs jeux étaient infiniment plus précieux.

— Ça ne gêne pas Arabella, contra Freddie, butée. Au contraire, elle trouve que c'est épatant.

— Tu as vu Arabella ? Comment va-t-elle ?

Sans répondre, Freddie mit ses gants et coiffa son chapeau.

— Tant pis, je monterai en amazone, bougonna-t-elle et, d'un pas de grenadier, elle sortit.

Lady Treadgold s'esquiva également, avant que Guy ait pu lui confier Ursula. Il emmena donc la fillette et suivit Freddie qui se dirigeait vers les écuries. Si sa sœur avait parlé à Arabella, il voulait en savoir plus.

Il n'avait pas revu la jeune femme depuis le moment où, près des ruines de l'abbaye, il avait failli l'embrasser. De retour au manoir, plusieurs heures plus tard, il avait appris que Sculthorpe était parti précipitamment. Les fiançailles étaient rompues, et Arabella avait disparu.

Freddie marchait vite, et Ursula semblait adorer ça, à en juger par ses glapissements et ses claques enthousiastes sur la tête de Guy.

— Qu'est-ce que tu fabriques avec Ursula ? interrogea Freddie.

— Nous allions visiter les volières. Tu as vu ? C'est moi qui ai noué ce ruban dans ses cheveux, ajouta-t-il fièrement.

Freddie leva les yeux au ciel et accéléra encore l'allure.

— Tu as parlé à Arabella ? demanda-t-il.

— Oui.

Il attendit la suite, qui ne vint pas.

— Et qu'a-t-elle dit ?

— Qui donc ?

— Arabella.

— Je ne sais plus.

Que diable s'était-il passé avec Sculthorpe ? Peut-être ce dernier avait-il appris la vérité à leur sujet, mais dans ce cas Guy se serait retrouvé sur le pré, face à un pistolet.

Et pourquoi Arabella se cachait-elle ? Son orgueil exigeait qu'elle se montre. Si elle ne toisait pas le monde de haut pour l'obliger à plier devant sa volonté, c'est que quelque chose ne tournait vraiment pas rond.

— Comment allait-elle ? insista-t-il.

— Qui ?

— Arabella, articula-t-il.

Il commençait à grincer des dents.

— Elle m'a bombardée de questions, comme d'habitude. Mais elle était… tu sais.

— Non, Freddie, je ne sais pas. Elle était comment ?

— Couchée.

Bon sang de bois ! Soutirer des informations à sa sœur équivalait à enseigner les échecs à une libellule.

En réalité, toute la maisonnée observait la même consigne : motus et bouche cousue. Il avait poliment questionné lady Belinda, qui lui avait servi un aimable :

— Comme c'est gentil de prendre de ses nouvelles ! Les préparatifs du bal l'ont épuisée, voyez-vous.

Lady Belinda avait des domestiques particulièrement loyaux, car ils lui avaient tous donné la même réponse : miss Arabella était simplement fatiguée.

Mme DeWitt et miss Bell, les voisines venues décharger Arabella de ses tâches, avaient quant à elles déclaré d'un ton léger :

— Elle est exténuée, elle en fait trop. Rendez-vous compte : nous devons être deux pour la remplacer !

L'énergique Arabella serait exténuée ? Impossible.

Il avait passé la moitié de la nuit à s'interroger : devait-il s'introduire dans sa chambre pour s'assurer qu'elle allait bien ? Proposer de l'épouser, peut-être, s'il était responsable de la rupture ?

Puis il s'était souvenu qu'il ne lui devait rien.

Ils avaient atteint les écuries, où un palefrenier se hâta de seller un cheval pour Freddie.

— Elle est donc malade, conclut Guy.

— Quand Matilda était malade, les hommes lui envoyaient des fleurs, fit remarquer Freddie. Note qu'ils lui en envoient même quand elle est en pleine forme.

— Je ne peux pas offrir des fleurs à Arabella.

Tout le monde en parlerait, et elle l'accablerait de sarcasmes. Pourtant, c'était tentant. Il lui offrirait un bouquet, elle le remettrait à sa place avec une pique bien sentie qui le ferait rire. Peut-être irait-il jusqu'à lui composer un poème. Tellement mauvais, bien sûr, qu'elle rirait aussi.

À Londres, elle n'avait pas ricané lorsqu'il avait piqué cette fleur dans ses cheveux et avait comparé sa beauté aux cieux étoilés. Cette fausse intimité, cette tendresse feinte l'avaient troublée. Elle n'était pas aussi invincible qu'elle voulait le faire paraître.

Quelle idée déconcertante !

— Maintenant au moins, tu peux l'épouser, dit Freddie tout à trac.

« J'imagine qu'à présent nous sommes fiancés, avait-elle déclaré cette nuit-là. J'étais vierge, et je ne le suis plus. »

— Je n'épouserai pas Arabella.

— C'est pourtant ce que père voulait.

— Je choisirai mon épouse. Et toi aussi, tu choisiras ton mari.

— Et si personne ne me demande en mariage ?

— Tu te marieras, évidemment, mais tu choisiras ton époux.

Il fit passer Ursula sur son autre hanche tandis que le palefrenier, sa tâche accomplie, s'écartait.

— Je veux un foyer et une famille, ce que nous n'avons jamais eu, reprit-il. Ma femme sera charmante, gentille et...

Freddie émit un ricanement moqueur, et la jument souffla. Pointant un doigt potelé, Ursula se lança dans un discours confus sur les chevaux.

— Quel mal y a-t-il à vouloir tout cela ? lança Guy.

— Aucun, pour la plupart des hommes. Mais pour toi, c'est différent, rétorqua Freddie, soudain aussi jacassière qu'une pie. Pense à notre père. Personne n'osait jamais le contredire, et tu sais ce qu'il est devenu...

— Je ne suis pas comme lui.

— ... un tyran.

— Je ne lui ressemble pas du tout.

— ... un tyran de premier ordre.

— Tu ne me connais pas, protesta-t-il d'un ton puéril, ridicule.

Suprêmement indifférente, Freddie flatta l'encolure de la jument.

— Tu ne me connais pas non plus.

— Père contrôlait toute mon existence. Il exigeait que je me marie avec Arabella, mais je ne le ferai pas. Et je ne laisserai pas sir Walter gâcher ta vie à cause des décisions de notre père.

— On dirait que tu es toujours sous son emprise.

Freddie planta un baiser sur les naseaux de la jument, jeta un coup d'œil à Ursula, et fit signe au palefrenier d'approcher.

— Pourquoi t'embarrasser d'une épouse parfaite et de tes sœurs ? ajouta-t-elle. Affubler Ursula de ce ruban, non mais franchement ! Si tu as envie de jouer à la poupée, achète-toi une maison de poupées. Ce sera beaucoup moins compliqué.

Avec l'aide du palefrenier, la déconcertante jeune fille se hissa sur le cheval, qu'elle talonna pour sortir au trot des écuries.

Ursula la regarda s'éloigner et bafouilla un « l'homme est né libre, et partout il est dans les fers » du meilleur effet. Sur cette citation improbable de Rousseau, elle arracha le ruban de ses cheveux et l'écrasa sur le crâne de Guy.

— Sacrebleu, pesta-t-il.

— Chacrebleu, gloussa Ursula.

Guy ne put s'empêcher de rire.

— Tu sais ce que signifie ton nom, Ursula ? Petite ourse, comme la constellation. Je te la montrerai un soir. Ce nom te va bien. Personne ne pourrait te prendre pour une poupée.

Il était plus de minuit lorsque Guy revit enfin Arabella.

Elle n'était pas descendue dîner, et les questions qu'il avait posées étaient restées sans réponse. Sa mère et ses amies ne paraissaient pas s'inquiéter, cependant il ne parvenait pas à chasser de son esprit l'idée qu'il était peut-être en partie responsable de la rupture des fiançailles, et qu'il devrait essayer d'arranger les choses.

Ce qui était absurde. Estimait-il devoir voler à sa rescousse ? Il fallait plutôt s'assurer qu'il n'y avait personne alentour à sauver des griffes d'Arabella.

Lui, par exemple. Dieu savait combien il avait besoin d'aide...

Il n'était pas de bonne compagnie, il était trop nerveux. Pour ne pas aller se coucher, craignant une nouvelle insomnie, il s'attarda longuement dans le petit salon de lecture attenant à la bibliothèque, une pièce douillette dont les murs disparaissaient sous les étagères chargées de livres. Tous les invités s'étaient retirés pour la nuit lorsqu'il cessa de scruter les braises dans la cheminée, et regagna sa chambre.

Arabella rôdait dans le couloir, devant sa porte.

En le voyant, elle s'immobilisa. Elle avait l'air très jeune et tourmentée. On apercevait ses pieds nus sous l'ourlet de son déshabillé à manches longues. Une natte noire lui balayait le dos. La flamme de sa chandelle adoucissait ses traits. Ses yeux paraissaient immenses et comme emplis d'encre. Elle posa le bougeoir sur une petite console, le reprit, le reposa.

La maisonnée dormait, le silence les enveloppait.

— Que fais-tu là ? chuchota-t-il.

— Je ne devrais pas être là.

— Tu vas bien ?

— Très bien. Tout va bien.

« Rentre dans ta chambre et ferme la porte à clé », s'ordonna Guy. Au lieu de quoi, il saisit les mains d'Arabella.

— Tu es glacée.

— J'ai menti.

— Ça ne me surprend pas.

Elle secoua la tête avec impatience.

— Je t'ai dit que je n'y pensais jamais, mais j'y pense. À Londres.

Il n'eut pas besoin d'éclaircissements.

— Est-ce pour ça que... ? Tes fiançailles.

Elle secoua de nouveau la tête, agacée.

— Sculthorpe ne sait pas ce qui s'est passé à Londres. Personne ne le sait. Tu ne risques rien. J'ai mal agi.

— Que s'est-il passé avec Sculthorpe ? Tu as besoin d'aide ?

— Il ne s'agit pas de cet animal, mais de toi. Te mettre dans cette situation à Londres, c'était mal. Me servir de toi comme ça, te... enfin, tu sais.

— Me séduire ?

— Oui.

Amusé, il se rapprocha d'elle.

— J'ai l'impression que tu me présentes des excuses…

— Ne sois pas ridicule, je ne…

Elle soupira.

— Je m'excuse, voilà.

— Je suis un homme adulte, j'aurais pu te chasser de chez moi.

L'obscurité les enveloppait, Arabella était en déshabillé, et il tenait toujours ses mains. Si on les surprenait, ce serait désastreux, mais à cette heure-ci il n'y avait personne. Guy posa son bougeoir à côté du sien.

— Tu regrettes ? Ce qui s'est passé à Londres ?

— Et toi ?

Il n'avait pas de réponse. Il regrettait simplement son coup de folie : avoir joué à un jeu dangereux et avoir perdu. Mais connaître cette facette d'Arabella… le jeu en valait la peine.

Elle retira ses mains.

— Personne ne doit savoir, jamais, murmura-t-elle. Tu rencontreras bientôt celle qui sera ton épouse. Choisis une femme qui te rendra heureux, une femme que tu puisses aimer.

— Tu t'inquiètes pour moi… Si jamais cette nuit-là avait des conséquences, promets de me prévenir.

— Il n'y aura pas de conséquences.

Elle regardait fixement sa poitrine. Comme dans un rêve, Guy la vit poser sur lui sa main ferme et brûlante. Elle se rapprocha. Sa main glissa le long de son torse.

— Prends-moi dans tes bras, souffla-t-elle. (C'était un ordre et une prière à la fois.) Je vais bien, je veux juste…

Sans réfléchir, il l'enlaça, savourant la douceur de son corps contre le sien. Elle nicha le visage au creux de son épaule.

Soudain, un bruit. Le grincement d'une porte. Des pas.

Guy baissa les bras. Arabella ne bougea pas. Il s'écarta, pour l'obliger à le lâcher.

Tout à coup, il prit conscience des mots qui lui montaient aux lèvres : proposer de l'épouser si elle en avait besoin. Il les ravala. Car il voyait clairement, telles les pièces disposées sur un échiquier, les étapes du plan qu'elle avait élaboré. Ambitieuse, elle avait déclaré sans détour souhaiter devenir marquise. Après ses fiançailles avec Sculthorpe, elle était venue chez Guy une nuit, pour le piéger et tenter de le forcer à l'épouser. Elle s'était servie de Freddie et Ursula pour l'attirer à Vindale Court. Maintenant qu'elle s'était débarrassée de Sculthorpe, elle était là devant sa porte, en déshabillé, dans cette demeure pleine d'invités. Une manœuvre vieille comme le monde pour mettre le grappin sur un mari.

La tristesse le submergea. Si seulement il pouvait la serrer dans ses bras, l'embrasser et l'emmener dans sa chambre…

Bon sang de bois, il filait un mauvais coton. Il devait quitter au plus vite cette maison et cette femme !

— Encore un stratagème, dit-il d'une voix sourde. J'imagine que tu t'es débrouillée pour que quelqu'un nous surprenne. Qui ?

La douceur qui embrumait le regard d'Arabella se dissipa brusquement. Elle releva la tête.

— Allons, Guy, railla-t-elle. Tu me crois capable de recourir à une tactique aussi éculée ?

Sur ces mots, elle saisit son bougeoir et disparut.

Arabella se réveilla tard, avec la sensation d'avoir du sable sous les paupières. Elle resta couchée, palpa son flanc endolori et examina les marques sur ses bras, qui avaient viré au violet. Elle sentait encore autour d'elle les bras solides et rassurants de Guy.

Quelle idiote !

Un rayon de soleil se faufilait dans la chambre. Elle se leva et alla ouvrir les rideaux, pour voir si le monde était toujours là.

Il était toujours là.

Le soleil d'automne éclaboussait le paysage familier qu'elle aimait tant : les ruines de l'abbaye en haut de la colline, la mosaïque des champs et des bois. Sous sa fenêtre s'étendait le tapis vert des pelouses. Trois invités disputaient une partie de boules, sous le contrôle de miss Treadgold.

Elle chercha Guy des yeux. Il dansait avec Ursula, ou plutôt essayait de le faire, car la fillette exécutait une danse connue d'elle seule et ignorait souverainement les efforts de son frère pour lui montrer les pas.

Arabella pressa sa main sur la vitre froide. Cette nuit, une force mystérieuse l'avait poussée, comme dans un rêve, à quitter son lit pour aller le retrouver. Un besoin éperdu de se blottir contre lui la guidait. Leur brève étreinte l'avait grisée – jusqu'à ce qu'il l'accuse de nouveau.

C'était compréhensible. Quelle idée de rôder ainsi devant sa porte, la nuit, en déshabillé !

Sur la pelouse, les boulistes semblaient se chamailler, mais miss Treadgold dut pousser une exclamation car les trois gentlemen se tournèrent vers elle.

Il y avait quelque chose dans l'herbe, à ses pieds.

Un ruban jaune canari.

L'un des boulistes se pencha, la main tendue vers le ruban. À cet instant, un deuxième plongea pour le ramasser et écarta le premier. Tandis qu'ils se prenaient le bec, le troisième se courba. Médusée, Arabella observait ces trois hommes adultes se bousculer pour saisir le ruban de miss Treadgold.

Seul Guy, visiblement perplexe, ne bougea pas.

« Fichtre », se dit Arabella. Sa conception de la vie était à l'évidence totalement erronée, vu la façon dont ces messieurs réagissaient lorsqu'un ruban tombait dans l'herbe.

Quand elle-même laissait tomber un ruban…

Mais cela ne se produisait jamais. En réalité, elle ne laissait jamais tomber quoi que ce fût – elle avait ce talent. Tant mieux, d'ailleurs, car si elle s'avisait de laisser tomber un ruban et si un gentleman le remarquait, il dirait simplement : « Miss Larke, votre ruban est tombé », après quoi il se précipiterait vers miss Treadgold, au cas où elle ferait quelque chose d'absolument adorable, éternuer par exemple.

Oh, posséder un tel pouvoir ! Si miss Treadgold était un jour dans l'embarras, elle n'aurait pas à intriguer, mentir, voler ou faire du chantage. Il lui suffirait de laisser tomber un ruban, et les hommes se battraient pour elle.

Tous, excepté Guy. Cependant, quand miss Treadgold se tourna vers lui, il la gratifia d'un sourire chaleureux.

Avec un soupir, Arabella s'écarta de la fenêtre. Dans les mauvais romans, c'était à ce moment de l'histoire que l'héroïne prenait conscience de ses péchés, se réformait et menait ensuite une existence assommante. Mais se réformer semblait prématuré. Après tout, Arabella n'était pas si abominable. Elle n'avait tué personne. Pas encore.

Toutefois, comme elle n'était pas prête à affronter les invités, elle se recoucha.

Ce jour-là, lady Belinda dépêcha Cassandra DeWitt et Juno Bell auprès d'elle. Elles entrèrent sur la pointe des pieds, comme si elles pénétraient dans la chambre d'une grande malade. Cassandra tenait un bouquet si énorme qu'Arabella ne voyait que son chignon châtain et ses yeux noisette qui pétillaient entre les tiges des fleurs. Juno – joues rondes et roses, boucles blondes dansant à chacun de ses pas – portait un carton à dessins.

Cassandra posa sur la table de chevet le bouquet, dont le parfum suave réconforta Arabella.

— Tout le monde s'inquiète de votre santé, dit-elle. Y compris lord Hardbury. Il a demandé plusieurs fois de vos nouvelles.

— Aujourd'hui ? interrogea Arabella.

— Hier.

Avant leur entrevue de cette nuit.

— Il voulait savoir si vous n'aviez besoin de rien, enchaîna Juno en ouvrant son carton à dessins sur une petite table.

J'ai besoin qu'il me serre dans ses bras, dites-le-lui. J'ai besoin d'aide et je ne sais comment le demander. Dites-lui de faire semblant de vouloir m'épouser, pour que je puisse gagner du temps, pour qu'on ne me chasse pas de ma maison.

— De quoi pourrais-je avoir besoin, venant de Guy ? rétorqua-t-elle.

Elle sortit de son lit et s'examina dans le miroir. Malgré son tourment, elle était impeccable. Aucun cheveu ne s'échappait de sa natte et il n'y avait pas le moindre faux pli sur sa liseuse bleue. Recevoir des visiteuses en chemise de nuit, tout de même… quelle dégringolade !

— Ma foi, garder le lit me va plutôt bien.

Elle vit Cassandra et Juno échanger un coup d'œil, et regretta aussitôt son commentaire. Elle était censée être malade, et non se consumer de chagrin.

— Vous êtes très courageuse, déclara Cassandra avec sa gentillesse coutumière. Personnellement, après la rupture, j'étais dévastée. Et puis, j'ai trouvé quelqu'un d'autre.

Durant les deux années qui s'étaient écoulées depuis que Cassandra Lightwell avait rencontré et épousé Joshua DeWitt, ce dernier ne lui avait pas rendu visite une seule fois. En réalité, pour ce qu'on en savait, M. et Mme DeWitt n'avaient même pas été en contact depuis le jour de leur mariage, et Cassandra préférait que l'on ne mentionne pas son conjoint. Elle avait épousé un inconnu uniquement pour sauvegarder son héritage, et ne se morfondait pas pour autant au fond de son lit.

Quant à Juno, elle avait abdiqué tout espoir de respectabilité pour devenir une artiste professionnelle. Elle avait son propre atelier à Londres et ne se plaignait jamais, elle non plus. Arabella se croyait forte, mais à l'évidence elle l'était moins que ses amies.

— Que craignez-vous, Cassandra ? interrogea-t-elle en tournant le dos au miroir. Qu'on ait brisé mon célèbre cœur de pierre, ou mortifié mon non moins célèbre orgueil démesuré ?

— Je n'ai en tout cas pas à m'inquiéter pour votre célèbre et mordante ironie. Si vous avez besoin d'aide, vous nous le direz, n'est-ce pas ?

— Je n'ai jamais besoin d'aide.

— Naturellement, mais moi, j'ai besoin d'aider. Alors s'il vous plaît, faites-moi plaisir.

— Très bien, rétorqua Arabella. Si cela peut vous réconforter, je m'adresserai à vous si j'ai besoin d'aide.

— Je me sentirai mieux, en effet, car vous venez toujours à la rescousse des autres, même quand vous prétendez ne rien faire.

Juno, qui disposait ses dessins sur la table, leva le nez.

— Je me rappelle quand j'étais… j'ai été formée plus tôt que la plupart des filles. Certains garçons du village m'embêtaient, jusqu'à ce que vous leur commandiez d'arrêter. Vous avez même donné des coups de bâton à l'un d'eux.

— Ce dont je ne m'excuserai pas.

— Bien sûr que non, la taquina Juno. Il vous faudrait d'abord apprendre comment on présente des excuses.

— Pourquoi diable l'apprendrais-je, alors que je ne fais jamais rien de répréhensible ?

Cassandra et Juno se contentèrent de pouffer de rire. Elles connaissaient Arabella depuis des lustres et ne s'en laissaient pas conter.

Haussant les épaules, Arabella s'approcha de Juno pour examiner les illustrations qu'elle lui avait commandées.

— Ces dessins sont remarquables, commenta-t-elle, pointant le doigt sur un rossignol qui semblait vivant.

Un grand sourire, plein de fierté, éclaira le visage de Juno.

— Votre atelier aura bientôt le vent en poupe, ajouta Arabella.

Elle emporterait ces dessins quand elle s'installerait dans la maison de ses grands-parents, où elle achèverait *Le Guide illustré des volières de Vindale*. Elle en enverrait quelques exemplaires à son père. Au départ, il ne s'était pas intéressé à la revue d'ornithologie. Arabella avait rassemblé toute seule textes et articles. Elle en avait traduit certains, avait corrigé et compilé le tout, après quoi elle avait cherché des souscripteurs, négocié avec un imprimeur londonien et organisé la distribution de l'ouvrage. Maintenant, son père s'impliquait totalement dans l'affaire.

— Je souhaite vous commander aussi, si vous avez le temps, des dessins pour *Le Guide illustré de Longhope Abbey,* déclara Arabella.

Elle alla se poster devant la fenêtre pour observer les ruines. Soudain, elle se souvint que son père l'avait chassée. Après le bal, elle ne serait plus chez elle à Vindale Court.

Juno vint se camper à son côté.

— Je trouverai le temps, dit-elle. Au fait, je vous remercie. Grâce à votre recommandation, j'ai décroché un contrat rémunérateur pour illustrer un ouvrage sur les fleurs sauvages.

— Je recommande volontiers quelqu'un d'aussi consciencieux et talentueux que vous.

Arabella n'était donc pas complètement inutile. Elle avait aidé son amie Thea à publier un pamphlet[1], permis à Juno de se lancer dans une carrière artistique, et donné à Cassandra le sentiment d'avoir de l'importance. Peut-être réussirait-elle à préserver Freddie des manigances de sir Walter Treadgold. Elle pourrait se rendre utile, même si elle était incapable de laisser tomber un ruban pour sauver sa peau.

Oh, c'était aussi bien. Avoir des hommes à ses pieds pour ramasser ses rubans serait positivement assommant.

— Je travaillerais gratuitement si vous me commandiez un guide illustré de... ceci, déclara soudain Juno, tandis que Cassandra les rejoignait devant la fenêtre.

1. Voir *Les Tribulations de Thea,* Éditions J'ai lu.

Juno montrait Guy, sur la pelouse. Il avait ôté sa redingote et était nonchalamment étendu dans l'herbe. Arabella le revit nu sur la banquette cette nuit-là, à Londres. Elle cligna les paupières pour effacer cette image.

— Lord Hardbury est devenu superbe, ajouta Juno. C'est l'artiste qui parle, naturellement.

— Naturellement.

— Aimeriez-vous entendre un secret scandaleux ?

— Je n'écoute que ceux-là.

— À l'époque, j'étudiais à Florence. Nous étions un groupe de femmes artistes, et nous engagions en catimini, pour des séances de pose, des ouvriers qui avaient besoin d'un peu d'argent. Vous me trouverez peut-être obscène mais un corps d'homme, nu et musclé, est en soi une œuvre d'art. Lord Hardbury me rappelle ces travailleurs italiens. Je n'ai jamais vu un pair du royaume avec autant d'allure.

Juno poussa un soupir à fendre l'âme.

— J'ai peu de chances, j'imagine, de convaincre un marquis de poser nu pour moi.

— Je doute que vous puissiez dénicher une toile assez grande pour contenir à la fois son portrait et son encombrante présence.

— Oh, ce n'est pas de sa présence, considérable ou pas, que je me soucierais.

Juno gloussa, Cassandra pouffa en rougissant, mais Arabella ne parvint pas à sourire.

Ses deux amies la quittèrent peu après.

— Vous serez rétablie pour le bal, j'en suis sûre, déclara Cassandra avant de sortir.

— Absolument, répondit Arabella. Un bal est un remède miracle. Il suffit de parler d'un bal pour qu'une malade soit brusquement en forme, ou, le contraire étant aussi valable, qu'une personne en pleine santé tombe gravement malade.

Quelques minutes plus tard, Holly entra dans la chambre et, dans un chuchotement mélodramatique, annonça :

— Mademoiselle, ce que vous vouliez... nous pensons l'avoir trouvé.

Avec un rapide coup d'œil circulaire, au cas où des espions seraient embusqués dans la pièce, elle tendit un document à sa maîtresse.

C'était exactement ce que soupçonnait Arabella : une licence spéciale, autorisant le mariage de lady Frederica Roth et de M. Humphrey Treadgold, le fils de sir Walter qui devait bientôt arriver à Vindale Court.

— On doit la remettre à sa place ? interrogea Holly. Joan a dit qu'elle était bien cachée.

— Il faut d'abord la montrer à lord Hardbury. Avec un peu de chance, sir Walter ne remarquera pas qu'elle a disparu, et il n'en aura pas besoin avant l'arrivée de son fils.

Arabella avait tout perdu, mais au moins elle protégerait Freddie. Maintenant, il ne lui restait plus qu'à surmonter l'épreuve du bal, et voir ensuite ce qu'elle pouvait sauver du naufrage de sa vie.

— Je ne suis pas bonne à rien et je ne m'excuserai pas, marmonna-t-elle.

— Pardon, mademoiselle ?

— Rien. Je crois que je vais faire une petite promenade à cheval.

12

Guy décida de faire tapisserie et d'observer les danseurs, en attendant l'entrée d'Arabella dans la salle où se donnait son bal de fiançailles sans fiançailles. D'ailleurs, il avait oublié comment on dansait ces danses-là, et ce bal lui donnait le sentiment d'être un étranger dans son propre pays.

Ce genre de réception avait quelque chose de terriblement anglais. Le dîner, les rafraîchissements, les fleurs et les plantes en pot, les lustres étincelants, les musiciens, les robes blanches qui tournoyaient.

Et, près de lui, un vieux raseur qui radotait. Sir Walter, en l'occurrence.

— ... notre Humphrey s'est distingué en Irlande, aussi l'apprécierez-vous pour...

Il lui rappelait le perroquet de M. Larke.

— Je rentre à Londres demain, le coupa-t-il.

Le lendemain de son entrevue nocturne avec Arabella, il avait ordonné à son valet de faire ses bagages, mais avait renoncé à partir sur-le-champ. Il devait protéger Freddie, Arabella lui avait envoyé un mot pour le prévenir.

Voilà pourquoi il se retrouvait au milieu de cette foule dansante – pour rencontrer Arabella en public et lui demander des explications, même s'il fallait avant cela écouter sir Walter rabâcher qu'ils formaient désormais une famille et autres balivernes du même tonneau.

Bon sang de bois ! Feindre de courtiser Matilda Treadgold était une sacrée erreur de stratégie. Cela n'avait pas incité sir Walter à confesser ses péchés. À vrai dire, la ruse et la diplomatie n'étaient qu'une perte de temps.

Il s'en irait demain.

Arabella partirait également le lendemain, lui avait-on dit, pour rejoindre la demeure de ses grands-parents. Comme c'était prévisible, les invités approuvaient, sous prétexte que c'était mieux pour une demoiselle après une telle déception.

À d'autres ! Quoi qu'ait pu subir Arabella de la part de Sculthorpe, il ne s'agissait pas d'une déception, Guy en aurait mis sa main à couper.

Peut-être lui poserait-il la question quand il s'entretiendrait avec elle.

— ... et notre Matilda vous a réservé la valse. Lady Treadgold estime que cette danse n'est pas très convenable, mais...

— Je ne sais pas valser. On ne valsait pas en Angleterre quand je suis parti.

— Mais pourquoi ne pas l'avoir dit ! Matilda aurait été heureuse de vous...

Guy n'entendit pas la suite, car Arabella venait d'apparaître et attirait tous les regards.

Comment avait-il pu penser qu'elle avait peut-être besoin d'aide ? Sculthorpe avait plus vraisemblablement réalisé qu'elle avait une personnalité écrasante – elle était forte, intelligente et sophistiquée. Malin comme il l'était, il avait pris la fuite.

Guy pourrait être malin et s'enfuir aussi – il ne permettrait pas à cette femme de le manipuler.

Elle portait une robe bleue – le bleu du crépuscule en été – constellée de perles de cristal qui brillaient à la lumière comme des étoiles. Des perles identiques étaient piquées dans sa chevelure noire savamment coiffée. De longs gants blancs dissimulaient ses bras et un éventail fermé pendait à son poignet.

Arabella était un complexe assemblage de paradoxes, ce qui faisait peut-être son charme. Il adorait les énigmes, c'était pour lui un défi irrésistible. Mais, cette fois, il devait à tout prix résister à l'envie de la prendre dans ses bras et de lui proposer d'aller décrocher la lune si elle le souhaitait.

Elle aurait une moue pensive et lui donnerait un petit coup d'éventail. « Puisque tu en parles, j'ai besoin d'un mari nanti d'un titre de noblesse, dirait-elle. Épouse-moi. Oh, et tant que tu y es, apporte-moi la tête du roi sur un plateau d'argent. »

Pas question.

Il ne parvint cependant pas à détourner le regard tandis que, royale, elle s'avançait et dardait sur lui ses yeux bleus comme le ciel du désert.

— Je voudrais te parler, dit-elle d'un ton bref, tournant déjà les talons. Retrouve-moi sur la terrasse.

Il commanda à ses pieds, trop pressés d'obéir, de se calmer.

— Qu'est-ce que tu mijotes encore ?

— Retrouve-moi sur la terrasse, répéta-t-elle, et je te le dirai. Je ne tiens pas à ce qu'on nous entende, c'est une affaire privée.

— Non.

— Tout le monde pourra nous voir.

— Justement.

— Seigneur Dieu… soupira-t-elle. Que crains-tu ? Que je t'arrache tes vêtements et te viole au vu et au su de tous ? Cela nous contraindrait à nous marier, ce que nous ne voulons pas.

À ceci près qu'elle voulait ce mariage, c'était même ce qu'elle visait depuis le retour de Guy. Pourtant, l'autre nuit... cet air hanté qu'elle avait...

Ces diverses facettes d'Arabella Larke ne s'assemblaient pas.

— J'ai quelque chose à te montrer, ajouta-t-elle d'un ton brusque. Je pars demain, toi aussi. Nous devons discuter avant.

— Je n'ai pas confiance, rétorqua-t-il. Tu es avide de pouvoir et dénuée de scrupules.

Une lueur flamba dans les yeux d'Arabella. Guy aurait juré qu'elle était blessée. Il détestait la blesser, mais s'il ne se protégeait pas, c'est lui qui souffrirait.

Elle pointa le menton, de nouveau froide et distante.

— Très bien, ne poursuivons pas cette ennuyeuse conversation. Je t'enverrai une domestique. Nous n'aurons plus à nous parler, tant mieux.

Il voulut lui prendre la main, elle eut un mouvement de recul et il saisit seulement son éventail. Durant trois mesures de valse, ils restèrent figés, puis elle laissa le cordon de l'éventail glisser sur son gant de satin, et Guy lâcha le tout. L'éventail tomba au sol, à leurs pieds. Arabella le regarda d'un air dédaigneux : elle ne se baisserait pas pour le ramasser.

— Tu fuis, Arabella ?

— Ne sois pas ridicule, je ne fuis jamais. Je quitte simplement la scène au moment opportun.

Là-dessus, comme pour illustrer ses propos, elle s'éloigna, traversa la salle de bal et sortit sur la terrasse.

Un laquais ramassa l'éventail et le posa dans la main tendue de Guy. L'éventail paraissait bien fragile ; l'un des brins de la monture délicatement ouvragée était cassé.

Avec précaution, Guy l'ouvrit. La soie était du même bleu que la robe d'Arabella. Il referma doucement l'éventail pour ne pas l'abîmer davantage, et s'aperçut que des invités l'observaient. Il leur décocha un regard noir, qui les fit se détourner précipitamment. Les curieux devaient se perdre en conjectures, entre les fiançailles rompues d'Arabella et lui, l'impudent marquis qui l'avait repoussée et se conduisait maintenant comme un amoureux transi.

C'était la dernière fois qu'ils se voyaient, leurs chemins ne se croiseraient plus pendant des mois ou même des années. Il serait invité à des réceptions durant l'automne et l'hiver, et s'il n'y dénichait pas une épouse, il en trouverait une au printemps. Quand il reverrait Arabella, il serait fiancé, voire marié.

Toutefois... il tenait à lui dire adieu. Il n'obéissait pas à son ordre de la retrouver sur la terrasse, pas du tout. Il se bornait à lui restituer son éventail et à lui dire adieu.

Lorsque Guy la rejoignit sur la terrasse, Arabella ne lui adressa pas un regard. Elle scrutait le ciel nocturne. Il remarqua la chair de poule qui hérissait sa peau, entre le haut des longs gants et les courtes manches bouffantes. Si elle était Matilda Treadgold, elle frissonnerait ostensiblement et il lui offrirait sa redingote, un geste intime qu'elle accepterait timidement. Mais il avait affaire à Arabella Larke et elle se tenait droite comme un « I », impassible. Il faillit tout de même draper sa redingote sur ses épaules, juste pour le plaisir de la faire enrager.

— Ton éventail, dit-il.

Elle tendit une main gantée. Sans la toucher, il déposa l'éventail sur sa paume.

— Il est cassé, ajouta-t-il.

Elle répondit par ce petit grognement dédaigneux qu'il connaissait bien, et se remit à étudier le ciel qu'éclairait une pleine lune devant laquelle couraient des nuages vaporeux.

Il ne retirerait pas ses paroles désobligeantes, car il n'avait pas tort. Arabella était avide de pouvoir et dénuée de scrupules. Mais il la soupçonnait de n'être pas que cela. Derrière le bleu de ses yeux, il devinait tout un univers que seul explorerait un homme intrépide ou complètement fou.

Avant qu'il ait pu prononcer un mot, un laquais s'approcha et remit une feuille de papier à Arabella. Elle le remercia et attendit qu'il se soit éloigné pour tendre le document à Guy.

— On a trouvé ceci dans les affaires de sir Walter. Il ne s'est pas encore aperçu de sa disparition.

— Tu es aussi une voleuse ?

— Je cherche toujours à acquérir de nouveaux talents.

Il déplia le document, le parcourut puis le relut : une licence spéciale, autorisant le mariage immédiat de Freddie et du fils de sir Walter, le dénommé Humphrey.

— Freddie ne se doute de rien, reprit Arabella. Mais cela explique pourquoi sir Walter s'est empressé de rappeler son fils, et pourquoi il ne fait aucun effort pour trouver à Freddie un mari acceptable. Tu te demandais ce qu'il manigançait : tu as ta réponse.

— Comment as-tu su ?

— Si j'étais sir Walter et si je convoitais la fortune de ta sœur, j'aurais procédé de la même façon.

Elle haussa un sourcil dédaigneux.

— Les êtres dénués de scrupules fonctionnent comme ça, précisa-t-elle.

Guy glissa le document dans sa poche.

— On le soupçonne de piquer dans la caisse de ses sociétés de bienfaisance. On cherchait la preuve de ses escroqueries.

— Pourquoi détourner la fortune de Freddie quand il peut se l'approprier légalement en la mariant à Humphrey ? Si tu m'avais écoutée, à Londres, tu aurais pu interroger directement l'archevêque, et je n'aurais pas été obligée de devenir une voleuse.

— Tu veux des excuses ?

— La liste des choses impossibles que je veux est déjà bien trop longue. Veille seulement à ce que Freddie ne se retrouve pas mariée contre son gré pour servir les intérêts de sir Walter.

— Mais je n'ai légalement pas le pouvoir d'empêcher le mariage, tant que sir Walter est son tuteur. Pour qu'il soit déchu de cette tutelle, je dois apporter la preuve de ses malversations.

— Tu l'as, rétorqua-t-elle sèchement. De nombreux tuteurs ont été traînés en justice et condamnés pour avoir arrangé un mariage dommageable pour leur pupille. Tes notaires auraient dû t'en informer. Humphrey Treadgold est inférieur à Freddie sur tous les plans : la position sociale, les relations et la situation de fortune. Tu tiens la preuve des agissements de sir Walter, puisqu'il utilise la tutelle au détriment de Freddie et pour le bénéfice de son fils.

— Comment connais-tu cette jurisprudence ?

— Je sais lire, figure-toi. À moins que cela soit aussi un crime ?

— Tu es irritée.

— Je le suis toujours.

— Non, cette fois c'est différent. Qu'y a-t-il ?

— Cela ne te concerne pas. Ton opinion est déjà faite, répondit-elle d'une voix dure, hachée. Sers-toi de ce document, Guy. Oublie ton sens de l'honneur, essaie de raisonner comme un criminel. Entraîne-toi à être dénué de scrupules, si tu le peux.

Il eut soudain une illumination.

— Il y a des trous dans le capital d'Ursula, mais les comptables ignorent où est passé l'argent. Il l'a probablement transféré sur le capital de Freddie afin que son fils puisse rafler le butin.

Il réfléchissait à toute allure. Le secrétariat de l'archevêché avait forcément un double de la licence de mariage. Demain à la première heure, il écrirait à ses notaires, ou même s'adresserait directement au lord chancelier.

— Voilà pourquoi tu as invité sir Walter et sa famille : pour trouver une preuve. Et moi, je t'ai accusée de te servir d'eux comme appâts pour m'attirer ici. Pourquoi ne m'as-tu pas détrompé ?

— Tu semblais tellement content de ta perspicacité. Je n'ai pas voulu détruire tes illusions.

Elle ne se justifiait jamais, il le réalisait à présent. Il l'accusait et même quand il avait tort, elle ne se défendait pas. L'orgueil la perdrait.

— Je te prie de m'excuser, dit-il. J'aurais dû t'écouter.

Il frappa du poing sur la balustrade.

— Bon sang de bois ! Je suis censé protéger Freddie et j'ai fait fausse route.

— Tu ne considérais pas ta sœur d'emblée comme un pion. C'est à porter à ton crédit, déclara-t-elle avec une gentillesse inhabituelle.

Une pause.

— Mais peut-être que la prochaine fois tu m'écouteras.

— Tu essayais de me pousser à t'épouser.

— Je n'ai jamais souhaité t'épouser.

— Si, depuis l'enfance.

— Je fanfaronnais, c'est vrai. Je venais d'avoir neuf ans quand Miranda Olivares Lightwell – la demi-sœur de Cassandra DeWitt, tu te souviens sans doute d'elle – a déclaré que j'étais trop grande et trop maigre. J'ai riposté qu'un jour je serais marquise. Miranda et les autres ne pouvaient pas en dire autant. Du coup, j'ai continué à l'affirmer. Tu ne te vantais jamais stupidement, quand tu étais gamin ?

— Le soir de la fête du prince régent, tu as déclaré que tu désirais te marier avec moi. Tu as payé les bouffons pour qu'ils nous ligotent avec ce fichu ruban rose. Et, chez moi…

— Tu n'écoutes jamais ce que je te raconte, n'est-ce pas ?

— Si tu arrêtais de raconter n'importe quoi, je…

Elle fixait sur lui des yeux étincelants.

— Bon… soupira-t-il. Je t'écoute.

— Je t'ai demandé de dire à mon père que tu avais l'intention de m'épouser. Je n'ai jamais dit qu'il fallait le faire, triple idiot ! Des fiançailles nous auraient été profitables, à toi comme à moi. Si tu m'avais écoutée, je t'aurais expliqué que je pensais à un arrangement temporaire qui m'aurait permis de ne pas épouser Sculthorpe. Toi, de ton côté, tu aurais pu montrer au tribunal que tu étais en mesure d'offrir un foyer stable à tes sœurs.

Guy essayait de se remémorer ce qu'elle avait dit exactement, mais il ne se souvenait que de ce qu'il avait entendu.

— Mais... bredouilla-t-il, désarçonné. Pourquoi es-tu venue chez moi cette nuit-là, à Londres ?

Elle secoua la tête, sans répondre.

Il changea d'angle d'attaque.

— En principe, les fiançailles précèdent le mariage.

— En revanche, le mariage ne suit pas obligatoirement les fiançailles, qui peuvent être rompues assez facilement. On ne reprochera pas à une demoiselle de rompre ses fiançailles. Une ou deux fois, pas plus. Avec mes relations, ma réputation et ma fortune, je pouvais supporter un petit scandale.

— Mais pourquoi fallait-il faire semblant d'être fiancés ?

Elle scruta de nouveau le ciel, et il en profita pour admirer la ligne de sa mâchoire, son cou de cygne et le frisottis qui ourlait son oreille.

— J'ai passé des années à repousser les prétendants choisis par mon père, sous prétexte d'attendre ton retour, expliqua-t-elle. Quand tu as annoncé que tu ne m'épouserais pas, mon père a menacé de couper les ponts avec moi si je ne me mariais pas immédiatement. Il a refusé de patienter jusqu'à ce que je lui présente un homme que lui et moi pourrions accepter.

— Tu exagères. Ton père ne te déshériterait pas.

— C'est déjà fait, dit-elle d'une voix sourde.

Elle tourna vers lui un visage indéchiffrable.

— Presque, rectifia-t-elle. Il ne lui reste qu'à signer son nouveau testament et à le transmettre à son notaire. Quant à ma fameuse dot, qui faisait baver d'envie les célibataires du monde entier...

Elle eut une moue dédaigneuse.

— ... Terminé. Tu crois que je pars demain rejoindre ma grand-mère parce qu'elle se sent seule ? On m'a chassée. Je suis là ce soir parce que mon père voulait que j'assiste à mon bal de fiançailles, pour que mon humiliation soit complète. L'orgueil précède la chute, comme tu sais : c'est écrit dans le livre des Proverbes.

Guy posa les mains sur la pierre froide de la balustrade et regarda fixement les jardins jusqu'à ce que la lumière des lampions se brouille.

La situation d'Arabella lui avait paru aussi solide et durable que l'imposant manoir de Vindale Court. Elle occupait sa place en ce monde avec tant d'assurance qu'il n'avait jamais imaginé que cette place puisse être précaire.

Clare avait raison : Arabella était devenue le symbole de la lutte qu'avait menée Guy pour se libérer de l'emprise paternelle. Ensuite, il s'était braqué quand M. Larke avait voulu l'obliger à épouser sa fille, et quand celle-ci avait tenté de lui forcer la main...

Il s'était perdu en suppositions, avait tiré des conclusions hâtives sans entendre ce qu'elle tentait de lui dire, résolu à ne plus obéir à quiconque. Il n'avait pas compris qu'elle non plus n'était pas libre de ses choix.

Il se massa machinalement les tempes. Les pièces du casse-tête chinois refusaient toujours de s'emboîter. En se mariant avec Sculthorpe, Arabella assurait son avenir. Pourquoi diable avait-elle pris le risque de tout perdre cette nuit-là, à Londres ? Et pourquoi cette nuit-là avait-elle parlé de fiançailles, alors qu'elle était déjà fiancée ?

Que lui avait fait Sculthorpe ?

Il allait poser la question quand elle braqua sur lui un regard qui le transperça.

— Vindale Court est à moi, c'est mon héritage, comme Roth Hall et le titre de marquis sont le tien. Si mon frère avait survécu, tout lui serait revenu, mais il est mort et j'en ai assez qu'on me punisse pour ça.

Elle examina un instant son éventail, avant de poursuivre :

— Mon père envisageait de tout me léguer, afin que le patrimoine familial soit transmis à ses petits-fils. Mais je suis vieille à présent, et il est furieux – il préférerait laisser le domaine à un étranger plutôt qu'à sa propre fille.

Elle s'interrompit de nouveau, soupira.

— Tu penses bien sûr que j'exagère. Toi, tu t'es brouillé avec ton père, tu as disparu pendant huit ans, mais tu as pu retrouver ta position sociale comme si rien n'était arrivé, parce que tes droits sont protégés par la loi. Moi, on peut me dépouiller pour la simple raison que je ne suis pas conforme à ce qu'on attend de moi. Oui, je me suis mal conduite. Mais que faire, quand on vous manipule comme un pion sur un échiquier ? Je suis peut-être « avide de pouvoir » et « dénuée de scrupules », mais je n'ai pas une vocation de martyre !

Que lut-elle sur son visage qui lui déplut ? Elle eut un rictus de dégoût.

— Oh, s'il te plaît, ne t'avise pas de me prendre en pitié ! Tout cela ne te concerne pas. Et ne crains rien, je ne t'importunerai plus. Je suis capable de me débrouiller seule. Je l'ai toujours fait, et je continuerai.

Elle pivota brusquement et s'éloigna. Dans l'encadrement de la porte-fenêtre, elle s'immobilisa un instant, redressa les épaules, puis s'avança dans la salle de bal, semblant glisser sur le sol avec tant de majesté que les invités s'écartèrent sur son passage.

Guy la suivit des yeux jusqu'à ce qu'elle disparaisse.

De la silhouette d'Arabella se dégageait une poignante impression de solitude.

Lorsque Guy se résigna à regagner à son tour la salle de bal, les invités s'écartèrent également devant lui. Comme si tous ces gens conspiraient, ils lui frayaient un chemin qui le mena tout droit à Arabella. Elle écoutait ses amies, Mme DeWitt et miss Bell, bavarder. Élégante et distante, comme si tout allait bien.

Rien n'allait, pourtant.

Il se campa devant elle et lui tendit la main.

— Venez, miss Larke, dit-il d'une voix forte. Nous devons annoncer nos fiançailles à votre père.

Les traits d'Arabella se figèrent. Elle fixait la main tendue comme si elle n'avait jamais rien vu de semblable. Guy aussi étudiait sa main : elle ne semblait pas lui appartenir, mais Dieu merci, elle ne tremblait pas.

Comme Arabella ne bougeait pas, une idée affreuse surgit dans son esprit : elle comptait peut-être se venger et l'éconduire publiquement, comme il l'avait fait. Quel idiot il était, un incurable impulsif qui se laissait guider par le sentimentalisme et le désir…

Puis elle leva les yeux, et ils se dévisagèrent.

Il se produisit alors un phénomène merveilleux.

Arabella Larke lui sourit.

Le sourire naquit sur ses lèvres et, peu à peu, éclaira tout son visage, son corps et le monde alentour.

Ce fut un moment miraculeux. Comme quand, dans une cathédrale lugubre, le soleil perce les vitraux, éclabousse la pierre froide de couleurs chatoyantes et fait danser sur les murs une lumière qui vous redonne espoir et courage.

Il avait cru que la tension et la lassitude étaient inhérentes à la personnalité d'Arabella. Mais en réalité, c'était le fardeau qu'elle portait qui la rendait ainsi. Il venait de l'en délivrer.

Lorsqu'elle posa sa main gantée dans la sienne, Guy entrelaça ses doigts aux siens.

Ignorant les chuchotements et les regards qui les escortaient, ils traversèrent la salle de bal pour rejoindre les parents de la jeune femme, qui se tenaient près du buffet des rafraîchissements.

Guy lâcha la main d'Arabella et s'inclina.

— Monsieur Larke, lady Belinda... Votre fille et moi-même avons décidé de nous marier. Avec votre bénédiction, bien sûr.

Lady Belinda sourit. Son mari plissa le front d'un air soupçonneux.

— Que vous arrive-t-il, Hardbury ? Vous ne vouliez pas d'elle.

— Notre décision ne se discute pas, monsieur.

— Et vous l'épouserez bientôt ?

— Le mariage est prévu pour le printemps, à Londres, afin que toute la bonne société puisse en témoigner.

Guy sentit Arabella frémir, mais il ne la regarda pas.

— Il me semble que c'est le moment idéal pour annoncer nos fiançailles. Souhaitez-vous le faire, monsieur, ou préférez-vous que je m'en charge ?

— Vous avez fini par comprendre que Vindale Court était un trésor, pas vrai ? ricana lord Larke.

— Votre domaine ne m'intéresse pas.

— Pourquoi ce mariage, dans ce cas ?

Guy se mit à rire.

— Parce que nous nous aimons, répondit-il. Quelle autre raison pourrait-il y avoir ?

13

Une bergeronnette des ruisseaux, au ventre jaune. Un hibou des marais. Un ara rouge.

Arabella étudiait les dessins de Juno, alignés sur l'imposante table de la bibliothèque comme pour un jeu de patience.

Les oiseaux de papier étaient vivants, elle avait l'impression de sentir leurs ailes frémir sous ses doigts. Mais peut-être que, dans l'excitation des fiançailles impromptues de la veille – qui l'avait empêchée d'avoir une discussion avec Guy en privé –, un chardonneret avait pris la place de son cerveau. Ce dernier gazouillait assurément comme une volée de chardonnerets :

Me faut un plan. Dois parler à Guy. Pourquoi il a fait ça ? On s'en fiche. Un plan s'impose. Il ne m'aime pas. Qu'est-ce qui lui a pris ? On s'en fiche. Un plan, un…

Bonté divine ! Les pauvres chardonnerets devaient être exténués !

Par-dessus le marché, son cerveau oiseau la faisait sauter sur ses pieds chaque fois que la porte de la bibliothèque s'ouvrait – mais ce n'était chaque fois qu'un invité égaré, désireux de rejoindre les autres qui se prélassaient ici et là, englués dans l'engourdissement des lendemains de fête.

Enfin, la porte s'ouvrit et Guy apparut.

Immobile sur le seuil, il l'observa longuement, comme frappé d'étonnement. Elle s'obligea à ne pas bouger, à ne pas lisser sa jupe à rayures ni rajuster ses manches longues.

Il fronçait les sourcils, bien sûr. Elle ne méritait pas un sourire. Soudain, il marcha droit sur elle, comme la veille quand il avait traversé la salle de bal au pas de charge : comme si elle était une catastrophe sur le point de se produire et qu'il devait l'arrêter coûte que coûte.

Elle baissa les yeux sur une illustration représentant un pouillot véloce – une nuée de pouillots véloces. Cependant elle ne voyait que Guy, ses larges épaules qu'épousait étroitement une redingote, ses longues cuisses moulées dans une culotte de daim, ses bottes. Il s'approchait, telle une bourrasque qui balayait tout sur son passage.

Il s'arrêta près d'elle. Il occupait tout l'espace, avec ses cheveux ébouriffés par le vent et ses yeux brillants, de ce vert qu'ont les feuilles après la pluie.

Et sa peau plus brûlante que le feu.

— Tu rentres d'une promenade à cheval, articula-t-elle.

— Tu surveilles déjà mes allées et venues ?

— Je n'y suis pour rien. Aujourd'hui, au lieu de me dire le traditionnel « bonjour, miss Larke », tout le monde m'a apostrophée en ces termes : « Oh, miss Larke, lord Hardbury est sorti à cheval. » Comme si je ne pouvais pas m'intéresser à autre chose.

Elle jeta un coup d'œil circulaire, et dit à voix basse :

— Je n'ai pas eu l'occasion, hier soir, de te remercier d'avoir accepté de... de m'aider.

Il la regardait fixement, impassible.

— Je ne prétends pas comprendre ce qui t'a poussé à changer d'avis, enchaîna-t-elle, et je n'ai pas l'intention de te sonder, au cas où tu reviendrais sur ta décision.

Comme s'il s'ennuyait déjà avec elle, il haussa les épaules et reporta son attention sur les illustrations disposées sur la table.

— Tu t'es donné de la peine et tu as pris des risques pour aider Freddie, dit-il. J'ai estimé que je te devais quelque chose.

— Je n'ai pas aidé Freddie pour te forcer la main. Je l'ai aidée tout simplement parce que j'en avais la possibilité.

— Je sais.

— Tu as parlé à sir Walter ?

— Non, et je ne le ferai pas. Ce matin, j'ai rendu visite à sir Gordon Bell pour lui demander conseil. Nous avons rédigé une requête au lord chancelier pour qu'il nous accorde une audience en urgence.

Arabella se mit à plier et déplier le coin d'un dessin – une tourterelle.

— Et miss Treadgold ?

— Eh bien quoi ?

— Tu semblais la courtiser.

— Quand notre affaire sera réglée, je me choisirai une épouse.

— Une femme douce et charmante, bien sûr, murmura-t-elle en déplaçant un paon gonflé d'orgueil.

— À quoi sont destinés ces dessins ? demanda Guy.

— Au *Guide illustré des volières de Vindale,* un livre que je vais publier. Je suis en train de composer la dernière page.

Il saisit une illustration. Une famille de hérons.

— Ces dessins sont magnifiques. Ils sont pleins de joie, ces oiseaux. L'écriture et le dessin font également partie de tes talents ?

— Seigneur, non ! Je suis douée pour donner des ordres, et les autres exécutent le travail. Juno Bell a réalisé ces illustrations et Livia Bell a écrit le texte.

— Et comment fabriques-tu un livre avec tous ces éléments ?

Il reposa le héron – de guingois – et saisit une page de texte. Arabella redressa soigneusement le héron, le temps de réfléchir à une réponse. Le monde tournait à l'envers : Guy et elle échangeaient des propos anodins, comme des personnes civilisées. Ils auraient dû s'étriper. S'ils ne se bagarraient pas, alors ils étaient... quoi donc ?

— J'envoie ces éléments à un imprimeur londonien qui confie les illustrations au graveur et au coloriste, et qui met le texte en pages. Quand les épreuves sont prêtes, je les vérifie et, si je suis satisfaite, il les imprime et les relie. Ce sera mon premier ouvrage en couleur.

— Mais tu as fait d'autres livres avant.

— Je me suis lancée en créant une revue d'ornithologie, basée sur les conférences de mon père.

Il reposa la page de texte, de travers elle aussi. Puis il considéra la table d'un air renfrogné. Elle fit la moue, tout en redressant la page.

— Alors comme ça, tu fabriques des livres...

— Eh oui, je n'ai pas que des activités douteuses.

Il se mit à tripoter le coin d'une page. Agacée, elle poussa la feuille.

— Est-ce qu'au moins tu aimes les oiseaux ? lança-t-il.

— Je ne les déteste pas.

Elle réfléchit cependant. Aimait-elle vraiment les oiseaux ?

— J'admire le vol du faucon, sa façon de planer dans le ciel puis de piquer sur sa proie. Je suis fascinée par les pies qui savent se servir d'outils, par les corbeaux qui sont capables de reconnaître des visages humains. J'aime écouter les mésanges bleues zinzinuler. Sais-tu que beaucoup d'oiseaux s'accouplent pour la vie ?

Guy se taisait, mais il l'observait comme s'il avait devant lui une espèce inconnue de volatile.

— Pourquoi tu me regardes comme ça ?

Un petit sourire joua sur les lèvres de Guy.

— C'est charmant... Je n'ai pas l'habitude de te trouver charmante.

— En effet. Hier soir, tu as clairement exprimé l'opinion que tu as de moi.

— Ah... c'était méchant et déplacé. Je m'en excuse. Je t'ai blessée.

— Ne sois pas ridicule. Je n'ai aucune sensibilité, mon orgueil l'a engloutie depuis longtemps.

Guy la dévisageait, il souriait - elle en conclut qu'elle avait effectivement une cervelle d'oiseau, car elle croyait entrevoir dans ses yeux de l'affection, et même une certaine tendresse, ce qui ne pouvait être.

Il s'appuya alors contre la table et se pencha vers Arabella. Leurs visages n'étaient qu'à quelques centimètres l'un de l'autre...

À cet instant, la porte s'ouvrit et lady Belinda entra, escortée par trois de ses amies. On entendait de la musique. Quelqu'un jouait du pianoforte dans le salon.

— Tu devrais t'écarter, dit Arabella à voix basse. Les gens penseront que nous sommes...

— Amoureux ?

— Voilà.

— C'est justement ce que nous voulons qu'ils pensent.

— Hier soir, tu n'aurais pas dû dire ça. Que nous sommes…

— Amoureux ?

— Voilà. Tu aurais dû invoquer une raison logique pour justifier le mariage. Mon patrimoine, ton titre.

— Les gens auraient estimé avoir le droit de poser des questions logiques et d'exiger des réponses tout aussi logiques. Si nous disons que nous sommes amoureux, on considérera que nous sommes perdus à jamais pour la logique.

Elle ne put s'empêcher de rire, et Guy la regarda de nouveau bizarrement.

— Tu ris, constata-t-il. Tu souris. Je ne t'avais jamais vue rire ou sourire.

Elle posa les mains à plat sur la table.

— Quoi qu'il en soit, c'est ridicule. L'idée que nous soyons…

— Amoureux ?

— Oui, voilà. Personne n'y croira.

— On y croira si nous faisons semblant de l'être.

— Et comment diable ferons-nous ça ?

— C'est facile. De temps en temps, par exemple, je m'extasierai à haute voix sur tes beaux yeux et ton odeur suave.

— Mon *odeur* ?

— Oui, c'est très romantique. Essaie.

— Tu sens le cheval.

Là, ce fut lui qui éclata de rire. Elle aimait ce rire qui grondait dans sa poitrine, qui éclairait son regard et creusait deux sillons autour de sa bouche.

— Tu essaies de me dire que tu n'as jamais été amoureuse ? interrogea-t-il.

Elle avait été prise de vertige, la veille, quand Guy lui avait rendu l'espoir, quand il avait entrelacé ses doigts aux siens et l'avait entraînée vers ses parents. Plus tard, elle s'était couchée avec le souvenir de ce vertige. Mais c'était simplement... quoi donc ? De la gratitude, assurément. Du soulagement.

— J'ai rencontré quelques hommes qui m'ont plu, mais ils pensent que...

Elle haussa les épaules.

— Tu conviendras que je ne suis pas ce genre de femme.

— Tu ne veux pas te marier ?

— J'ai toujours espéré me marier. Les femmes mariées ont plus de liberté, et j'aimerais fonder une famille. Quand j'ai fait mon entrée dans le monde, j'imaginais que j'épouserais un homme qui...

Non, elle ne lui confesserait pas ce rêve d'enfant, depuis longtemps enfoui : un mariage d'amour. S'il le savait, il aurait pour toujours le moyen de la blesser. Dans des mois ou des années, lorsque chacun d'eux serait marié ailleurs, il connaîtrait ses désirs et ses rêves les plus intimes, et elle ne supporterait pas de côtoyer quelqu'un qui savait cela d'elle.

— Quand une femme se marie, elle donne tout à son époux – ses biens, son corps, sa confiance. Si je dois accorder un tel pouvoir à un homme, je préférerais qu'il n'en abuse pas. Qu'il me respecte pour ce que je suis et me considère comme son égale.

— Il aurait aussi besoin de courage.

— Absolument. Terrifier la gent masculine est l'un de mes plus remarquables talents.

— Tu ne devrais peut-être pas déployer autant d'efforts pour les terroriser.

— Je ne fais aucun effort : cela me vient naturellement.

Machinalement, elle repositionna une illustration représentant un perroquet. La veille, la lettre tant attendue de Hadrian Bell était enfin arrivée. Il écrivait qu'à son retour en Angleterre, l'an prochain, il serait disposé à parler mariage.

C'était le moment de le signaler à Guy.

Mais les mots ne sortaient pas. Elle se borna à dire d'un ton vif :

— En résumé, la question est celle-ci : mon mari idéal existe-t-il ?

— Une sacrée question… À mon avis, il faudrait un homme spécial. Qui n'ait pas peur de toi. Mais celui qui n'a pas peur de toi est un fou, or ton mari doit être sain d'esprit.

— Donc, si je te suis bien, il n'existe pas.

— Il peut exister, à condition de te vouloir assez ardemment pour ne pas laisser la frousse le décourager. Il faut aussi qu'il soit intelligent, peut-être même autant que toi, et qu'il ait par conséquent l'intelligence de ne jamais te montrer qu'il est aussi intelligent que toi. Et ce doit être un homme qui…

Il n'acheva pas sa phrase et, même s'il continuait à regarder Arabella, on aurait pu penser qu'il ne la voyait plus, qu'il était ailleurs.

— Qui… quoi ?

Il plongea les yeux dans les siens. Il avait le même regard, cette nuit-là à Londres, quand il la caressait.

— … qui sait comment attiser ta passion.

Il était tout près. Si elle osait combler la courte distance qui les séparait, elle pourrait de nouveau découvrir ce corps viril, ces épaules, ce torse…

La part rationnelle de son être voulait se cacher derrière des mots, mais les mots ne venaient pas, étouffés par les souvenirs du moment où leurs corps s'étaient unis.

Le bruit de la porte qui s'ouvrait la délivra.

Elle s'écarta d'un bond. Guy se redressa nonchalamment. Il avait dérangé les pages mais elle n'ébaucha pas un geste, les yeux rivés sur son père qui entrait, le perroquet Queenie perché sur son bras. Il affichait un large sourire qu'Arabella ne lui avait jamais vu.

Décidément, les membres de la famille Larke souriaient d'une oreille à l'autre depuis le bal et la bombe que Guy avait lâchée.

— Bonne nouvelle, Hardbury ! claironna lord Larke. Je viens de m'entretenir avec le pasteur. Votre mariage sera célébré dans seize jours exactement.

Un silence de plomb s'abattit sur la bibliothèque.

— Seize jours, chuchota Arabella, atterrée.

Guy avait envie de rire. Durant toute la matinée, tandis qu'il discutait avec sir Gordon, il avait réfléchi à sa décision impulsive, et s'était répété qu'il avait mal jugé Arabella et n'avait pas à s'inquiéter : il contrôlait la situation.

Mais vingt-quatre heures ne s'étaient pas écoulées depuis l'annonce des fiançailles qu'il ne contrôlait déjà plus rien. M. Larke l'avait contré par un coup de premier ordre.

La partie promettait d'être mouvementée.

Dieu merci, Arabella et lui étaient dans le même camp. Aujourd'hui, elle ne paraissait pas menaçante, elle avait simplement l'allure d'une élégante aristocrate, étonnamment charmante quand elle arrangeait les pages pour qu'elles soient parallèles au bord de la table – elle y apportait tant de soin qu'il prenait un malin plaisir à les déranger. Ils avaient bavardé tranquillement, comme s'ils n'avaient pas passé toute leur vie à se bagarrer. Il l'avait taquinée, comme s'il ne jouait pas avec le feu.

Elle lui donna un coup de coude.

— Ça t'amuse ? murmura-t-elle.

— Reconnais que c'est assez drôle.

— Seize jours, répéta-t-elle d'une voix sifflante.

À l'évidence, elle n'avait aucune envie de se marier avec lui. Bien… très bien. Lui non plus n'en avait certes pas envie, cependant il possédait apparemment assez de vanité pour se sentir froissé.

Lady Belinda rejoignit son époux, qui paraissait extrêmement content de lui. Elle posa sur sa fille un regard serein.

— Auriez-vous la bonté, monsieur, de nous expliquer comment un mariage est possible en seize petits jours ? demanda Guy.

— C'est simple, répondit M. Larke. Le pasteur publiera le premier ban demain. Les deux autres seront publiés dimanche prochain, puis le dimanche d'après, et la cérémonie se déroulera le lundi.

— Je vais épouser Arabella : par conséquent, c'est moi qui décide quand et où le mariage sera célébré. Or nous préférons nous marier au printemps, à Londres.

Le perroquet lança une apostrophe incompréhensible. M. Larke plissa les yeux d'un air soupçonneux.

— Pourquoi attendre si longtemps ? Vous vous connaissez par cœur, tous les deux. Nous pouvons rédiger le contrat dès à présent. Vous aurez sa dot, et votre second fils héritera de mon patrimoine, si c'est cela qui vous préoccupe.

— Cela ne me préoccupe pas. À Londres, toute la bonne société assistera à notre mariage.

— Mais vous êtes amoureux, non ? Raison de plus pour l'épouser sans tarder. Elle ne retiendra pas longtemps votre attention, vu ce qui s'est passé avec son précédent fiancé et d'autres avant lui.

Arabella était immobile, comme au garde-à-vous. Elle ne cilla pas en entendant son père dire clairement qu'aucun homme ne pouvait l'aimer.

Guy ne s'amusait plus du tout.

La veille, il avait réalisé qu'il la comprenait mal. Maintenant, il se demandait si elle se comprenait elle-même, cette orgueilleuse jeune femme qui menait seule ses batailles, mais qui avait le sourire lumineux d'un ange lorsque quelqu'un prenait sa défense. Elle prétendait se battre pour son héritage, cependant Guy la soupçonnait de chercher surtout à gagner l'affection de son père.

Il lui prit doucement la main. Elle tressaillit, mais ne s'écarta pas. Il brûlait de l'attirer tout contre lui et de l'emmener loin d'ici.

— Pendant des années, j'ai espéré avoir un autre garçon, disait Larke. Si vous vous mariez maintenant, j'aurai peut-être un petit-fils au printemps prochain.

— L'été prochain, corrigea machinalement Guy.

Lady Belinda pressa deux doigts sur son front, comme si elle sentait venir une migraine.

Larke fronçait les sourcils.

— Plaît-il ?

— Quelle que soit la date du mariage, il n'y aura pas de rejeton avant l'été. Arabella est extraordinairement douée, néanmoins je doute qu'elle puisse faire un enfant en deux coups de cuillère à pot. Notez que je ne refuserais pas de m'y mettre séance tenante, néanmoins...

Il fut interrompu par la toux de lady Belinda.

— Père, intervint Arabella sur un ton raisonnable. Je crains qu'un mariage si rapide ne perturbe les projets de lord Hardbury. Il a des affaires importantes à régler à Londres. Il me disait tout à l'heure que le prince régent souhaitait le voir, mentit-elle avec aplomb.

Guy lui pressa la main, pour l'inciter à garder son calme.

— Le prince régent peut attendre trois semaines, rétorqua M. Larke. Et vous n'avez qu'à l'inviter au mariage.

— Mais, père…

— Cesse donc d'ergoter, ma fille !

Larke les dévisagea tour à tour d'un air suspicieux.

— Pourquoi diable voulez-vous faire traîner les choses, tous les deux ?

— Père…

— Votre père n'a pas tort, Arabella.

Guy lui étreignit la main, et elle enfonça ses ongles dans sa paume.

— Vraiment ? articula-t-elle.

— Il serait fâcheux que le prince régent pense que je suis à sa disposition.

— Mais vous êtes à sa disposition. C'est le maître du pays.

— Et vous êtes la maîtresse de mon cœur.

— Oh, Seigneur Dieu…

— En outre, vous êtes plus jolie que lui, et un tout petit peu plus tyrannique.

Cette boutade fit sourire lady Belinda. Larke gloussa, Guy l'imita, et Arabella jeta un regard circulaire, désorientée comme si quelqu'un avait chamboulé l'univers pendant qu'elle avait le dos tourné.

À eux deux, ils réussiraient à atteindre leur objectif : préserver l'héritage d'Arabella et échapper à un mariage dont ils ne voulaient pas. Guy n'avait pas encore la solution, mais la jeune femme la trouverait sûrement.

— Nous discuterons du contrat, monsieur, déclara-t-il. Sous peu. Dans l'immédiat, ma fiancée et moi allons faire une promenade au bord du lac pour parler de notre avenir.

M. Larke et lady Belinda opinèrent, apparemment satisfaits, mais tandis qu'Arabella s'éclipsait pour revêtir une tenue d'extérieur, sir Walter entra dans la bibliothèque. Lui paraissait mécontent.

Il le serait bien plus encore quand il aurait vent de la lettre que Guy avait expédiée ce matin.

— Vous avez tous l'air ravis, constata-t-il. Que se passe-t-il ?

— Nous sommes effectivement ravis, répondit Larke, jovial. Le mariage de ma fille sera célébré dans seize jours exactement.

Sir Walter pinça les lèvres.

— Je croyais que vous étiez là pour courtiser Matilda, lord Hardbury.

— Je me suis laissé distraire, je le crains.

— C'est ainsi que vous me remerciez d'avoir pris soin de vos sœurs ?

— Oh, mon cher Walter... Vous aurez bientôt les remerciements que vous méritez, je vous le certifie.

— Détendez-vous, sir Walter, dit M. Larke en lui tapotant l'épaule.

Ce mouvement contraria le perroquet, qui s'en plaignit d'une voix stridente.

— Lord Hardbury a été promis à ma fille quand il était encore au berceau. Votre Matilda est charmante, mais elle a moins à offrir que nous. Allons, oubliez ça et réjouissez-vous avec nous.

Sir Walter lui décocha un regard noir.

— Je vais boire une pinte à l'auberge du village, marmonna-t-il. On y est en meilleure compagnie.

14

Arabella avait suivi des milliers de fois le chemin qui menait au lac, mais c'était la promenade d'aujourd'hui qui se graverait dans sa mémoire, alors que l'écheveau de sa vie se défaisait et que son plan mal ficelé s'effritait.

À côté d'elle, Guy s'agitait. Il piaffait littéralement. Il avait cassé une branche en passant sous un arbre, l'avait dépouillée de ses rameaux et de ses feuilles, et s'en servait maintenant pour fouetter les buissons.

— Tu as voulu me faire taire, accusa-t-elle.

— Ton père et toi vous entendez comme chien et chat. Te disputer avec lui n'aurait rien arrangé. Tu cherchais à prendre le contrôle de la situation, ce qui te rend invariablement agressive.

Arabella n'avait rien à répliquer. D'une certaine manière, Guy la connaissait mieux qu'elle ne se connaissait elle-même.

— Tu essaies toujours de te débrouiller seule, reprit-il. Tu n'es pas habituée à avoir quelqu'un à tes côtés, n'est-ce pas ?

Un souvenir lui revint tout à coup : Oliver et elle, cachés sous un bureau pour échapper à leur précepteur, étouffant leurs rires en attendant que la voie soit libre. Ils s'étaient rués dans le jardin…

et étaient tombés nez à nez avec leur père. Il ne les avait pas grondés quand ils avaient avoué leur forfait : au contraire, il avait éclaté de rire puis les avaient emmenés, en les tenant par la main, voir un nid de chouette.

Son père ne l'aurait pas punie, il l'aurait même tenue par la main ? Impossible. Elle avait dû fabriquer ce souvenir.

Guy n'attendait pas de réponse, et ne prononça plus un mot jusqu'à ce qu'ils s'engagent sur le sentier jonché de gravillons blancs qui cernait le lac.

— Alors ? dit-il. Qu'est-ce que tu mijotes ?

— Pourquoi penses-tu que je mijote quelque chose ?

— Parce que tu ne peux pas t'en empêcher.

— J'ai un *plan,* nuance.

Il cingla un buisson avec sa branche et continua à marcher. Si seulement ils pouvaient flâner tranquillement, sans avoir de décision à prendre.

— Mais je suppose que mon plan n'a aucune importance. Puisque nous devrons rompre notre engagement.

Il ne répondit pas.

— Si c'est bien ce que tu veux, ajouta-t-elle.

— Et toi, c'est ce que tu veux ?

— Je t'ai posé une question.

— Je te la pose aussi.

— Moi, je veux...

Des vaguelettes ridaient la surface du lac. Une feuille virevoltait dans l'air, le vent la bousculait et la précipita dans l'eau qui la malmena à son tour, la tournant et la retournant.

— ... ne plus me sentir comme cette feuille, acheva-t-elle.

Guy essaya de l'attraper avec son bâton de fortune, mais le vent la poussa plus loin.

Ils avaient atteint la partie du sentier qu'abritait une haute haie et le long de laquelle des statues de divinités grecques montaient la garde.

— C'est trop exiger de toi, reprit-elle tandis qu'ils passaient devant un Poséidon barbu et armé de son trident. Tu as été gentil d'intervenir, mais ce n'est pas juste pour toi.

— Tu as dit que tu n'avais pas une vocation de martyre.

— Effectivement, mais c'est aussi valable pour toi. Il n'est pas nécessaire que nous soyons tous les deux malheureux.

Il soupira, agacé.

— Parle carrément, Arabella. Je n'ai pas ta subtilité, je suis un homme simple.

— Il semble que tu sois devenu un oiseau rare : tu es pétri de nobles principes qui guident ta vie. C'est admirable, et il n'est pas question pour moi d'en profiter. Il est grand temps que j'admette la réalité : mon père ne m'acceptera jamais telle que je suis. Tu ne pensais pas que les choses iraient aussi loin, n'est-ce pas ?

— Non. Mais que vas-tu... Tu vas partir ?

— J'aurais sans doute dû le faire il y a longtemps.

— Ton père te reniera. Tu perdras tout.

— Je trouverai une solution, comme toujours. C'est mon problème, pas le tien.

Voilà, elle l'avait libéré. Pourquoi ne réagissait-il pas ?

Il ôta son chapeau et, le posant en équilibre sur l'extrémité de sa branche, le fit tournoyer, le lança en l'air et le rattrapa.

Seigneur Dieu... Cet homme était marquis, et il se comportait comme un gamin. Et elle... *Oh, sois honnête : toi aussi, tu es une gamine*. Elle était capable de retrousser sa jupe pour bondir, saisir ce chapeau et détaler à toute allure. Il l'arrêterait facilement, la ferait tomber dans l'herbe et alors...

... ils ne joueraient plus comme des enfants.

Guy s'immobilisa soudain près de la statue d'un Apollon bouclé qui jouait de la lyre.

— Je refuse de capituler tant que nous n'avons pas épuisé toutes les possibilités, déclara-t-il. Nous avons seize jours devant nous pour tout arranger. Tu ne vas tout de même pas abandonner.

— Ne sois pas ridicule. Je n'abandonne jamais : je change simplement de stratégie.

Un petit sourire étirait les lèvres de Guy. Alors, tout à coup, elle comprit.

— Je n'ai pas besoin d'un sauveur, s'insurgea son orgueil qui n'avait jamais su dire merci.

— Ne sois pas ridicule, je ne te sauve pas, rétorqua-t-il – il l'imitait fort bien. Je t'aide à te sauver toi-même.

Elle lui jeta un regard qui aurait dû le réfrigérer, mais il sourit de plus belle et pivota vers Apollon.

— On ne me forcera pas à t'épouser, Arabella, déclara-t-il à la statue. Mais la façon dont ton père te manipule avec cette promesse d'héritage est méprisable. Tu n'imagines pas jusqu'où allait mon père pour me dominer. Je n'avais même pas le droit de choisir mes vêtements ou ma coupe de cheveux. Le sens du devoir et la conscience de sa place dans la société, c'est très bien. Toutefois, quand on nie son désir profond, on se détruit. Par conséquent, il faut préserver ton héritage sans te priver de ta liberté de choix.

Pour conclure ce discours, Guy enfonça son chapeau sur la tête d'Apollon, l'inclina pour lui donner un air canaille, puis recula pour examiner son œuvre.

Arabella étudia aussi la statue de pierre, mais en réalité elle ne voyait que Guy. Un homme solide, puissant, qui ne lui devait rien, qui ne l'aimait pas et qui, pourtant, lui venait en aide.

Tout allait bien dans le meilleur des mondes.

Tout, sauf...

Elle s'avança et releva le chapeau sur le crâne d'Apollon, pour qu'il soit correctement coiffé. Voilà, plus rien ne clochait. Avec un hochement de tête satisfait, elle commençait à s'éloigner quand, d'une chiquenaude, Guy décoiffa le dieu grec.

Il souriait d'un air angélique. Elle le foudroya du regard et, comme il ne réparait pas sa faute, elle rajusta le chapeau.

Il attendit qu'elle ait reculé puis, d'une pichenette négligente, inclina de nouveau le couvre-chef sur le front du malheureux Apollon.

Arabella le repoussa en arrière.

Guy le fit basculer en avant.

Elle serra les poings. Elle n'entrerait pas dans son jeu, ah non ! Il la savait légèrement maniaque – un petit défaut de rien du tout – et il l'embêtait avec ça. Voilà ce qui arrivait quand les gens connaissaient vos faiblesses.

Pointant fièrement le menton, elle s'éloigna. Il lui emboîta le pas.

Un pas. Deux, trois, quatre pas.

Maudit soit-il !

Elle fit demi-tour et, à toute vitesse, rectifia la position du chapeau. Guy éclata de rire – insouciant, les yeux pétillant de malice et les cheveux ébouriffés par le vent.

Il lui offrit son bras, et elle glissa la main dans le pli de son coude. Ils reprirent leur promenade, comme un couple de fiancés tout à fait classique, leurs épaules se heurtant au rythme de la marche, la cape lie-de-vin d'Arabella frôlant le manteau gris de Guy.

— Tu es déjà marié ? demanda-t-elle soudain, bizarrement essoufflée.

— Pas que je sache.

— Tu n'es pas bigame ?

— Non.

— Alors tu es fou ?

— Seulement de toi.

— Tu es impuissant ?

Il s'arrêta net, et elle lâcha son bras. Les yeux de Guy brillaient de cet éclat qu'elle avait découvert cette nuit-là, à Londres.

— À ton avis ? rétorqua-t-il d'une voix rauque. Tu as eu un petit aperçu de ma... puissance.

— Les choses peuvent changer.

— Tu veux une démonstration ? Pour vérifier que tout fonctionne parfaitement ?

Il l'enveloppa d'un regard qui l'embrasa, comme s'il avait posé les mains sur elle. La flamme qui couvait dans les yeux verts de Guy l'affolait. Elle était submergée par ce vertige délicieux qui lui avait fait perdre la tête à Londres.

La nuit où elle avait tout gâché, parce qu'elle avait peur, parce qu'elle était orgueilleuse et égoïste, avant de prendre conscience qu'elle était peut-être en train de détruire quelque chose de précieux. Des années de mépris, avant de s'apercevoir qu'il n'y avait rien de méprisable. Quelle cruauté de découvrir qu'elle désirait cet homme, après avoir tout fait pour qu'il ne veuille jamais d'elle !

Il n'était peut-être pas trop tard. Peut-être pouvait-elle prendre son visage entre ses mains et l'obliger à écouter ce qu'elle avait à dire, à comprendre que parfois elle était terrifiée, que cela la rendait idiote et qu'elle se cramponnait à son orgueil comme à un bouclier.

Mais à quoi bon ? Même s'il comprenait et lui pardonnait, il ne voudrait toujours pas d'elle.

Il la jugeait arrogante, avide de pouvoir et dénuée de scrupules. Un homme bon et respectable ne voulait pas d'une femme de ce genre. Elle avait déjà commis suffisamment d'erreurs, elle ne confondrait pas le désir passager qu'elle lui inspirait et la sollicitude qu'il lui témoignait, avec... autre chose.

— Je... je te crois sur parole, bégaya-t-elle.

Il la dévisagea un instant, puis se remit à marcher, les gravillons blancs crissant sous ses pas, comme si rien ne s'était passé.

De fait, il ne s'était rien passé.

— Je présume que ces questions bizarres ont trait au mariage ? lança-t-il.

— Je réfléchissais aux empêchements légaux. Il n'y en a pas. Donc, il faut retarder la cérémonie.

Il haussa un sourcil narquois.

— J'ai l'impression que tu as une idée.

— Pour que le mariage soit valide, le pasteur doit l'annoncer pendant trois dimanches consécutifs dans l'église où se déroulera la cérémonie. S'il n'y a pas d'objections, le mariage est célébré dans les trois mois qui suivent la publication du troisième ban, en présence d'au moins deux témoins. À la moindre anicroche, au moindre retard, on recommence depuis le début.

— Comment sais-tu tout ça ?

— J'aime bien savoir certaines choses. Cela me donne le sentiment...

— De ne plus être comme feuille au vent.

Nom de nom ! Encore un secret qu'elle lui avait dévoilé.

— Donc, enchaîna-t-elle, pour retarder ou empêcher le mariage, il suffit de retirer du jeu une ou deux pièces essentielles : le pasteur, l'église, les témoins, la mariée ou le marié.

— Je présume que tu as une suggestion.

— C'est évident, non ? Nous n'avons qu'à enlever le pasteur.

Guy se figea. Un enlèvement ? C'était la solution qu'elle avait trouvée ? Bon sang de bois. Pourquoi s'obstinait-il à oublier qu'elle était... qu'elle était...

En train de se moquer de lui. Mais oui, bien sûr. Ses yeux pétillaient, même si elle pointait le menton d'un air de défi, comme si elle avait deviné sa première pensée.

— Il faudrait le faire juste avant le troisième ban, poursuivit-elle. Le samedi soir, pour qu'on n'ait pas le temps de trouver un remplaçant.

— Arabella, rétorqua-t-il d'un ton faussement sévère, je te le dis tout net : il n'est pas question d'enlever un pasteur.

— Mais on ne lui ferait pas de mal. Peut-être même qu'il serait content.

Elle battit des cils.

— Nous pourrions l'emmener au bord de la mer.

— Non, trancha-t-il, ravalant un rire.

— Je suppose que tu ne me laisseras pas non plus incendier l'église.

— Pas si nous pouvons l'éviter.

— Tu ne me laisses jamais faire ce que je veux, se plaignit-elle dans un soupir théâtral.

— Tu essaies seulement de me faire rire.

— J'aime te voir rire. Ça te rend séduisant.

— Parce que, le reste du temps, je ne le suis pas ?

— Le reste du temps, tu as la ride du lion.

Du pouce, elle lissa le pli entre ses sourcils. Il ne riait plus, la main d'Arabella se brouillait devant ses yeux, la caresse du gant de cuir fin et frais était comme une bénédiction qui lui donnait envie de tomber à genoux et de...

Il se débarrassa de son bâton de fortune et enfonça les poings dans ses poches. Quand Arabella baissa la main, son visage redevint net – l'étincelle moqueuse dans ses yeux, ses lèvres entrouvertes et tentatrices.

— Tu as toujours l'air fâché contre le monde entier, ajouta-t-elle. Mais quand tu souris ou que tu ris, tu as ces deux plis profonds, là, de chaque côté de ta bouche.

Elle le touchait de nouveau, prenait son visage entre ses mains. Le soleil pâle frôlait ses sourcils noirs, la longue et épaisse frange de ses cils, sa peau veloutée, ses lèvres pulpeuses. Pourquoi n'avait-elle pas ôté ses gants ? Il brûlait de sentir ses doigts nus sur lui.

— Je ne parviens pas à trancher : es-tu séduisant ou non ? poursuivit-elle. Tu as la figure burinée et tannée par le grand air, et ces petites rides, là autour des yeux, à force de plisser les paupières pour te protéger du vent et du soleil.

— Tu n'as pas remarqué que mon torse est aussi brun que mon visage ? rétorqua-t-il sans réfléchir. Cet été, sur le chemin de retour, je me suis arrêté à Valence, en Espagne, pour travailler dans un verger. Quand il faisait trop chaud, j'enlevais ma chemise.

— Je suppose que les *señoritas* n'y trouvaient rien à redire.

— Leurs grands-mères non plus.

Elle eut un rire léger. Elle était soudain si belle, si éclatante, qu'il aurait voulu capturer cette image et la garder en lui pour toujours. Lorsqu'elle baissa les mains, il ne bougea pas. Ils étaient tous deux parfaitement immobiles.

— Mais tout cela s'estompera et disparaîtra comme les cals dans tes paumes.

— Absolument. Je serai mou et rose, je ne serai plus bon qu'à m'empiffrer de rosbif et à disserter sur des sujets dont j'ignore à peu près tout.

— Tes cheveux aussi fonceront, pourvu que tu portes un chapeau et ne t'exposes qu'au soleil anglais.

Elle effleura ses cheveux ébouriffés.

— Juno Bell se rinçait les cheveux avec du jus de citron pour les blondir.

— Je soufflerai l'idée à mon valet.

Elle rit de nouveau. Avant même de savoir ce qu'il faisait, il sortit les mains de ses poches et dénoua les rubans qui retenaient la capote d'Arabella.

— Qu'est-ce que tu fabriques ?

— Je n'ai jamais vu tes cheveux à la lumière du jour.

— Ils sont pareils quelle que soit l'heure.

Il la débarrassa de la capote doublée de soie. Elle s'en saisit vivement, mais n'essaya pas de cacher sa chevelure. Dans cette masse noire et luisante brillait un peigne délicat. Il le retira...

— Non ! s'exclama-t-elle. Tu vas me décoiffer !

... et une lourde boucle dégringola sur le visage de la jeune femme. Le vent la souleva, la fit voleter. Guy fourra le peigne dans sa poche et enroula la boucle soyeuse autour de ses doigts.

— Toi aussi, tu es séduisante quand tu souris, murmura-t-il.

— En ce moment, je ne souris pas.

— Tes yeux sourient, c'est suffisant. De plus, il y a toujours une promesse de sourire, là, au coin de tes lèvres.

Il pressa ses pouces de chaque côté de sa bouche, et songea tout à coup qu'ils ne s'étaient jamais embrassés pour le simple plaisir de s'embrasser. Ils avaient échangé un baiser qui était un défi, un jeu dangereux entre ennemis, après quoi ils s'étaient retrouvés nus et fiévreux. Ils avaient fait les choses à l'envers. Même s'il l'embrassait maintenant, ils ne pourraient pas recommencer de zéro, parce qu'entre eux tout irait toujours de travers.

Cette pensée lui donna la force de s'écarter d'elle, de mettre de la distance entre eux. *Marche,* s'ordonna-t-il. *Éloigne-toi, vite !* Mais son corps refusa d'obéir. Il avait besoin de la regarder encore.

Elle était immobile au bord du lac, nimbée d'un timide rayon de soleil, tandis que le vent malmenait sa cape lie-de-vin et que son chapeau dansait au bout des rubans qu'elle tenait entre ses doigts. Ses cheveux noirs fouettaient ses joues. Guy songea qu'il la voyait telle qu'elle était vraiment : fière, terriblement vulnérable, et prête malgré tout à braver les éléments déchaînés.

Il devait absolument s'éloigner. Pour ne pas l'embrasser et mettre ses projets en péril. S'éloigner d'elle, de son charme inattendu, de sa noblesse de caractère et de sa force, cette force magnifique qui le rendait si faible. Il se détourna.

— Éloigne-toi, dit-il à voix haute.

Mais le vent avala ses mots, le fit pivoter, et le ramena auprès d'Arabella.

15

Arabella le suivait des yeux quand il se retourna brusquement et revint vers elle. Elle sentit son cœur battre plus fort à chacun de ses pas.

Son manteau gris claquant au vent, Guy marchait droit sur elle, les yeux étincelants, l'air furieux et résolu.

Elle ne pouvait plus bouger. Elle n'avait nulle part où aller. Le monde rétrécissait, l'air se raréfiait, le sang bouillonnait douloureusement dans ses veines.

Il ralentit à peine quand il fut devant elle. Il posa une main sur son cou, l'autre sur sa taille. Leurs corps se heurtèrent, et leurs bouches avides se cherchèrent. Les lèvres de Guy étaient brûlantes, impérieuses. Arabella glissa une main dans ses cheveux, l'autre sous son gilet. Sans doute avait-elle lâché sa capote mais quelle importance : elle avait des centaines de chapeaux et une seule chance d'embrasser Guy. Une seule chance de baiser sa bouche, de la goûter, de l'explorer. Oh, il l'en empêchait avec sa langue, et elle dut batailler de la sienne, jusqu'à ce qu'il émette un drôle de bruit de gorge – un rire ? Aurait-il l'audace de *rire* pendant qu'il l'embrassait ?

Seigneur Dieu, un baiser ne suffirait pas.

Comme si la même fièvre le dévorait, il la pressa contre lui, leurs poitrines, leurs hanches s'épousaient, et... oui, là... elle le sentait presque. Si elle pouvait se serrer plus fort contre lui, approfondir ce baiser...

Les mains de Guy couraient sur elle, sur ses seins, leurs langues s'enroulaient l'une à l'autre, son odeur l'étourdissait. Il l'assiégeait, l'envahissait, pourtant cela ne suffisait pas, toujours pas. Elle en voulait plus. Pourquoi ne le comprenait-il pas ?

C'étaient ces sensations-là qu'elle avait gravées dans sa mémoire. Le feu qui l'embrasait, la libérait de tout ce qu'elle avait appris à museler, et déchaînait des émotions profondément enfouies.

C'était magnifique. Tu étais magnifique. Voilà ce qu'il avait dit.

Ils rompirent le baiser pour reprendre leur souffle. Mais les bras de Guy l'enveloppaient, ses lèvres dessinaient un chemin brûlant sur sa joue, son oreille.

— Tu m'anéantis, Arabella... marmonna-t-il. Je ne peux pas... m'empêcher de te toucher. Et puis, tant pis, je m'en fiche. Tant pis pour les conséquences, je m'en fiche...

Arabella se figea. Elle entendit sa respiration, rauque, hachée.

— Les conséquences ? répéta-t-elle.

Il la lâcha si brusquement qu'elle chancela. Avec un rire sans joie, il se détourna et passa une main rageuse dans ses cheveux, comme habité par une énergie insoutenable qui l'obligeait à bouger.

Arabella, elle, ne bougeait pas un cil. Une statue de pierre.

— Au bout du compte, je finirai par t'épouser. Mon père doit se tordre de rire dans sa tombe !

Dire que pendant toutes ces années j'ai clamé que je ne lui obéirais pas !

Il lui tournait le dos.

— Ta réputation...

— Absolument, parlons un peu de ma réputation.

Il ne se retourna pas.

— Pour ce qui s'est passé à Londres, je ne te dois rien, reprit-il. Mais si quelqu'un racontait qu'il nous a vus... comme ça, je serais forcé de t'épouser. L'honneur l'exigerait.

Elle ne voyait pas son visage, mais l'amertume qui vibrait dans sa voix était suffisamment éloquente.

Dieu merci, son orgueil avait résisté à la tempête des sens.

— L'honneur est une gêne considérable, ironisa-t-elle. Je remercierai éternellement la Providence de m'avoir épargné ce défaut.

Il opina, comme si elle avait confirmé ce qu'il soupçonnait. Puis il se mit à faire les cent pas.

— Cette nuit-là, à Londres... je ne comprends toujours pas pourquoi tu es venue chez moi. Et Sculthorpe... que s'est-il passé avec lui ?

Arabella sentait les souvenirs, les pensées, les possibilités pilonner sa chair, comme si une douzaine de cœurs battaient soudain en elle à coups redoublés.

Elle pouvait tout lui avouer. Dire la peur et le mépris que lui inspirait l'obsession de Sculthorpe. Dire pourquoi elle s'était servie de lui.

Il avait tenté de prendre le dessus sur elle, cette nuit-là, mais il avait fini par faire ce qu'elle souhaitait. Il se haïssait pour ça, et il la haïssait – bien sûr. Elle comprenait qu'il puisse l'embrasser, rire avec elle et la soutenir, tout en haïssant une part d'elle. C'était le problème avec les sentiments : ils étaient complexes, confus et contradictoires. Si seulement elle avait le pouvoir de les ranger soigneusement dans des boîtes nouées de jolis rubans...

Et si elle lui racontait ce qu'elle avait subi avec Sculthorpe ? Le soir du bal, sa mère y avait fait quelques allusions. La rumeur se répandrait et, au printemps, tout le monde saurait. Mais pour l'instant...

Et si elle remontait ses manches pour lui montrer les traces de ses ecchymoses ? Impulsif et chevaleresque, il partirait à toute allure provoquer Sculthorpe en duel. Si le sang était versé, Arabella en serait responsable, parce qu'elle connaissait Guy et savait que son sens de l'honneur le pousserait à se battre pour elle.

— Une fois de plus, je te présente mes excuses pour la façon dont je t'ai traité à Londres, déclara-t-elle avec une raideur qui la fit grimacer.

— Je cherche une explication, pas des excuses.

— Il n'y a rien à expliquer. Je t'ai dit que je te libérerais de ton engagement.

Il resta silencieux un long moment, les yeux rivés sur le lac. Elle ramassa son chapeau et lissa les rubans froissés, comme si elle tentait d'effacer tous les mauvais plis du passé, tous ses faux pas et ses erreurs.

— Sois franche, Arabella, dit-il alors – il semblait considérer que, d'une manière générale, elle mentait. Quel est ton plan ? J'ai du mal à te suivre, vois-tu. Je n'ai que mes principes pour me guider, et mon désir pour toi m'embrouille tellement les idées que je suis perdu.

Il fixa sur elle son regard franc et honnête.

— Sois claire, s'il te plaît. Tu veux que nous finissions par nous marier ?

Quel aveu, et comme il dévoilait aisément sa faiblesse ! Il était si sûr de sa force que montrer ses failles ne le diminuait pas. Une pareille certitude devait être merveilleusement libératrice.

Elle pourrait pourtant retourner cette faiblesse contre lui. Il suffisait de choisir les bons mots et, dans quelques semaines, elle serait la marquise de Hardbury. Elle n'aurait plus à s'inquiéter pour son statut social, son héritage et son avenir.

Oui, elle pourrait tout avoir – y compris un mari qui la méprisait. Mais Guy ne méritait pas de vivre enchaîné à une femme qu'il n'aimait pas. Elle voyait ça d'ici : une vie entière avec lui, à souhaiter lui plaire et n'avoir droit qu'à son ressentiment.

— Franchement, non, articula-t-elle. Ce serait abominable.

Il acquiesça.

— Vu les circonstances, que ton père te déshérite serait une injustice. J'ai le mensonge en horreur, mais permettre pareille injustice serait intolérable. Il nous faut élaborer un plan. Je suis prêt à aller jusqu'au bout : il suffit de tenir jusqu'au printemps.

M. Larke rétorquerait qu'une véritable injustice, c'était la mort d'Oliver. C'était le fait que sa femme ne lui ait pas donné un autre fils, et que sa fille soit un garçon manqué doublé d'une harpie. Arabella, pour sa part, dirait qu'il était injuste de ne pas jouir des mêmes droits que les hommes, et d'être frappée de malédiction à cause de la mort d'un frère.

— Je promets de ne jamais t'obliger à faire ce que tu ne veux pas faire, déclara-t-elle.

Elle était sincère, cependant il se mit à rire, et elle se demanda ce qu'elle avait compris de travers, encore une fois. Puis il la regarda droit dans les yeux et, l'espace d'un instant, elle crut qu'il allait s'approcher et l'embrasser.

— Comment comptes-tu dénicher un mari ? Car tu as un plan, évidemment.

— Évidemment.

Elle pivota à demi, observa longuement une sarcelle qui glissait sur le lac.

— Je corresponds avec Hadrian Bell, le fils de sir Gordon. Tu te souviens de lui ?

— J'ai entendu dire qu'il était à Postdam, à l'ambassade.

Une pause.

— Tu as l'intention d'épouser Hadrian ?

— Il est disposé à en discuter. Leur domaine jouxte le nôtre, par conséquent un mariage réunirait nos deux propriétés. Mon père sera forcément d'accord.

Elle se retourna vers lui et pointa le menton.

— Tu vois, j'ai seulement besoin d'un peu de temps.

Il hocha la tête à plusieurs reprises, tel un automate.

— Bien. Oui, oui… Hadrian Bell. Ce serait une bonne affaire pour lui. Il a toujours eu de l'ambition. Oui, bien joué.

De l'ambition, car naturellement personne ne désirerait l'épouser pour une autre raison.

— Tu dois partir, Guy. C'est le seul moyen de retarder le mariage. Impossible d'éliminer le pasteur, les témoins ou l'église. Moi, je ne peux pas m'en aller : c'est donc à toi de le faire.

Rejetant ses cheveux en arrière, elle se coiffa de sa capote dont elle noua les rubans avec des gestes brusques.

— Si le mariage n'est pas célébré dans les trois mois qui suivent la publication du troisième ban, il faut tout recommencer. Dis à mon père que des affaires urgentes te réclament et que tu seras de retour pour la cérémonie. Pendant ces trois mois d'absence, tu n'auras qu'à écrire souvent et...

Elle s'interrompit, soupira :

— C'est beaucoup te demander.

— Je dois aller à Londres, de toute façon, pour rencontrer le lord chancelier, rétorqua-t-il en enfonçant les mains dans ses poches. Je pourrais avoir d'autres obligations – l'invitation d'un pair du royaume, ou peut-être une convocation du prince régent. Entre-temps, le vent pourrait tourner. Je doute que ton père mette sa menace à exécution. Il ne peut décemment pas léguer son patrimoine à n'importe qui, alors qu'il a encore une chance d'avoir un petit-fils.

Il se tut et, côte à côte, ils observèrent la sarcelle.

— Voilà comment nous allons procéder, reprit-il. Durant les prochains jours, nous ferons le nécessaire pour persuader les gens que nous sommes réellement amoureux. Et si cela implique parfois de...

Il regarda la bouche d'Arabella, puis détourna les yeux avec un sourire mélancolique.

— Nous sommes des adultes raisonnables. Nous savons nous contrôler.

— Absolument.

Elle songea à la guerre que son père et elle se livraient depuis des années. Qu'adviendrait-il d'elle s'il la chassait de Vindale Court ?

— J'aurais préféré ne pas en arriver là, murmura-t-elle.

— Il n'est pas question que je tolère une injustice alors que je peux y remédier. Je me suis tiré de situations plus épineuses.

Ils rebroussèrent chemin en silence. Guy récupéra son chapeau au passage et remit ses gants.

Ils atteignaient le jardin lorsque quatre gamins – les enfants des employés – passèrent en courant et les saluèrent bruyamment. Ils serraient des bateaux contre leur poitrine.

Guy s'arrêta pour les suivre des yeux.

— Oliver fabriquait les bateaux les plus rapides, je m'en souviens. C'était un petit prodige.

— Hmm...

— Tu penses quelquefois à lui ?

— Nous étions très jeunes, et cela remonte à loin.

— Je pense encore à mon frère, parfois, mais bien sûr il était plus âgé qu'Oliver lorsque nous l'avons perdu.

Avec quelle aisance il parlait de l'amour et de la mort, sans s'effondrer ni provoquer une catastrophe... Peut-être devrait-elle essayer, elle aussi.

— Il m'arrive de penser à Oliver, hasarda-t-elle.

— Ils ne nous quittent jamais vraiment, n'est-ce pas ?

En effet, Oliver ne la quitterait jamais. Il serait toujours cette présence invisible à son côté, ce vide immense dans leur demeure.

Au bord du lac, les gamins avaient fini de négocier le règlement de la course et mettaient leurs bateaux à l'eau.

— Le grand, c'est John, le petit-fils de notre jardinier, déclara-t-elle. Cette année, il a remporté la course à pied du mois d'août. Il a reçu de l'argent qu'il a donné à sa sœur Eliza, pour qu'elle puisse se marier avec le fils du boulanger et monter son ménage. Son petit frère Paul adore les chiens, mais comme le jardinier et le maître de chenil sont fâchés depuis des siècles, je dois l'aider à se faufiler en douce dans le chenil.

Guy la dévisagea.

— Ils sont importants pour toi, dit-il, et ces mots sonnaient comme une accusation. Il ne s'agit pas seulement de damer le pion à ton père ou d'obtenir un héritage. Tu es attachée aux gens d'ici.

— Tu as une bien piètre opinion de moi, n'est-ce pas ? rétorqua-t-elle amèrement.

— Franchement, j'ai du mal à te cerner. Tu t'abrites derrière cette façade hautaine, tu lances des affirmations outrancières dont tu ne penses pas un mot, tu ne te défends jamais quand on t'accuse, et parallèlement tu intrigues, tu manigances et tu ne recules devant rien pour atteindre ton but.

Il s'approcha et, la couvant des yeux, lui effleura la joue avant de poser une main sur son épaule.

— Pourtant tu te bats pour les autres, tu te sers de ton intelligence pour les aider et les protéger, et... tu es très belle.

Arabella sentit son cœur bondir dans sa poitrine quand la main de Guy glissa le long de son bras et se referma sur la sienne.

Soudain, des voix leur parvinrent. M. Larke et les ornithologues traversaient le jardin.

— Tu es trop près, murmura Arabella, qui toutefois ne bougea pas.

— Je tiens ta main, c'est tout. Cela ne ternira pas ta réputation. En revanche, cela convaincra tout le monde que nous nous aimons beaucoup.

Il la gratifia d'un de ses sourires désarmants – sincère ou non ?

— Je compte bien te faire une cour effrénée, te couvrir de compliments et te...

Une pause.

— ... te faire rougir.

— Je ne rougis jamais.

— Nous verrons bien.

Il fixait sur elle un regard brûlant et pénétrant, le regard d'un amant, en accord avec ses flatteries et ses sourires fondants. C'était de la comédie, parce qu'il y avait des témoins, mais Arabella n'en fut pas moins perturbée.

— Tu es doué pour ce jeu-là, déclara-t-elle. Tandis que moi, je ne sais pas flirter.

— Dieu me protège si par malheur tu acquérais ce talent-là !

Il lui lâcha la main et se détourna.

Tu pourrais m'apprendre à flirter.

Elle aurait voulu le dire à voix haute, mais elle avait la gorge nouée et, de toute façon, Guy s'éloignait déjà.

16

Le dimanche, comme il faisait beau, plusieurs des invités qui séjournaient encore au manoir décidèrent de se rendre à pied à l'église, distante d'un kilomètre et demi. Ils descendaient les marches du perron quand Arabella les rejoignit, son petit chapeau à la main, le cœur comprimé dans un étau.

C'était aujourd'hui que le pasteur publierait le premier ban.

Elle vit aussitôt Guy, au côté de miss Treadgold qui pépiait, des étoiles plein les yeux. Le soleil ourlait les cheveux qui dépassaient de son couvre-chef, allumait des reflets sur les boutons dorés de sa redingote bleue, et faisait chatoyer les rubans roses du bibi de miss Treadgold.

« Regarde-moi et souris-moi, lui ordonna mentalement Arabella, comme si ma vue suffisait à te rendre heureux. »

Il la regarda… et ouvrit les bras avec une mine ravie.

— Bonjour, miss Larke !

Les têtes se tournèrent vers elle.

— J'espère que vous avez bien dormi ?

Une lueur complice brillait dans les yeux de Guy, comme s'il savait qu'elle avait passé la moitié de la nuit à scruter le plafond, à repousser le souvenir tenace de leur baiser et à chercher les mots qui arrangeraient les choses. Mais rien ne s'arrangerait. Elle avait perdu le respect de Guy avant même de réaliser que c'était important pour elle.

— J'ai fait de beaux rêves, répondit-elle.

— Moi aussi, puisque j'ai rêvé de vous.

Les invités se mirent à rire, comme s'ils étaient au théâtre royal de Drury Lane et assistaient à la représentation d'une comédie. Et Arabella devait tenir son rôle, bien qu'il fût déplaisant de jouer dans une pièce dont elle n'était pas l'auteur.

Comme si cela ne suffisait pas, Guy s'avança vers elle pour lui prendre la main et y poser un baiser.

— Ce n'est pas un brin excessif, Hardbury ? marmotta-t-elle.

— Que nenni, souffla-t-il, puis à voix haute : Laissez-moi vous aider à mettre votre chapeau, belle dame.

Sans doute était-ce le signal qu'ils attendaient, car les invités achevèrent de descendre les marches et s'éloignèrent dans l'allée. Guy saisit le chapeau et en coiffa Arabella.

— Je suis tout à fait capable de me débrouiller seule, articula-t-elle, sans toutefois s'écarter.

— Je n'en doute pas.

Il l'examina, les sourcils froncés, comme s'il était capital de trouver pour le petit chapeau l'inclinaison idéale.

— Mais, enchaîna-t-il, pour persuader les gens que nous sommes entichés l'un de l'autre, je dois t'aider à te coiffer et tu dois l'accepter.

— Autrement dit, je fais semblant d'être faible et sans défense pour que tu te sentes important.

— Si tu veux. Quoique demander de l'aide ne soit pas un signe de faiblesse.

— Il s'agit seulement d'un chapeau, Hardbury.

— Ravissant, d'ailleurs.

Il prit tout son temps pour nouer les rubans, non sans effleurer ses joues et son cou. Quand il recula pour admirer son œuvre, elle regretta aussitôt la caresse de ses doigts. Elle toucha son chapeau : il n'était pas de travers.

— J'adore te taquiner. Tu as l'air désorientée, on croirait que personne ne t'a jamais taquinée et que tu ne sais pas comment réagir.

— Certains s'y sont essayés, figure-toi. Ils en sont tous morts.

— Très drôle, rétorqua-t-il en jetant un coup d'œil vers la porte. Pendant que nous attendons Freddie, souris-moi comme si tu étais éblouie par mon charme, et fais tout ce qui est en ton considérable pouvoir pour montrer ton adoration.

Arabella enfila ses gants. Flirter avec Guy serait certainement distrayant, mais elle n'était pas douée pour le badinage et ne tenait pas à se ridiculiser.

— Faut-il que je te susurre des idioties pour flatter ton amour-propre ?

— Mon amour-propre exige seulement que tu battes des cils.

— C'est au-dessus de mes capacités.

— Rougis un peu, s'il te plaît.

— Jamais de la vie.

— Clame sur les toits que tu te consacreras tout entière à mon plaisir.

— Quels sont tes plaisirs ? Je n'en ai pas la moindre idée.

Il haussa les épaules.

— Ma foi, c'est très simple. Des bottes confortables, des toasts grillés et beurrés, et le parfum de tes cheveux dénoués sur ma peau nue.

Elle émit un bruit bizarre, qui évoquait le cri du petit du corbeau quand il tombe du nid.

— Fichtre... se moqua-t-il. Je crois que j'ai gagné cette manche.

Avant qu'elle ait pu répliquer, Freddie franchit le seuil du manoir, vêtue de son amazone verte et chapeautée. Lady Treadgold la suivait.

— Freddie ! appela Guy. Tu viens avec nous ?

— J'y vais à cheval, marmonna la jeune fille.

Et, sans daigner lui adresser un regard, elle se dirigea au pas de charge vers les écuries.

Guy esquissa un sourire si triste qu'Arabella glissa instinctivement sa main sous son bras.

— Oh, je... je suis désolée, monsieur, bafouilla lady Treadgold. Lady Frederica est de méchante humeur ces temps-ci, alors j'ai pensé que manquer un office dominical n'était pas si grave. Un palefrenier l'accompagnera, bien sûr.

— Bien sûr.

Miss Treadgold, qui se tenait en retrait, s'approcha.

— Elle a reçu un mot, dit-elle.

— Matilda ! gronda lady Treadgold.

— Un mot ? interrogea Guy d'un ton abrupt. C'est-à-dire ?

— Je l'ai vue qui...

— Le mot venait de moi, la coupa lady Treadgold. Je lui indiquais qu'elle pouvait faire une promenade à cheval au lieu d'aller à l'église. Cesse donc de bouder, Matilda, et profitons de notre petite excursion.

Toutes deux se hâtèrent de rejoindre les autres. Guy fronçait les sourcils.

— La vie de Freddie a été chamboulée à plusieurs reprises au cours des dernières années, commenta Arabella. Ta sœur essaie de trouver son équilibre. À cet âge-là... Rappelle-toi, tu n'avais qu'un an de plus quand tu as quitté l'Angleterre.

— C'est vrai.

La jeune femme tenant toujours Guy par le bras, ils s'engagèrent dans l'allée. Sur les arbrisseaux qui la bordaient mûrissaient les fruits de l'automne, églantines rouges et grappes de prunelles violettes. Une mésange bleue qui les picorait s'envola à tire-d'aile.

Guy retira ses gants d'un geste brusque, et Arabella fut obligée de lâcher son bras.

— Pourquoi Freddie serait-elle heureuse de me revoir ? dit-il abruptement. Ce serait sans doute trop demander. Autrefois, elle courait se pendre à mon cou et nous partions à l'aventure. Grâce à elle, j'étais content de rentrer à la maison.

Il cueillit quelques baies et les fit sauter dans sa paume.

— Elle était trop jeune pour que je l'emmène avec moi, et je ne pouvais pas rester.

— Tu aurais pu lui écrire.

— Je l'ai fait. Mon père ne lui a jamais remis mes lettres.

Il lança les baies, une par une, par-dessus la haie.

— Je lui ai écrit dès mon arrivée à Naples.

— Pourquoi Naples ? Tu y avais des amis ?

— Non. Je me suis embarqué sur le premier bateau que j'ai trouvé. Dieu merci, les Napolitains sont très accueillants, ironisa-t-il. Ils m'ont amicalement bourré de coups de poing et délesté de ma bourse et de mes bottes.

— Comment as-tu survécu ?

— J'ai travaillé pour un couple âgé, moyennant le gîte et le couvert, et pour un cordonnier qui m'a confectionné une paire de bottes.

Il voulut cueillir une prunelle.

— Aïe, protesta-t-il en retirant vivement sa main à cause d'une épine.

Il suça son index puis, bravement, arracha un fruit charnu.

— Et ensuite ?

— J'ai fait tous les métiers. J'ai été chien de garde en Anatolie, pour protéger les caravaniers, j'ai accompagné des expéditions au Pérou, cueilli des oranges en Espagne...

Arabella étudiait son profil : le nez cassé, la peau tannée, les joues creuses. Quant à son corps... c'était celui d'un travailleur, selon Juno qui ne manquait pas de connaissances en matière d'anatomie masculine. Quand il était jeune, Guy paraissait tellement content de lui, habitué à ne faire que ce qui lui chantait. Arabella n'aurait jamais imaginé qu'il puisse supporter l'adversité, et même y prendre un certain plaisir.

— Tu aurais pu rentrer chez toi à tout moment, ou bien être accueilli dans toutes les demeures aristocratiques d'Europe, fit-elle remarquer. La plupart des gens seraient ravis d'aider un futur pair du royaume.

— C'est vrai, mais... Le premier soir, à Naples, je suis sorti de la ville. Je n'avais plus d'argent, j'étais pieds nus, et je ne savais pas ce que j'allais devenir. Je me suis couché dans un champ pour y passer la nuit... le ciel était clair, sans lune, mais plein d'étoiles. Alors, pour la première fois de ma vie, je me suis senti libre. La voûte céleste vous élève l'âme et...

Il lança la prunelle par-dessus la haie.

— ... j'étais libre.

— Alors quand tu as dit que ton père ne te laissait même pas choisir ta coupe de cheveux, tu n'exagérais pas ?

— C'était lui qui engageait mes valets, qui décidait quelles boutiques et quels établissements je pouvais fréquenter, et qui tirait les ficelles pour m'empêcher de travailler. Il était tellement influent que la Royal Navy n'a pas voulu de moi. Quiconque se mettait à mon service en payait les conséquences. J'ai donc appris à ne pas m'écarter du droit chemin.

— Bonté divine, il était obsédé…

— Oui, par une idée fixe : faire de moi sa marionnette. Le pire, c'est qu'il me manque parfois.

Il noua les mains derrière son dos.

— J'ai aimé voyager, surmonter les épreuves, découvrir tout ce que je pouvais faire sans argent et sans titre. En Angleterre…

Il lui lança un regard oblique.

— Tu étais la seule qui osait me mettre des bâtons dans les roues.

— Raison pour laquelle tu me méprisais.

— Mais, ces dernières années, j'ai regretté de n'être nulle part chez moi. Un foyer, des relations, des amis. Tout ce dont mon père m'a privé. Tout ce que je désire à présent.

Et voilà pourquoi il voulait une épouse aimable et paisible – une femme radicalement différente d'Arabella Larke.

— J'espère que tu auras ce que tu désires, dit-elle sincèrement. Le foyer, c'est le cœur et l'âme d'un être.

Elle sentit qu'il l'observait, et continua à marcher, les dents serrées.

— Tu t'intéresses à mon cœur et mon âme ? demanda-t-il.

— Ne sois pas ridicule, rétorqua-t-elle d'un ton dédaigneux. Il n'y a que ton corps qui m'intéresse… vaguement.

Guy s'arrêta net, éberlué. Arabella lui décocha un regard froid, puis allongea le pas. Elle l'entendit rire.

— Attention, miss Larke ! C'est moi qui vais rougir.

— Fichtre, lança-t-elle par-dessus son épaule. Je crois bien que j'ai gagné cette manche.

Il ne tarda pas à la rattraper.

— Cette façon que tu as de dire des gentillesses tout en hérissant tes piquants... j'adore.

Ce n'était évidemment pas un compliment : il s'amusait à ses dépens, comme d'habitude.

— Un nouvel accès de romantisme ? railla-t-elle. Tu vas m'infliger des vers lamentables sur les roses et leurs épines ?

— Des roses ? Non, non... tu n'as rien d'une rose, Arabella.

Il lui prit la main, l'obligeant à s'arrêter. Du bout du doigt, il caressa son poignet, entre le gant et la manche.

— Tu es... un roncier. Un écheveau de sarments et de feuilles jalousement protégé par de redoutables épines. Mais des fruits délicieux se blottissent entre ces épines, si appétissants que ça vaut la peine de s'égratigner.

Plantant son regard dans le sien, il baisa les veines bleutées de son poignet.

— Oh, je n'aurais pas dû faire ça, marmonna-t-il en montrant les fidèles réunis sur le parvis de l'église. Maintenant, je me sens terriblement immoral.

— Le sermon soporifique du pasteur nous remettra les idées en ordre.

Elle réprima une grimace. Pourquoi ce « nous » ? Heureusement, Guy ne paraissait pas l'avoir entendu.

— Ou peut-être que la foudre tombera sur cette église, rétorqua-t-il.

— Ce qui aurait au moins le mérite de résoudre le problème de notre mariage.

— En effet.

Il la lâcha et elle rajusta sa manche, pressant sa paume sur son poignet, comme pour protéger l'empreinte brûlante des lèvres de Guy.

Perchées sur le toit de l'église, des hirondelles saluaient les paroissiens de leur trilles.

— Tu as programmé ton départ ? demanda Arabella.

Guy ne répondit pas tout de suite. Lentement, il remit ses gants.

— Je retournerai à Londres lundi prochain.

Dans huit jours, il ne serait plus là.

Il gratifia Arabella d'un de ses sourires fondants et lui offrit son bras.

— Voyons ce qui va se passer quand le pasteur annoncera notre mariage à l'assemblée. Je te parie dix livres qu'il y aura des rires.

Le lendemain soir, lady Belinda commit une bévue – ce qui ne lui ressemblait pas – concernant le placement des invités autour de la table. Guy et Arabella se retrouvèrent assis côte à côte.

Il ne l'avait pas vue depuis la veille. Une armée de couturières l'avait retenue prisonnière dans sa chambre, sous la surveillance de ses amies Cassandra et Juno. Il pleuvait des cordes. Personne n'avait mis le nez dehors, hormis Freddie, la championne de l'évasion. Guy avait passé la journée à jouer avec Ursula.

Et maintenant, il allait dîner au côté de sa promise. Pour respecter les convenances et peut-être aussi préserver leur santé mentale, ils s'efforçaient de ne pas prêter attention à leurs jambes qui se frôlaient sous la nappe.

Par chance, Guy fut vite embarqué dans un débat passionné entre ornithologues – était-ce bien une bécassine sourde, arrivée pour l'hiver, qu'on avait aperçue ?

— Comment les oiseaux savent-ils qu'il est temps de partir et dans quelle direction ? demanda-t-il.

— C'est le mystère fabuleux des migrateurs, mon cher, répondit M. Larke. Aristote pensait que les oiseaux se métamorphosaient au fil des saisons, que par exemple le rouge-gorge était la version hivernale du rouge-queue. D'autres prétendaient qu'ils hibernaient, et un fantaisiste a même déclaré qu'ils allaient se poser sur la lune. Nous savons maintenant qu'ils restent sur terre, mais nous ne connaissons pas encore les itinéraires qu'ils suivent.

— C'est l'instinct qui les pousse, renchérit l'un des ornithologues allemands. On peut observer ce phénomène chez les oiseaux en volière. C'est ce qu'on appelle en allemand la *zugunruhe* : l'agitation migratoire. Les oiseaux deviennent nerveux quand la saison de la migration arrive et qu'il est temps de rentrer chez eux.

La *zugunruhe*. Cela ressemblait beaucoup à la nervosité dont Guy avait souffert durant son exil. À ceci près que, maintenant qu'il était de retour chez lui, il se sentait toujours aussi agité.

— Si vous voulez en savoir plus, ajouta M. Larke, Arabella peut vous indiquer des revues intéressantes. À ce sujet, il me faudra engager quelqu'un pour publier ces revues, puisque ma fille sera mariée et occupée à me donner des petits-fils.

Un grand sourire éclaira son visage.

— De futurs hommes de science comme leur grand-père.

— Ou des *femmes* de science, corrigea Guy.

— Croyez-vous vraiment que ce soit possible, Hardbury ? s'esclaffa M. Larke. Ou cherchez-vous simplement à charmer ma fille ?

— Je n'ai pas besoin de la charmer : la malheureuse est déjà follement amoureuse de moi.

Arabella lui donna un coup de pied sous la table. C'était si érotique que Guy pressa sa jambe contre la sienne.

— Si nous avons la chance d'avoir une fille, j'espère qu'elle sera aussi talentueuse que sa mère, poursuivit-il.

— Hmm, marmonna lord Larke, reportant son attention sur son agneau rôti. Occupez-vous d'engendrer des enfants, et nous verrons.

Avant que Guy puisse approuver avec enthousiasme, lady Belinda fut prise d'une de ses quintes de toux qui tombaient toujours à pic. Celle-ci fut si violente qu'elle en renversa son verre d'eau. Oubliant la conversation en cours, tout le monde s'en inquiéta.

Guy profita de cette diversion pour poser la main sur la cuisse d'Arabella. Elle faillit lâcher sa fourchette, et un petit pois sauta de son assiette pour atterrir sur la nappe entre eux. Elle le foudroya des yeux.

Il jouait un jeu dangereux, mais Guy ne se résignait pas à retirer sa main – la cuisse d'Arabella était si joliment galbée sous la soie de sa robe. Ce soir, elle portait une robe rose dont le décolleté s'ornait d'un liseré brodé de fleurs blanches.

Il sentit vibrer sous sa main les muscles de sa cuisse, cependant elle n'essaya pas de lui échapper. Parfait.

— Si j'écrasais ce petit pois et si ça laissait une vilaine tache verte sur la nappe, comment réagirais-tu ? chuchota-t-il. Tu pousserais des cris d'orfraie ?

— Je t'étriperais avec mon couteau à beurre.

— Il y aurait du sang partout.

— Je ferais attention.

Il retira sa main et, d'une pichenette, chassa le petit pois qui se réfugia sous les feuilles de lierre de la composition florale placée devant eux.

— Voilà, je nous ai sauvés. Plus de petit pois.

— Il est toujours là, je le vois, grogna-t-elle.

Il rit tout bas. Au prix d'un effort louable, il réussit à se concentrer sur son assiette jusqu'à la fin du dîner et à contrôler sa main baladeuse.

Il s'obligea à ne plus regarder Arabella, même lorsque les dames laissèrent les messieurs à leur cigare et leur cognac. Mais quand ces derniers les rejoignirent au salon, Guy la chercha machinalement des yeux. Elle tourna alors la tête vers lui, et le regarda. Il aurait juré qu'un courant passait entre eux, tel un fil de soie tendu d'un regard à l'autre.

Il s'étonnait de cette idée saugrenue lorsque quelqu'un, avec une familiarité déplaisante, lui tapa sur l'épaule.

C'était sir Walter, remis de son accès de mauvaise humeur.

— Félicitations pour vos fiançailles, lord Hardbury, déclara-t-il d'un ton jovial. Croyez bien que je ne vous en veux pas d'avoir rompu notre accord, pas du tout.

— Merci, je dormirai mieux cette nuit, rétorqua Guy, sarcastique. Quoique je risque de ruminer longtemps cette question : de quel accord parlez-vous ?

— Vous faisiez la cour à notre Matilda.

— Vraiment ?

— Mais oui. Le jour de votre arrivée, vous m'avez dit que vous étiez là pour choisir une épouse.

— Et voyez, je l'ai choisie.

D'un geste ample, Guy montra Arabella. Bien que bavardant avec Cassandra DeWitt et Juno Bell, elle n'avait certainement pas perdu une miette de l'échange entre Guy et sir Walter.

— Bien sûr, bien sûr... susurra ce dernier. Je suis ravi pour vous. Mais vous comprenez mon inquiétude, car il est temps pour notre adorable Matilda de se marier.

— Pour Freddie aussi, répliqua Guy avec une feinte nonchalance. Qui pourrait-elle épouser ? Y avez-vous réfléchi ?

Sir Walter se gratta pensivement le menton.

— Oui, oui... Pour un tuteur, c'est une terrible responsabilité. Votre sœur devrait épouser un pair du royaume, c'est mon opinion depuis longtemps.

— Vraiment, mon cher ?

— Les hommes raisonnables comme nous n'ignorent pas qu'un mariage doit apporter une plus-value à toute la famille. Votre exemple en est la preuve : vous refusiez de vous marier avec miss Larke, mais quand vous avez vu Vindale Court, vous vous êtes empressé de la souffler à lord Sculthorpe qui, entre nous, l'a fort mal pris.

— Sculthorpe ! articula Guy d'une voix plus forte qu'il ne le souhaitait.

Arabella tourna vivement la tête vers eux.

— Quand avez-vous parlé à lord Sculthorpe ? enchaîna Guy.

— Lui parler ? Non, non... je ne l'ai pas revu depuis qu'il est parti. C'était juste une supposition, lord Hardbury. Une conjecture.

Sir Walter prit un verre de porto sur le plateau que lui présentait un domestique, et enchaîna :

— Vous aviez cependant un compte à régler avec lui depuis des années, n'est-ce pas ? Il vous avait volé votre bien-aimée, et vous lui avez rendu la monnaie de sa pièce. Hélas, votre fiancée d'autrefois est devenue une femme galante. Espérons que cela ne se reproduira pas !

Sur quoi, avec un large sourire, il se mit à siroter son porto. Guy soupira.

— Mon cher sir Walter, j'ai la nette impression que vous émettez des doutes sur la dignité de ma future épouse. Cela me pose un dilemme. L'honneur m'impose de la défendre, mais la loi m'interdit de vous tuer. Que dois-je faire, selon vous ?

Sir Walter déglutit bruyamment.

— Je plaisantais, postillonna-t-il.

— Vous paraissez avoir trop chaud, sir Walter, lança Arabella qui s'était approchée. Vous ne devriez peut-être pas rester si près du feu.

Elle se tourna vers Guy.

— Vous vous amusez bien, tous les deux ?

— Pas vraiment, répondit-il très sérieusement. Je me demande si je vais ou non abattre sir Walter.

— Lord Hardbury plaisante, croassa ce dernier dans un rire étranglé.

— Je l'espère bien, rétorqua Arabella. Que les invités se tirent dessus est terriblement gênant, et cela nous obligerait à bouleverser le plan de table. D'ailleurs, ce serait tout à fait inopportun, vu que nous attendons le fils de sir Walter. Quand le très estimé M. Humphrey Treadgold doit-il arriver ?

Des gouttelettes de sueur perlaient sur le front de sir Walter.

— Je crains que notre Humphrey ne soit retenu par des obligations auxquelles il ne peut se soustraire.

— Quel dommage ! J'étais impatiente de faire sa connaissance. N'est-ce pas, lord Hardbury ?

— Tout à fait.

Ils se regardèrent, et Guy sentit de nouveau ce lien entre eux, cette complicité.

— C'est vrai que je... Il fait chaud, bredouilla sir Walter. Si vous voulez bien m'excuser...

Tandis qu'il détalait, Arabella tourna le regard vers la porte. Guy comprit aussitôt ce qu'elle suggérait et lui emboîta tranquillement le pas.

— Il sait que la licence de mariage a disparu, mais il compte la jouer au culot, déclara Guy quand ils furent dans le hall désert.

Il se tenait tout près d'elle et parlait à voix basse.

— Il ne semble pas avoir l'intention de quitter le manoir, commenta-t-elle.

— Et il était d'excellente humeur, jusqu'à ce que je m'en mêle.

— C'est suspect, n'est-ce pas ? fit Arabella dont les yeux pétillaient. Quand on est aussi gai, on prépare forcément un mauvais coup.

— En tout cas, tu es une précieuse alliée. J'aime t'avoir dans mon camp.

À cet instant, Juno Bell sortit du salon et les rejoignit.

— Je suis contente de vous trouver ! Pendant le dîner, sir Walter a insinué qu'il y avait quelque chose de bizarre dans vos soudaines fiançailles, et que lord Hardbury souhaitait en réalité épouser miss Treadgold. Cela ne signifie peut-être rien, mais Cassandra et moi avons pensé qu'il fallait vous avertir.

Arabella et Guy échangèrent un regard.

— Merci, Juno. Il semble que sir Walter mijote quelque chose, mais quoi ? C'est toute la question.

Juno Bell les regarda tour à tour.

— Je vous laisse bavarder, déclara-t-elle, malicieuse, avant de regagner le salon, ses boucles blondes dansant au rythme de ses pas.

— Bien, bien, bien, grommela Guy quand ils furent de nouveau seuls. Nous allons devoir la jouer fine, si Treadgold commence à dire partout que nos fiançailles sont de fausses fiançailles.

— Ce qu'elles sont, marmonna Arabella.

— Mais il n'a pas à le savoir.

Arabella s'appuyait contre le mur, droite comme un « I », suprêmement élégante dans cette robe en soie rose qui rehaussait son teint crémeux.

Guy fouilla le hall du regard. Pas un chat à l'horizon. Il se rapprocha.

— Qu'est-ce que tu fais ?

— Les circonstances exigent que je t'embrasse.

— On pourrait nous voir.

— Justement, rétorqua-t-il, dessinant du bout du doigt les fleurs blanches qui bordaient le décolleté d'Arabella. Cela fera taire les sceptiques.

L'embrasser, dans le hall et à cette heure-ci, serait une grave erreur, mais Guy ne parvenait pas à s'arrêter. Arabella jeta un coup d'œil circulaire, puis se mit à rajuster sa cravate.

— Ça paraît sensé, articula-t-elle.

— C'est tout à fait rationnel.

— Et, dans ce domaine, il est important d'être rationnel.

— Je le pense aussi.

— Ce sera donc un baiser rationnel.

— Le plus rationnel du monde.

Il laissa sa main glisser le long du cou d'Arabella, jusqu'à sa joue. Elle ferma les yeux, et il huma son parfum suave. Avec une infinie lenteur, il posa ses lèvres sur les siennes – une caresse affolante. Il songea à leur premier baiser, à Londres. Cette nuit-là, les choses avaient mal tourné, mais à présent... tout allait bien, semblait-il.

Elle rouvrit les paupières et il sonda son regard, sans trop savoir toutefois ce qu'il y cherchait.

— Eh bien ? fit-il.

Arabella déglutit.

— Eh bien quoi ?

— Comment trouves-tu ce baiser, par rapport aux autres ?

— Je...

Elle s'interrompit et il vit ses yeux, qui fixaient un point derrière lui, s'arrondir. Sacrebleu, il y avait quelqu'un. Sans doute un domestique, qui aurait l'intelligence de s'évaporer. Cependant, cette présence importune suffit pour qu'Arabella retrouve son sang-froid.

— De tous les baisers que j'ai reçus...

— Oui ? insista-t-il sans se retourner.

— Celui-ci était le plus...

— Oui ?

— ... récent.

Guy se mit à rire.

— Pour quelqu'un qui prétend ne rien comprendre au flirt, je te trouve assez douée.

Il tâta la veine bleutée qui palpitait au creux de la gorge d'Arabella.

— Je te signale que ton cœur bat la chamade.

— Et moi, je te signale que ma mère nous observe.

— Ah.

Une étincelle pétillait dans les yeux d'Arabella. Réprimant un sourire, Guy s'écarta et pivota pour faire face à lady Belinda. Celle-ci, les mains jointes à hauteur de la taille, planta dans le sien un regard discrètement réprobateur.

Il s'inclina.

— Lady Belinda...

— Lord Hardbury.

Il s'éloigna à grands pas, pressé de regagner sa chambre où il pourrait apaiser ses sens enfiévrés.

17

— Magnifique ! s'exclama Juno qui, fusain en main, se mit à dessiner frénétiquement.

Arabella n'eut pas besoin de regarder pour savoir ce que Juno dessinait.

Ou, plus exactement, qui elle croquait.

Alors qu'Arabella, Juno et Cassandra atteignaient les ruines de l'abbaye, elles virent Guy sauter sur un mur éboulé, haut malgré tout de plus d'un mètre. Il bondissait comme un félin, souple et puissant à la fois. Il chancela, cherchant son équilibre, une joie enfantine peinte sur son visage offert au soleil. Une arche lointaine encadrait sa silhouette et des touffes de marguerites de la Saint-Michel violettes s'épanouissaient à ses pieds.

Dans le langage des fleurs, les marguerites de la Saint-Michel symbolisaient l'adieu ou le départ.

— Ne vous laissez pas distraire, Juno, réussit à dire Arabella.

L'avertissement s'adressait surtout à elle-même. Ce matin, elle s'était lancée dans l'organisation d'une sortie pour les quelques invités séjournant encore au manoir, afin de ne plus songer au baiser parfaitement déraisonnable de la veille – une tentative d'ailleurs vaine.

— N'oubliez pas qu'aujourd'hui, vous êtes chargée de dessiner les ruines de l'abbaye, ajouta-t-elle.

— C'est précisément ce que je fais, rétorqua Juno, tandis que la silhouette de Guy apparaissait sur la page. Simplement, je place un personnage dans ce décor. J'aurais de la même manière croqué un chat ou un oiseau qui aurait atterri à cet endroit, mais puisque lord Hardbury a eu l'obligeance de sauter sur ce mur, qui suis-je pour dédaigner la générosité de la Nature ? « Bien qu'absentes longtemps, ces formes de la beauté[1]... »

Elle lança un regard oblique à Arabella.

— De la poésie... Désolée.

— Vous pouvez l'être, en effet.

Guy se déplaçait agilement sur le mur, vérifiant à chaque pas la stabilité des blocs de pierre. Une alouette des champs se posa en haut d'un mur tout proche, et il s'arrêta pour l'admirer.

À couper le souffle.

Bonté divine, c'était cette expression qui décrivait le mieux le vertige qui lui vidait l'esprit et les poumons.

Il aurait pu être à moi.

Cette pensée la transperça, si violemment qu'elle eut la sensation de tomber.

Elle aurait pu avoir une vie entière avec Guy. Cet homme magnifique et le bonheur qu'il semblait promettre étaient désormais hors d'atteinte, comme l'alouette des champs, et Arabella en était la seule responsable.

Que se serait-il passé si elle avait été différente ? Si elle avait été la charmante créature qu'espérait son père, la femme dont rêvait Guy, moins compliquée, moins combative... moins Arabella Larke ?

1. Extrait du poème *Tintern Abbey* de William Wordsworth.

Mais elle ne voulait pas être différente. Elle refusait de changer pour plaire aux gens. Elle voulait seulement – oh, nom d'un chien, voilà qu'elle devenait idiote ! –, elle voulait être pour Guy la seule et l'unique.

— J'aimerais pouvoir en faire autant, déclara soudain une voix féminine.

C'était Freddie, qui observait Guy tout en arrachant machinalement les pétales d'une marguerite de la Saint-Michel. Arabella s'aperçut que, sans s'en rendre compte, elle s'était éloignée de Juno et Cassandra pour se rapprocher de Guy.

— Sauter sur les murs, précisa Freddie. On m'a emmenée voir des acrobates et je me suis entraînée à la maison. Je maîtrise même le saut périlleux.

— Si vous aviez mis votre pantalon turc, nous aurions pu vous admirer dans cet exercice.

Avec un lourd soupir, Freddie jeta la marguerite massacrée.

— Lady Treadgold me l'a confisqué.

— J'en parlerai à Holly, elle s'arrangera pour vous le rendre. Et moyennant un peu d'argent, je suis sûre qu'elle trouvera une servante qui terminera le pantalon sans que lady Treadgold le sache.

Un grand sourire éclaira le visage de Freddie. Toutes deux se tournèrent vers les ruines. Guy bondit sans effort par-dessus une large brèche. Dieu qu'il serait agréable d'agir avec cette assurance ! Dieu qu'il serait agréable d'avoir le droit d'explorer encore ce corps d'homme…

— Choisir où poser le pied, calculer le saut… c'est un peu comme résoudre une énigme, déclara Freddie. C'est même mieux, car tout le corps est impliqué, et le risque de tomber rend la chose plus amusante.

— C'est tout à fait le genre de remarque qu'affectionne Guy. Vous vous ressemblez beaucoup, tous les deux.

Freddie ne répondit pas. Elle paraissait ne pas avoir entendu, comme souvent. Mais Arabella aurait parié qu'elle entendait tout.

— Vous le sauriez si vous passiez un peu plus de temps avec lui, au lieu de chevaucher seule à travers la campagne, ajouta-t-elle. Il en serait heureux.

— À quoi bon ? rétorqua Freddie, haussant les épaules. Il est très occupé.

— Il se démène pour devenir votre tuteur et celui d'Ursula. Il se rendra disponible pour vous, croyez-moi.

— Il essaie seulement de s'opposer aux souhaits de notre père. En réalité, tout ça n'a pas d'importance pour lui.

— Vous vous trompez, Freddie, cela en a énormément. Il a été si seul pendant tant d'années.

Arabella s'interrompit, cherchant ses mots pour que Freddie comprenne.

— Il a un cœur d'or, voyez-vous. Et il a des convictions si profondes qu'il n'a pas besoin de réfléchir : il sait d'emblée ce qu'il faut faire.

Elle regarda Guy qui marchait toujours sur le mur. Il ne serait jamais à elle. Combien de temps souffrirait-elle de cette étrange nostalgie d'un avenir impossible ?

Elle se retourna vers Freddie.

— Il se battra de toutes ses forces pour vous, pour votre bonheur.

— Il n'a pas la moindre idée de ce qui me rend heureuse.

— Eh bien, dites-le-lui.

Quelle hypocrite ! Voilà qu'elle donnait des conseils, elle qui n'osait pas confier sa vérité à

Guy, et qui ne savait pas vraiment ce qu'était cette vérité. Si seulement elle pouvait le toucher, le...

Le séduire. Serait-ce si répréhensible ? Dans moins d'une semaine, il partirait et il n'aurait aucune obligation envers elle. Un bonheur passager. Un souvenir. Feindre de croire qu'il lui appartenait, ne fût-ce qu'une heure.

Freddie cueillit une autre marguerite et entreprit de la déchiqueter.

— Je lui ai dit que je ne voulais pas me marier, et il m'a répondu que je me marierais, naturellement, mais que je pourrais choisir avec qui.

Arabella hocha pensivement la tête.

— Vous êtes assez riche pour ne pas vous marier si vous ne le souhaitez pas, cependant vous n'avez pas à vous décider maintenant. Les femmes mariées ont plus de liberté, et vous rencontrerez peut-être un homme qui vous plaira. Vous disiez que personne n'avait essayé de vous courtiser.

— Ce n'était pas si bien que ça.

Arabella tressaillit. Avait-elle bien compris ?

— Qui était-ce ?

— Pardon ?

— Celui qui vous a fait la cour ?

— Personne. Je suis sûre de ne pas vouloir me marier.

Guy sauta à terre et échangea quelques plaisanteries avec l'un des invités, puis il contourna le mur et disparut.

— Ne vous cramponnez pas à vos certitudes, conclut Arabella, au risque de laisser passer votre chance et de gâcher quelque chose qui aurait pu être merveilleux.

Guy n'aurait su expliquer comment il s'était retrouvé là, sur les marches usées et branlantes de la crypte, une lanterne à la main et quatre dames sur les talons.

— J'espère qu'il n'y a pas de fantômes ! se plaignit miss Treadgold.

— S'il y en a, ils sont amicaux, rétorqua tranquillement Cassandra DeWitt, qui tenait l'autre lanterne.

À Londres, Guy avait rencontré son mari, un personnage doté d'une énergie et d'un magnétisme stupéfiants, qui s'était habilement débrouillé pour offenser tous ceux qui étaient présents dans la salle. DeWitt et sa femme formaient un bien étrange couple. Pas étonnant qu'ils vivent séparément.

— Nous avons lord Hardbury pour nous protéger, intervint Juno Bell. Il n'hésitera pas à combattre les spectres, s'ils s'avisaient de quitter leurs tombes.

— Ce n'est peut-être pas ce qu'il fallait dire, marmotta Guy.

Il entendit Arabella rire tout bas derrière lui, et dut lutter pour ne pas se retourner. Il s'était juré de l'ignorer, de ne plus jouer avec le feu, mais dès qu'elle était dans les parages, elle agissait sur lui comme un aimant.

« Ce n'est qu'une tocade, s'était-il dit au début. Le jeu aura une fin. »

Eh bien, la tocade se prolongeait, et le jeu n'en était plus un.

— Vous n'avez rien à craindre, miss Treadgold, lança-t-elle. Les spectres ont plus peur de nous que nous n'avons peur d'eux. Vous êtes toujours là ?

— Oui, et je suis résolue à me montrer courageuse.

— Admirable.

Il faisait nettement plus frais au bas des marches, une forte odeur de renfermé et d'humidité saturait l'atmosphère. Guy pénétra dans la crypte obscure, levant haut la lanterne pour éclairer les sarcophages. Ses pas résonnaient sur les dalles de pierre, il sentait la chaleur d'Arabella près de lui.

Cassandra DeWitt, armée de sa lanterne, entraîna les autres dans la direction opposée. La lueur de la flamme nimbait leurs têtes, et le froufroutement de leurs jupes repoussait le silence.

— Tu as peur ? chuchota Guy à Arabella. Dois-je te tenir la main ?

— Tout va bien.

— Pas pour moi… Si tu ne tiens pas ma main, je vais défaillir, et tu seras obligée de me porter pour sortir d'ici.

— Tu rêves. Je te laisserais là sans le moindre scrupule.

Impulsivement, Guy baissa le volet de la lanterne pour masquer la flamme, et ils se retrouvèrent dans le noir complet. Ils ne distinguaient plus qu'un halo jaunâtre de l'autre côté de la crypte.

— C'est une plaisanterie, marmonna Arabella.

Il se mit à rire, tout bas, puis se rappela qu'il s'était promis de renoncer à ce jeu dangereux. Mais il ne voyait plus rien, et ses autres sens s'aiguisaient. Il entendait Arabella respirer. Il la sentit se rapprocher.

Des doigts légers frôlèrent sa nuque. Un frisson courut le long de son dos, il ravala un gémissement.

— Oh, mon Dieu ! s'exclama miss Treadgold. Quel est ce bruit ?

La lueur de la lanterne que tenait Cassandra DeWitt vacilla. Les autres revenaient vers eux. Il sentit la main d'Arabella ramper sur son ventre.

Bon sang de bois ! Elle allait le battre sur son propre terrain.

Voilà qu'elle glissait les doigts sous sa ceinture. Il laissa échapper un soupir étranglé, qui la fit glousser.

— C'est un fantôme ? balbutia miss Treadgold. Seigneur... il y a des morts partout dans cette crypte !

Guy distinguait la silhouette de la jeune femme. Elle s'entourait frileusement de ses bras, plantée devant la statue d'une abbesse depuis longtemps trépassée.

Arabella retira vivement sa main. Guy releva le volet de sa lanterne.

— Ça va, miss Treadgold ? demanda Cassandra. C'est un peu effrayant, n'est-ce pas ? Nous, cela ne nous impressionne plus : nous jouions ici quand nous étions enfants.

— Si vous avez peur, vous pouvez remonter, suggéra Arabella.

Miss Treadgold semblait pétrifiée.

— Je... Tous ces ossements... bredouilla-t-elle.

— Allons bon, elle est terrifiée, marmotta Guy.

Il vola à sa rescousse et, la prenant par le bras, l'aida à monter les marches, tout en lui murmurant distraitement des encouragements. En réalité, il ne pensait qu'à Arabella, qui s'était moquée de lui dans l'obscurité et s'était vengée parce que, la veille, il lui avait fait du pied sous la table.

Dehors, il confia la lanterne à un laquais et se tourna vers miss Treadgold qui, à vrai dire, n'était ni pâle ni tremblante.

— Vous devez me trouver stupide, dit-elle avec un joli sourire.

— Pas du tout, répondit-il machinalement.

Sur quoi, elle se lança dans un monologue où il était question de papillons ou de fleurs, ou quelque chose dans ce genre-là. Guy n'écoutait pas, se contentant de la contempler. Elle était si simple, songeait-il. Elle n'ennuyait personne, ne demandait rien, hormis qu'on la protège à l'occasion contre les fantômes.

Elle correspondait à la femme idéale dont il rêvait durant ses années de solitude, lorsqu'il dormait sur des grabats ou sous des tentes. Alors pourquoi miss Treadgold le laissait-elle froid ? Pourquoi n'était-elle pas capable de le subjuguer ?

Elle interrompit brusquement son bavardage.

— Oh, excusez-moi, monsieur. Ma tante me réclame.

Et elle s'éloigna au pas de course.

Miss Treadgold était sûrement voyante, constata Guy en jetant un coup d'œil circulaire, car il n'y avait pas de lady Treadgold dans les parages.

En revanche, Arabella et ses amies émergeaient de la crypte.

Une fois de plus, Guy s'exhorta à se tenir à distance, mais elle le regarda droit dans les yeux. Il attendit, immobile. Dès que les amies d'Arabella s'éloignèrent et qu'ils furent seuls, il retrouva comme par miracle l'usage de ses membres.

Ils s'avancèrent l'un vers l'autre, prudemment, tels des duellistes. Elle affichait de nouveau une expression hautaine et distante. C'était sa façon de le repousser, et il aurait dû s'en féliciter. Au lieu de quoi, il sentit son cœur se serrer douloureusement.

Il avait découvert en partie sa véritable nature, il avait éveillé sa passion, il l'avait fait sourire. Mais cela ne lui suffisait pas. Il voulait tout savoir d'elle.

Ils s'immobilisèrent. Un mètre les séparait.

— Tu es content d'avoir sauvé la demoiselle en détresse ? ironisa-t-elle.

— Tu n'es pas impressionnée par ma bravoure ?

— Tu as fait exactement ce qu'elle voulait que tu fasses.

— La pauvre petite était terrifiée.

— Et je suppose que tu trouves ça charmant.

Elle parlait sèchement, droite comme un « I », le menton pointé.

— Bien, très bien ! s'exclama-t-il en frappant dans ses mains. Tu es jalouse.

Les yeux d'Arabella s'étrécirent.

— Ne sois pas ridicule. Je ne connais pas la jalousie. J'ai simplement tendance à m'impatienter quand des hommes, par ailleurs sensés, se muent en parfaits imbéciles à cause d'une femme.

Guy perdait effectivement la tête à cause d'une femme, mais il ne s'agissait pas de Matilda Treadgold.

— Enfin, je présume que c'est plus fort que toi, ajouta-t-elle. Avec son air fragile, ses sourires et sa façon de rougir…

— Tu es *vraiment* jalouse.

— Parce qu'elle rougit ? Allons donc ! Je me permets seulement de te rappeler que nous prétendons être fiancés, et que flirter avec une autre cadre mal dans le tableau.

Le ton était glacial, mais Guy reconnut dans son regard cette ombre qui la rendait vulnérable. Une poignante tendresse le submergea. Au diable la femme idéale et tous ces boniments !

Il voulait qu'Arabella ait suffisamment confiance en lui pour ne plus se cacher derrière le rempart qu'elle érigeait contre le monde entier. Il voulait qu'elle se livre à lui de son plein gré, qu'elle baisse le pont-levis et le laisse entrer dans la forteresse.

— Je me fiche que tu rougisses ou non, dit-il avec douceur. Je désire juste te connaître.

Elle plissa le front, visiblement perdue. Elle ouvrit la bouche pour répliquer, mais ne put articuler un mot. Elle souffla, essaya encore, en vain.

Irritée, elle tourna les talons et s'éloigna.

Guy la regarda battre en retraite et s'obligea à ne pas bouger, à ne pas la rattraper. Il ne comprenait pas totalement ce qui venait de se passer, mais il savait une chose : s'il ne faisait pas attention, Arabella lui briserait le cœur.

18

Le soir, tandis qu'Arabella se préparait pour le dîner, Holly l'informa que la famille Treadgold tramait un complot.

C'était la diversion qu'Arabella espérait. Des heures après l'épisode de la crypte, elle était toujours aussi mortifiée de cette scène avec Guy.

« Je désire juste te connaître », avait-il dit. Eh bien, maintenant il la connaissait. Il savait que l'orgueilleuse Arabella Larke était pitoyable. Quelle honte !

— C'est Eliza qui m'a mis la puce à l'oreille, expliqua Holly en la coiffant. Elle m'a dit que Tabitha prétendait avoir entendu lady Treadgold déclarer à miss Treadgold, en gros, qu'il fallait attendre le bon moment et passer à l'action de nuit.

Et ce n'était pas tout, enchaîna Holly : elle avait appris par Ernest que le valet de sir Walter avait interrogé celui de lord Hardbury sur les habitudes de son maître.

— D'après Ernest, le valet de sir Walter a demandé carrément : « Si mon maître voulait s'entretenir avec le marquis, tard le soir, dans quel genre d'endroit aurait-il une chance de le trouver ? »

Une pause, le temps de piquer une épingle dans le chignon d'Arabella.

— Ensuite, l'autre Eliza – celle des Treadgold, pas celle des Larke – a dit que lady Treadgold lui avait raconté que miss Treadgold n'aurait pas besoin d'elle ce soir. À quoi Mme Ramsay a rétorqué : « A-t-on jamais vu une jeune dame qui n'ait pas besoin de sa femme de chambre le soir ? »

La question se posait, effectivement.

Arabella félicita Holly pour les informations obtenues.

— Je recommanderai instamment à ma mère d'accorder une prime à l'ensemble du personnel.

— Ce n'est pas de refus, remercia Holly. Miss Treadgold est sympathique, toujours gentille et polie, seulement… ce n'est pas bien ce qu'ils mijotent, n'est-ce pas ?

Effectivement.

Ce ne fut donc pas la *jalousie* mais une suspicion parfaitement légitime qui incita Arabella à épier discrètement miss Treadgold, lorsque les invités s'installèrent au salon après le dîner. Miss Treadgold lisait, lady Treadgold et lady Belinda bavardaient à voix basse tout en brodant. Guy écrivait une lettre, sir Walter et Freddie jouaient aux cartes avec M. Larke et l'un des ornithologues – l'autre était parti.

Arabella était assise au pianoforte. Elle avait choisi un morceau qu'elle connaissait par cœur et pouvait jouer sans réfléchir. Elle avait tout le monde dans son champ de vision, c'était parfait.

Guy, qui avait terminé sa lettre, se leva et traversa la pièce.

Arabella remarqua que lady Treadgold lançait un coup d'œil à miss Treadgold, qui rajusta aussitôt le châle drapé sur ses épaules. Ce mouvement déplaça ce qui était niché dans son giron – une chose d'un vert chatoyant qui tomba sur le sol.

Un ruban.

Qui atterrit aux pieds de Guy.

Il s'arrêta. Miss Treadgold continuait à lire. Lady Treadgold lança un coup d'œil à lady Belinda.

Celle-ci, concentrée sur son ouvrage, ne le remarqua pas.

Guy se pencha pour ramasser le ruban vert.

Évidemment.

Il jeta un regard à Arabella puis, tenant le ruban entre le pouce et l'index, l'agita sous le nez de miss Treadgold, comme si elle était un chaton avec lequel il avait envie de jouer.

— Je crois que vous avez perdu un ruban, mademoiselle.

— Vraiment ? pépia-t-elle. Oh, merci de l'avoir ramassé, monsieur.

— À votre service.

Seigneur Dieu…

Miss Treadgold voulut saisir le ruban. Guy le retira, comme s'il avait réellement affaire à un chaton. Il souriait. Elle souriait aussi.

— Vous êtes un coquin, lord Hardbury !

Le sourire aux lèvres, Guy regarda Arabella, mais celle-ci détourna ostensiblement les yeux – et vit miss Treadgold lancer un coup d'œil à lady Treadgold, laquelle coula un regard furtif vers lady Belinda.

Mais cette dernière ne le remarqua pas.

— C'est un joli ruban, commenta Guy en le donnant enfin à miss Treadgold. Ce vert ne va cependant pas avec la couleur de votre robe.

Arabella fit une fausse note. Si Guy se passionnait pour les rubans de la demoiselle, il n'avait qu'à l'épouser !

— Il me sert de marque-page, se justifia celle-ci.

— Et que lisez-vous ?

Deuxième fausse note, qui ne gêna personne. Miss Treadgold gardait les yeux baissés sur son livre. Guy regarda de nouveau Arabella qui, de nouveau, détourna les yeux… et vit lady Treadgold qui semblait au bord de l'attaque d'apoplexie, et dont le regard papillotant allait de Guy à Matilda, puis à lady Belinda. Elle sentit soudain qu'Arabella l'observait et tourna la tête, tandis qu'Arabella regardait sa mère.

Mais lady Belinda, qui examinait une tasse, ne le remarqua pas.

— C'est un ouvrage sur l'Italie, expliqua miss Treadgold.

— Ah, très bien ! Vous vous intéressez à l'Italie ?

— Je trouve que c'est le pays le plus fascinant du monde. J'ai entendu dire que vous y aviez séjourné. Vous pourriez peut-être me raconter vos aventures italiennes.

— Je serais heureux de tout vous raconter.

Guy regarda de nouveau Arabella qui détourna de nouveau les yeux, et vit miss Treadgold lancer un coup d'œil à lady Treadgold qui lança un coup d'œil à lady Belinda, laquelle ne s'aperçut naturellement de rien.

— Peut-être pourrions-nous en discuter plus tard dans la soirée, monsieur, susurra miss Treadgold.

— Absolument.

Guy s'approcha d'Arabella qui martelait obstinément le clavier du pianoforte.

— Vous ne lisez pas ce soir, miss Larke ?

— Pourquoi faudrait-il que je lise ? Je sais déjà tout ce qu'il y a à savoir.

Il ricana et s'éloigna d'un pas nonchalant. Elle ne le suivit pas des yeux et ne regarda personne. *Que ces dames se lancent des coups d'œil si ça leur chante, je m'en fiche !*

Si elles complotaient pour piéger Guy et lui faire épouser Matilda, elle ne lèverait pas le petit doigt. Il ne l'aurait pas volé, puisqu'il était assez bête pour ramasser les rubans.

À la fin de la soirée, cependant, alors que les uns et les autres s'étaient retirés, Arabella se sentit obligée, vivement encouragée par Holly, de rôder dans le couloir, de s'arrêter devant la chambre de Matilda Treadgold et de coller quasiment son oreille à la porte. Elle entendit ceci :

— Dépêche-toi, Matilda ! Lord Hardbury est dans le salon de lecture, et il est seul.

— Tante Frances, je crois que ce n'est pas bien. Il est déjà fiancé et...

— Tais-toi. Tu me remercieras plus tard, quand tu seras mariée.

Arabella n'entendit pas la suite car elle s'élançait déjà vers l'escalier, dévalait les marches, longeait d'autres couloirs, traversait comme une flèche le salon de musique, tournait l'angle d'un énième couloir – nom de nom, le manoir était immense ! – et atteignait enfin le salon de lecture.

Elle s'arrêta, lissa sa jupe, tapota ses cheveux, inspira, expira, et franchit tranquillement le seuil de la pièce.

Guy était assis près de la cheminée, il lisait en sirotant un cognac. Il avait passé sur sa chemise une robe de chambre indienne vert et or, il était ébouriffé et déchaussé. Il réussissait le tour de force de paraître à la fois élégant et chiffonné, puissant et inoffensif, ce qui fit naître dans l'esprit d'Arabella des visions d'intimité, de baisers tendres et de sourires. Son cœur se serra.

Guy leva les yeux. Il ne sourit pas.

— Tu entres ou tu montes la garde sur le seuil ?

Elle se rappela soudain pourquoi elle était là.

— Sors d'ici ! chuchota-t-elle d'une voix sifflante. Vite !

Elle ferma la porte et se précipita vers lui, agitant les mains comme pour chasser un chat. Et comme un chat, Guy regimba.

— Qu'est-ce que j'ai encore fait ? grommela-t-il.

Elle lui prit le livre et le verre de cognac qu'elle posa sur un guéridon, puis ouvrit en hâte la porte de communication donnant dans la bibliothèque. La pièce était déserte. Seules les braises qui rougeoyaient encore dans la cheminée trouaient l'obscurité.

— Viens, ordonna-t-elle.

Il ne bougeait pas.

— Nom de nom, Guy ! Cache-toi dans la bibliothèque. Ne reste pas là, tu es en danger.

Il se leva.

— En danger ? Qu'est-ce que…

— Matilda Treadgold arrive.

— Armée d'un poignard ? D'un fusil ?

— Pire. Je te parie mille livres que, d'un instant à l'autre, elle va entrer dans cette pièce, parée d'un déshabillé et d'un joli sourire. Elle lancera la conversation sur l'Italie, par exemple, et au moment opportun cette porte s'ouvrira de nouveau, livrant passage à toutes les matrones de la contrée !

Il se dirigea nonchalamment vers elle.

— Je n'ai aucun besoin de mille livres. Peut-on modifier le pari ?

— Tu souhaites épouser Matilda Treadgold ? C'est ça ? Tu veux qu'on te surprenne avec elle dans une position compromettante, et qu'ensuite on te traîne jusqu'à l'autel ?

— Bien sûr que non, mais…

— Chut. Disparais, vite.

Elle le poussa dans la bibliothèque, referma la porte et se jeta dans le fauteuil qu'il venait de libérer et dont les coussins conservaient sa chaleur. Elle saisit le verre de cognac et le livre de Guy, qu'elle ouvrit sur ses genoux.

La porte du salon de lecture s'ouvrit sans bruit.

Dans un souci de véracité, Arabella se concentra sur les mots imprimés sur la page et ravala une exclamation. Mais… que diable lisait-il ?

La porte se refermait. Arabella leva les yeux, à l'instant où Matilda Treadgold se retournait. Effectivement parée d'un déshabillé… et d'une grimace horrifiée.

— Bonsoir, miss Treadgold, dit posément Arabella.

— Miss Larke ! Mais vous… Que faites-vous ici ?

— Je lis, puisque nous sommes dans le salon de lecture.

— Et vous buvez du cognac ? s'enquit Matilda, plissant les paupières d'un air soupçonneux.

— Vous n'avez pas froid ? Ce déshabillé est bien léger. Vous ne devriez pas vous promener dans cette tenue : on n'est jamais à l'abri d'une mauvaise rencontre.

— Je ne parvenais pas à dormir, alors je suis descendue chercher un livre. Je ne m'attendais pas à rencontrer qui que ce soit.

Arabella haussa un sourcil.

— Quoi ? lança miss Treadgold d'un ton presque agressif. Vous ne me croyez pas ?

— Bien sûr que si, cela se produit sans arrêt. Mais vous auriez pu aller dans la bibliothèque. Pourquoi venir ici, dans le salon de lecture ?

Miss Treadgold battit des paupières.

— Je cherchais un livre qu'on puisse lire.

— Un livre qu'on puisse lire, répéta Arabella, méditative. Ce sont ceux que je préfère, moi aussi.

— Je veux dire que… il y a deux catégories d'ouvrages, n'est-ce pas ? Ceux qui se lisent et ceux qui ne se lisent pas. Il m'a semblé que les livres du salon de lecture sont ceux qui se lisent.

Comment contredire cette logique impeccable ?

Avec un sourire pincé, miss Treadgold se détourna et entreprit d'inspecter les étagères. Sur l'une d'elles trônait un canari empaillé, probablement évadé du bureau de M. Larke. Seigneur, la pauvre Matilda avait dit que les oiseaux morts la terrifiaient ! Charitable, Arabella se leva pour déplacer discrètement le canari.

Mais miss Treadgold l'avait vu. Elle s'immobilisa, le contempla longuement. Elle effleura du doigt sa petite tête jaune, puis caressa les plumes de son dos et ses petites pattes.

— Pour être franche, j'aime les oiseaux. Je veux dire… quand ils sont empaillés. Morts.

— Ah.

— Et aujourd'hui, dans la crypte, je faisais juste semblant d'avoir peur. D'ailleurs, j'y retournerai seule. J'adore les sarcophages, et j'aime penser aux ossements qu'ils contiennent.

— Ah. Je vois.

— De l'avis de tante Frances, je ne devrais pas aimer les oiseaux empaillés et les squelettes. Ce n'est pas convenable, et selon elle, les hommes n'apprécient pas les femmes qui aiment les choses macabres. Mais ce n'est pas comme si j'aimais *tout* ce qui se rapporte à la mort.

Arabella l'observait avec étonnement. Miss Treadgold était toujours aussi charmante, cependant elle devenait intéressante avec son penchant pour le macabre, si mal assorti à ses rubans et ses rougissements.

Ainsi, Matilda jouait elle aussi la comédie. Un jour, toujours dans la peau de son personnage, elle épouserait un homme qui ne connaîtrait pas sa véritable personnalité, et elle continuerait à tenir son rôle jusqu'à la fin de sa vie.

— Si vous aimez ça, il faut l'assumer, Matilda. Ne cachez pas votre nature pour plaire aux gens.

— Je n'oserais pas ! Une demoiselle ne doit pas exprimer ses opinions, tante Frances me le répète sans cesse.

— Vous n'êtes pas obligée de faire tout ce qu'on vous dit.

— Ils m'ont recueillie quand j'étais enfant, ils ont veillé sur moi. Sans eux, je serais dans la misère. Je n'ai qu'un moyen de les remercier : faire un beau mariage. C'est pour cette raison que je... enfin, vous comprenez.

Pour Arabella, c'était effectivement clair : Matilda était complice des Treadgold pour tendre un traquenard à Guy.

— Je comprends, mais vous ne leur devez rien. Ils se sont occupés de vous parce que c'était normal, voilà tout. Vous ne...

Soudain, la porte s'ouvrit à la volée, et lady Treadgold fit irruption dans la pièce. Lady Belinda la suivait.

— Matilda, je... Miss Larke, vous... Que se passe-t-il ici ?

Arabella la toisa de son air le plus dédaigneux.

— Ce n'est pas ce que vous croyez. Je n'ai pas touché ni embrassé votre nièce.

La stupéfaction se peignit sur le visage de lady Treadgold. Lady Belinda pressa un doigt sur sa tempe, comme si elle sentait venir une migraine. Matilda réprima un sourire.

Lady Treadgold braqua son regard d'aigle sur le verre et le livre posés sur le guéridon.

— Du cognac ? Il y avait un homme ici !

Arabella récita mentalement une petite prière – pourvu que lady Treadgold ne lise pas le titre du livre ! Mais lady Belinda s'approcha tranquillement du guéridon.

— Tu es incorrigible, Arabella, gronda-t-elle. Je t'ai déjà dit de ne pas boire d'alcool.

Elle saisit le livre de Guy, lut le titre. Ses yeux s'arrondirent, elle reposa prestement l'ouvrage, à l'envers, et se tourna vers lady Treadgold et Matilda.

— J'espère pouvoir compter sur votre discrétion.

Les deux femmes promirent d'être muettes comme la tombe.

— Et maintenant, lady Treadgold, que vouliez-vous me montrer ? interrogea lady Belinda.

— J'ai dû me tromper de pièce.

— Vous avez parlé du salon de lecture. Nous y sommes.

— Je pensais à... à... à la pièce aux murs bleus.

— Le salon bleu, donc, pas le salon de lecture, trancha lady Belinda.

Elle croisa le regard d'Arabella et, toujours impassible, reporta son attention sur Matilda.

— Vous devez être frigorifiée, ma chère, dans ce déshabillé. Et vous auriez pu rencontrer... Dieu sait qui.

— Je n'arrivais pas à dormir, récita Matilda. Je suis descendue chercher un livre. Je ne pensais pas croiser quelqu'un.

Lady Treadgold s'interposa.

— Vous ne la croyez pas ?

— Bien sûr que si. Peut-être que maintenant, vous trouverez le sommeil, ma chère.

— Viens, Matilda, articula lady Treadgold, poussant sa nièce hors de la pièce.

Les mains nouées devant elle, Arabella attendait les réprimandes que sa mère ne manquerait pas de lui adresser.

— Tu vas te coucher, ma chérie ?

— J'avais envie de rester là un petit moment. Au calme. Seule. Pour lire mon livre et... boire mon cognac.

Lady Belinda hocha pensivement la tête.

— Sois prudente, ma chérie.

— Oui, mère.

— Fais très attention, murmura lady Belinda en sortant, refermant doucement la porte derrière elle.

19

Arabella compta jusqu'à cent avant d'ouvrir la porte de communication.

— Guy ? chuchota-t-elle.

Une silhouette se détacha de la pénombre. Guy franchit le seuil du salon et s'appuya contre le chambranle, les yeux rivés sur elle.

Dans un autre monde, elle aurait eu le courage de s'approcher de lui. Mais elle ne bougea pas.

— Alors comme ça, tu n'as pas touché ni embrassé la demoiselle ?

— C'était une situation grotesque, rétorqua-t-elle en riant. Au fait, tu me dois mille livres.

— Je te dois quelque chose, en effet. Il paraît que tu as un problème d'alcool ? ajouta-t-il, montrant le verre à moitié vide.

— Ma mère cherchait à te couvrir. Les dames ne boivent pas de cognac, figure-toi. De plus, c'est infect.

— Trinque quand même avec moi, pour fêter ça. J'ai échappé aux griffes de sir Walter.

— Et pas à celles de Matilda ?

Il lui lança un coup d'œil, tout en saisissant le flacon de cognac.

— J'aime bien Matilda. Un homme pourrait trouver pire. Son principal défaut, c'est sa famille.

— Hmm...

Elle n'en dirait pas plus. Pas question de s'emporter, ce qu'il pourrait prendre pour une crise de jalousie.

Elle aurait dû regagner ses appartements. Mais la maisonnée dormait, le feu crépitait dans la cheminée. Le salon de lecture était douillet, Guy paraissait de bonne humeur, et elle n'avait pas sommeil.

Elle s'assit sur le canapé.

— Voilà donc ce que tramait sir Walter, marmonna pensivement Guy. Je comprends pourquoi il avait l'air si content de lui.

— Son plan était mal ficelé. Risqué, pas très original et difficile à exécuter.

— Nous en avons eu la preuve.

Guy ne semblait pas perturbé. Mais il n'avait rien d'un intrigant, et par conséquent n'était pas doué pour flairer les manigances des gens ou détecter les failles de leurs plans.

Et il n'avait aucune admiration pour les habiles intrigantes comme Arabella.

— Sir Walter pourrait avoir de sérieux ennuis si tu révélais ses intentions à Freddie, expliqua-t-elle. Il a pourtant tout misé sur une jolie fille en déshabillé. Et Freddie, dans tout ça ? Il renoncerait si facilement à tirer profit de son statut de tuteur ? J'ai du mal à le croire.

Guy haussa les épaules.

— Si j'épousais Matilda, il serait tranquille : je ne porterais pas plainte contre le plus proche parent de mon épouse. Ou peut-être pensait-il que j'accepterais de marier Freddie avec son fils.

— Quoi qu'il en soit, c'était mal combiné. Je suis déçue. Avec des adversaires à la hauteur, le jeu aurait été plus stimulant.

— Entre toi et moi, la partie n'est pas encore terminée.

Il lui tendit un verre qu'elle saisit machinalement, puis s'assit à son côté.

— Si tu étais une adversaire encore plus coriace que tu ne l'es déjà, je crois que je n'y survivrais pas.

— Quel compliment ! Je crois que je n'y survivrai pas.

Elle riait, cependant quelque chose la turlupinait.

— Je pensais sir Walter plus retors.

— Tu le surestimais. Ce n'est qu'un vulgaire opportuniste. Il n'a pas ton cerveau.

Il se carra dans le canapé et, tout en sirotant son cognac, dévisagea Arabella. Elle baissa les yeux, passa le doigt sur le bord du verre en cristal taillé. Elle ne voyait que ses longues cuisses musclées, à portée de main.

Peut-être ne revivraient-ils plus jamais un moment pareil. Elle pourrait... Non, elle ne tenterait pas de le séduire, pas après la scène de la crypte.

— Tu m'as donc sauvé, reprit Guy. Tu es déterminée à ce que je n'épouse personne d'autre ?

— Ne souhaites-tu pas être complètement libre de choisir ton épouse ? Si tu optes pour Matilda Treadgold, eh bien je me ferai un plaisir d'organiser le mariage.

— Elle est très agréable. Simple.

— La femme idéale.

— Il me semblait t'avoir entendue dire que tu la tenais en haute estime.

— En effet. J'admire en particulier sa façon de mener les hommes par le bout du nez.

— Avec elle, au moins, nous nous bornons à ramasser les rubans qu'elle laisse tomber. Si nous étions sous ta houlette, le sang coulerait à flots.

Ce n'était évidemment qu'une boutade, mais elle en fut blessée. Guy avait dit qu'il désirait la connaître, mais ce qu'il découvrirait ne lui plairait certainement pas.

Comme c'était étrange ! Elle déplaisait à beaucoup de gens, et cela ne l'avait jamais dérangée. Guy partirait bientôt, et il aurait toujours cette piètre opinion d'elle.

— Guy, il faut que je te dise... Je suis...

— Oui ?

— En réalité, je suis plutôt inoffensive.

Il éclata de rire. Dépitée, elle se mit à tapoter le verre du bout des ongles, comme si ce tintement pouvait résonner en elle à l'instar d'un tambour de guerre capable de lui donner du courage.

— Tu t'obstines à me juger sévèrement, pourtant tu vois... je n'ai jamais...

Je n'ai jamais blessé intentionnellement quelqu'un. Seulement voilà, parfois j'ai peur, alors mon orgueil me pousse à dire des choses que je ne pense pas.

— Tu n'as jamais... quoi donc ?

— Je n'ai jamais poignardé ou empoisonné quiconque.

— Bravo.

— Je n'ai jamais tenté de forcer quelqu'un à m'épouser en me promenant en déshabillé. Tu penses le contraire, je sais, mais tu te trompes. Et je n'ai jamais...

Guy porta son verre à ses lèvres, sans cesser de la dévisager. Arabella sentait la nervosité la gagner. Quelle torture !

— Continue, murmura-t-il.

Elle essaya encore de dire ce qu'il fallait dire, et ne réussit qu'à bredouiller :

— ... et je n'ai jamais, de toute ma vie, laissé tomber un ruban.

Guy sirotait son cognac, sans détourner son regard du visage d'Arabella. Elle était posée au bord du canapé, tel un faucon prêt à s'envoler, et serrait si fort son verre qu'il finirait par se briser.

Elle disait n'importe quoi. Or Arabella Larke ne parlait jamais à tort et à travers.

Même s'il ne le montrait pas, il était fasciné par son intelligence aiguë et sa capacité à anticiper, à avoir en permanence plusieurs coups d'avance – lui ne voyait pas plus loin que l'instant présent.

Si elle parlait de ruban, cela devait avoir un sens. D'ailleurs, elle était nerveuse et ne parvenait pas à libérer ce qu'elle avait sur le cœur. Il finirait bien par comprendre ce qui la tracassait.

— C'est probablement pour ça que Matilda Treadgold te plaît, reprit-elle. Elle donne aux hommes le sentiment d'être forts, importants et indispensables.

— Nous sommes forts, importants et indispensables.

— Tant mieux. Qui voudrait d'un homme faible, insignifiant et inutile ? Seulement, je ne saisis pas pourquoi il faut qu'un homme ramasse les rubans d'une dame pour se sentir fort, important et indispensable.

Elle scrutait son verre d'un air furieux, comme si une catastrophe venait de se produire et qu'elle en rendait le cognac responsable.

Guy avait bel et bien ramassé le ruban de miss Treadgold, tout en sachant pertinemment pourquoi la chose était tombée à ses pieds. Il l'avait fait pour agacer Arabella. En réalité, ces temps-ci, le moindre de ses actes semblait avoir un rapport avec Arabella. Elle l'obsédait.

— Donc, Matilda... dit-il pour l'inciter à poursuivre.

— Voilà. Matilda.

Elle crispait les doigts sur son verre. Dans une seconde, elle allait le lancer contre le mur.

— Elle est douée pour laisser tomber ses rubans. Moi, je suis douée pour des tas de choses, mais pas pour ça.

La conversation était franchement laborieuse. Cela lui rappelait le jour où, quand il était jeune, il avait décidé de traverser les tourbières du Yorkshire, dans un brouillard à couper au couteau. Il avait marché pendant des heures en faisant bien attention où il posait les pieds, pour ne pas s'enfoncer dans un marécage.

— Pourquoi voudrais-tu laisser tomber un ruban ? hasarda-t-il.

— Pour qu'un homme le ramasse.

— Mais tu peux ramasser toi-même tes rubans.

— Évidemment.

— De toute façon, cela ne t'arriverait pas.

— Exactement ! C'est pour cette raison que les hommes aiment Matilda Treadgold.

— Parce qu'elle leur donne le sentiment d'être forts, importants et indispensables.

— Qu'ils en aient besoin ne signifie pas que je n'ai pas le droit de l'être, moi aussi.

Elle but une gorgée de cognac, grimaça.

— Bonté divine, c'est vraiment infect.

Soudain, Guy comprit.

Arabella était terriblement indépendante et déterminée – des traits de caractère que l'on observait rarement chez ses congénères. Mais cette orgueilleuse indépendance l'isolait. Elle en prenait peut-être conscience, et se débattait pour changer ça.

Maintenant elle attendait quelque chose de lui, sans parvenir à l'exprimer.

Arabella, qui savait tout, ne savait pas comment demander de l'aide et un peu d'affection.

Il avait de la peine pour elle qui avait érigé des remparts pour se protéger, paraître invulnérable, en oubliant qu'on pouvait se sentir bien seul dans une forteresse.

— Tu es forte, importante et indispensable, que tu laisses ou non tomber des rubans, déclara-t-il. (Pourvu qu'il ait trouvé les mots justes !) Pour obtenir ce qu'on désire, il faut parfois prendre le risque de le demander.

— Mais si tu... si je... quand ça compte... Oh, bon sang.

Elle reposa brutalement le verre sur le guéridon, puis croisa les bras et fixa un point sur le mur. Il n'avait donc pas trouvé les mots justes. Que se passait-il dans cette tête brune, dans ce cerveau subtil et complexe ?

— Tu pourrais commencer par une demande toute simple, et ensuite grimper peu à peu les échelons, suggéra-t-il.

Elle le regarda, pensive. Ah ! c'était encourageant.

— Avec un peu d'entraînement, tu t'amélioreras. Si on essayait ? Laisse tomber un ruban, et nous verrons si je le ramasse.

— Je n'ai pas de ruban.

— Tu as une robe. Pourquoi ne pas la laisser glisser mollement sur le tapis ? Quoique, je l'avoue, je ne ferais aucun effort pour la ramasser.

Une lueur s'alluma dans les yeux d'Arabella – désir ou colère ? – puis elle détourna le regard. Bon sang de bois, sa désinvolture était déplacée ! Il allait la faire fuir.

Bah, tant mieux.

La provoquer alors qu'ils étaient seuls dans un salon douillet, la nuit, n'était franchement pas malin. Tant pis. Qu'elle décampe.

Il se leva, prit les verres pour aller les poser sur la desserte. Il resterait là, à bonne distance, jusqu'à ce qu'elle parte.

Du coin de l'œil, il la vit bouger sur le canapé. Elle resta cependant assise. Elle poussa un soupir qui, bien sûr, n'avait rien de délicat ou de romantique. Un soupir agacé, impatient.

Impatient de quoi ?

Il se figea, les mains sur les verres, toute son attention concentrée sur Arabella.

Il l'entendit bouger de nouveau. Soupirer.

Il pivota.

Elle aurait voulu qu'il disparaisse, il le lut sur son visage. Il en fut stupéfait, avant de comprendre ce qu'elle venait de faire.

Elle avait retiré deux épingles à cheveux et les avait laissées tomber sur le tapis.

Guy agrippa le bord de la desserte, dans son dos.

Elle retira une autre épingle, la jeta au sol. Des boucles roulèrent sur sa nuque, un éclair assassin flamba dans ses yeux.

Ce regard ! Un homme moins brave en tremblerait et se cacherait sous le canapé comme un chiot quand le tonnerre gronde. Mais Guy n'était pas un poltron, et il voulait voir les cheveux d'Arabella Larke dénoués.

— Encore quelques épingles, dit-il d'une voix éraillée, et cela vaudra peut-être la peine de se mettre à genoux pour les ramasser.

Cette fois, la lueur qui brilla dans les yeux bleus était plus douce... Une invite ? Il brûlait de la toucher pour son propre plaisir, parce qu'il était égoïste et qu'il avait faim d'elle. Mais il souhaitait aussi lui montrer que, si elle le demandait, il lui donnerait ce qu'elle voulait.

Les doigts crispés sur le bord de la desserte, il attendit. Une autre épingle tomba sur le tapis. Puis deux autres et, enfin, la dernière.

Sans cesser de le fixer, Arabella secoua sa chevelure qui ruissela sur ses épaules et jusqu'au creux de ses reins. Ses cheveux devaient embaumer la fleur d'oranger. Il y enfouirait le visage et laisserait glisser sur son corps nu cette soie noire...

Ils se regardaient. Guy sentait son cœur cogner dans sa poitrine. Ses mains lâchèrent la desserte, ses jambes le portèrent à travers la pièce, ses genoux fléchirent. Les épingles, dissimulées dans les motifs du tapis, échappaient à ses doigts soudain malhabiles. Peu importait. Ils avaient le temps.

Il cueillit les épingles, une à une, et les posa délicatement sur le guéridon, une à une. À chaque épingle, il regardait Arabella dont les yeux se voilaient.

Quand il eut fini, il pivota vers elle, toujours assise sur le canapé, et posa les mains sur ses genoux. Elle ne cilla pas, ne résista pas lorsqu'il lui écarta les cuisses, autant que le permettait sa jupe. Elle pencha la tête vers lui, plaça les mains sur ses épaules. Il glissa les doigts dans sa lourde chevelure, humant son parfum.

Quand il baisa ses lèvres, elle lui offrit sa bouche. Leur premier vrai baiser, d'une tendresse bouleversante.

Ils se respiraient, leurs langues s'effleuraient. Les cuisses et les jambes d'Arabella l'enserraient. Elle avait des muscles d'acier, mais son ventre était doux et moelleux. Ce mélange de force et de douceur était enivrant.

Comment pouvait-elle paraître à la fois farouche et timide ? Comment pouvait-il se sentir à la fois tendre et brutal ?

— Qu'est-ce que tu veux ? souffla-t-il.

— Je... On ne doit pas, il ne faut pas, mais je...

Elle s'énervait, les mots refusaient de franchir ses lèvres.

— Nous ne ferons rien que tu ne désires pas. Tu peux t'en aller. Ou me dire de partir. Nous pouvons lire un livre, ou faire une partie de piquet, ou attendre tranquillement de n'être plus que des braises. Dis-moi ce que tu veux.

Muette, elle battait des paupières.

— Arabella... dis-moi.

— Je ne sais pas comment... dire.

Un aveu plein de tristesse, d'anxiété et de confusion. Arabella, si intelligente et autoritaire, qui comprenait tout hormis son propre cœur. Elle terrifiait la gent masculine – elle l'avait reconnu et en semblait étonnée, comme si elle ne se rendait pas compte que ses regards foudroyants et ses répliques cinglantes faisaient fuir les hommes. Du moins, les hommes sensés.

Elle se raidissait, honteuse et soudain froide. Si elle se réfugiait derrière les remparts de l'orgueil, il la perdrait.

— Moi, je me souviens de ce que tu aimes, murmura-t-il.

Elle ferma les paupières, poussa un soupir tremblé.

— Oui... oui.

Quand elle rouvrit les yeux, ils étaient presque noirs de passion, d'espoir et de crainte.

— Mais... il y a le risque de... On ne peut pas...

— D'accord.

Il attendit. Elle restait muette.

— Parle-moi, Arabella. Dis-moi ce que tu voudrais.

Quand elle répondit enfin, ses mots crépitèrent entre eux comme des étincelles.

— Je voudrais que tu me caresses.

20

Silencieux, Guy l'entraîna vers la cheminée. Il attisa le feu, puis il retira sa robe de chambre indienne et l'étendit sur le tapis.

— C'est de la soie et du velours, expliqua-t-il. Le tapis risquerait de t'irriter la peau.

« Il prend soin de moi », songea-t-elle tandis qu'il commençait à la dévêtir. Lentement, il la débarrassa de sa robe, de ses sous-vêtements. Soudain, ses doigts s'immobilisèrent sur son flanc.

— Que t'est-il arrivé ?

Elle tressaillit, se rappelant le bleu qu'elle avait là. Heureusement, les marques sur ses bras s'étaient estompées et n'étaient pas visibles dans la pénombre.

— Un coup de sabot. Ce n'est rien. Ne t'arrête pas.

Avec douceur, il la fit se mettre à genoux et s'agenouilla lui aussi derrière elle. Arabella fixait les flammes. Elle sentait l'air sur sa peau, la caresse de sa lourde chevelure sur son dos nu. Elle n'avait jamais accordé une attention particulière à ses cheveux, mais à présent ils étaient le centre de l'univers. Non… Guy en était le centre, Guy qui les soulevait et les laissait retomber en cascade.

— Quel bonheur, murmura-t-il, tu n'es pas prude.

— Je devrais sans doute l'être.

— Tu es parfaite telle que tu es.

Il drapa ses cheveux sur ses épaules et sa poitrine, frôlant ses mamelons au passage, mordillant sa nuque. Elle sentait tout son corps s'éveiller, réclamer d'autres caresses. Ses mains s'agitaient, gauches et inutiles puisque Guy était derrière elle et qu'elle était censée faire... quoi donc ?

— Je ne sais pas que... quoi faire, balbutia-t-elle d'une voix qu'elle ne reconnut pas.

Les mains de Guy, chaudes et calleuses, modelaient ses bras, ses poignets. Il entrelaça ses doigts aux siens.

— Tu n'as rien à faire, souffla-t-il. Tu n'as qu'à ressentir.

Elle ferma les yeux et s'abandonna aux sensations qui l'assaillaient – le lin fin de la chemise de Guy, ses lèvres tout contre son oreille, son odeur, la chaleur du feu, la soie de la robe de chambre indienne, la paix qui l'inondait, le désir qui l'embrasait.

— Et si ton magnifique cerveau se met à réfléchir, fais-le taire et contente-toi de ressentir.

Lâchant ses mains, il modela ses hanches, ses cuisses. Elle cambra les reins.

— Quand je te touche, dit-il d'une voix rauque et ensorcelante, c'est comme si des milliers d'étoiles de toutes les couleurs naissaient sous mes doigts.

Elle les voyait, ces étoiles, ces flammes qui s'allumaient dans sa chair. Sans savoir comment, elle se retrouva couchée par terre, la bouche brûlante de Guy, tour à tour avide et tendre, partout sur son corps.

Et elle tanguait, tel un bateau dans la tempête, soupirant et gémissant.

Mais pourquoi refusait-il de la toucher là, entre les cuisses où son intimité palpitait douloureusement ? Elle l'agrippa, et il se mit à rire. Furieuse, elle tira sur cette maudite chemise de lin. Il se pencha complaisamment, se tortilla même pour qu'elle l'en débarrasse. Elle envoya valser la chemise, voulut de nouveau agripper Guy, l'attirer à elle, mais il résista.

Elle poussa un grognement, le regarda. Ses yeux verts pétillaient. Ce monstre s'amusait !

— Quelque chose ne va pas ? murmura-t-il.

— Tu ne me...

— Quoi donc ?

— Il faut que je te fasse un dessin ? Tu ne sais plus où est mon...

Du bout de la langue, il titilla son mamelon. Malgré elle, elle se cambra de nouveau.

— Ton quoi, ma belle ?

— Oh... je te tuerai pour ça !

— Oui. Très bien.

Il promena sa bouche – la traîtresse – sur sa poitrine, son ventre. Elle écarta les cuisses pour qu'il comprenne, mais il ne réagit pas.

— Espèce de mufle, maugréa-t-elle. Tu es abominable, tu es... oh...

Il avait enfin trouvé son sexe. Sa bouche l'avait trouvé. En proie au vertige, elle redressa la tête pour le regarder. Il était entre ses cuisses, il la caressait avec sa langue, puis il pressa son pouce sur...

Oh, Seigneur.

Elle passa une jambe sur son épaule. Elle vit un sourire dans ses yeux verts. Il avait l'air content de lui, c'était exaspérant ! Bon Dieu, elle avait envie de l'étrangler, de l'embrasser, de le frapper et de l'aimer.

— Tu veux toujours me faire un dessin, ma belle ?

Avec un cri étouffé, elle se laissa retomber au sol, chiffonnant de ses doigts la soie et le velours de la robe de chambre indienne, tandis que la bouche de Guy poursuivait la délicieuse exploration que ses doigts avaient commencée.

Elle ferma les paupières et s'abandonna aux sensations qui transformaient son sang en un fleuve d'or en fusion, la parcouraient du bout des orteils à la pointe des cheveux et tournoyaient, brûlantes, au creux de son ventre, enflant sous la bouche de Guy qui...

S'arrêtait.

— Non... se plaignit-elle. Ne t'arrête pas. Tu dois... Il faut...

Il planta ses yeux dans les siens. Puis ses doigts et sa bouche la fouillèrent de nouveau, jusqu'à ce qu'elle explose.

Pantelante, secouée de spasmes, elle retomba mollement sur le tapis. Guy s'allongea près d'elle, et elle se blottit contre lui, tel un chaton repu.

Ils ne bougeaient plus, ne parlaient pas. Le feu crépitait, la pendule tictaquait. Le cœur d'Arabella s'apaisait, la volupté se dissipait, et les rouages de son esprit recommençaient à tourner.

Elle avait demandé, et il lui avait donné ce qu'elle désirait. Elle avait surmonté sa peur, et il lui avait témoigné de la tendresse sans se laisser décourager par sa violence. Jamais elle ne s'était sentie aussi pleinement elle-même.

Elle se redressa à demi pour le contempler. Il se reposait, un bras replié sur son visage. Elle posa la main à plat sur son torse, comme pour le faire sien.

— Maintenant, c'est à moi de te caresser, dit-elle d'une voix sourde et étrangement enjouée.

Il retira le bras de son visage, la regarda. Elle avait les lèvres meurtries par les baisers, les cheveux emmêlés, le regard brûlant.

— J'ai promis que nous ne ferions rien de plus. Tu as voulu que je te caresse, je t'ai caressée. C'est tout.

— Revoilà ton sens de l'honneur.

— Oui, c'est une malédiction, reconnut-il.

— Moi, je n'ai pas à me conduire honorablement.

— Tu es une redoutable séductrice, une polissonne.

Les ongles d'Arabella griffaient doucement sa poitrine.

— Aucun homme ne m'a jamais traitée de polissonne.

— Parce que les hommes sont des imbéciles.

— Tous, sauf toi.

— Évidemment.

Un délicieux vertige le saisit tandis qu'Arabella, un sourire aux lèvres, promenait les mains sur son ventre, frôlait la ceinture de son pantalon. Elle avait forcément remarqué le renflement de sa braguette, mais ne s'en occupait pas.

— Tu es maintenant à ma merci, chuchota-t-elle. Et comme je suis une redoutable séductrice doublée d'une polissonne, je vais me servir de toi pour mon plus grand plaisir.

De ses doigts agiles, elle dégrafa le pantalon, lui ordonna d'une chiquenaude de soulever les hanches. Il sentit tous ses muscles se tendre quand elle acheva de le déshabiller, grogna plaintivement lorsque sa chevelure effleura sa peau.

C'était encore mieux qu'il ne l'avait imaginé.

— Se laisser caresser est merveilleux, murmura-t-elle, mais caresser l'est encore plus. Je suis contente que tu aimes jouer.

— Pourquoi ?

— Parce que tu es un jouet parfait.

Il rouvrit vivement les yeux, vit un grand sourire illuminer le visage d'Arabella. Elle referma la main sur son membre érigé. Sans la moindre hésitation. Guy n'avait plus qu'à se soumettre.

— Attention, gémit-il.

— Tu aimes ?

Elle le caressait et le scrutait avec une curiosité quasi scientifique. Puis elle inclina la tête, effleura de ses lèvres son ventre, ses hanches, ignorant sa verge qui se pressait contre sa joue. Dieu du ciel, à quel moment son Arabella, si digne, si difficile, était-elle devenue cette... cette... ?

— Polissonne, souffla-t-elle comme si elle l'entendait penser.

— Tu vas me torturer, n'est-ce pas ? demanda-t-il, fasciné par la vue de ce visage parfait si près de son membre.

Elle écarquilla les yeux d'un air angélique.

— C'est une possibilité ? Ah... mais oui.

— Que vas-tu me faire ?

— Ce qui me plaira. Si j'étais une redoutable séductrice, que ferais-je à présent ?

Elle étudia sa verge, longuement, fit coulisser ses doigts le long de cette colonne dure comme la pierre.

— Je ferais... ça.

Et elle le prit dans sa bouche. Sans la moindre hésitation. Guy bascula en arrière, sa tête heurta le sol. Suivant le conseil qu'il lui avait donné, il s'abandonna.

Tout son corps flambait. Alors que le plaisir lui déchirait les reins, il eut le réflexe de se retirer et de saisir sa chemise pour y répandre sa semence.

Puis il se laissa retomber sur le tapis, exténué, vidé de son énergie. Comme il était bon et naturel de se donner à cette femme, de se laisser dominer, de rendre les armes.

Il l'attira contre lui et ils restèrent ainsi, peau contre peau, cœur contre cœur.

— Je te vois autrement, à présent, murmura-t-il en lui caressant le dos.

Elle eut un tressaillement, puis se pressa de nouveau contre lui. Elle baissait le pont-levis, suffisamment pour qu'il se faufile dans la forteresse.

— Mais je ne comprends toujours pas ce qui s'est passé à Londres, poursuivit-il. Explique-moi.

Il la sentit se raidir, aux aguets comme si le danger rôdait autour d'elle.

Pourvu qu'elle ait suffisamment confiance en lui pour parler. Il avait besoin de savoir.

Elle s'écarta, et il n'essaya pas de la retenir. Elle s'assit, entourant ses genoux de ses bras, ses longs cheveux masquant à demi son visage.

— Arabella ? murmura-t-il en s'asseyant à son tour.

— Sculthorpe... Il était, comment dire, obsédé par ma virginité. Il voulait par-dessus tout me déflorer, il me le répétait. Cela me révulsait.

Soudain, tout était clair.

— Alors tu as décidé de le priver de ce plaisir. Voilà ce que tu attendais de moi, cette nuit-là.

— Mais il a compris que je n'étais plus vierge et il... il était furieux.

— Il est pourtant parti sans dire un mot là-dessus. Je me trompe peut-être sur son compte, mais j'aurais cru qu'il se ferait une joie de le clamer sur les toits.

— Tu ne te trompes pas. C'était son intention.

Il attendit la suite, en vain. Elle posa le menton sur ses genoux, fixant sur Guy un regard indéchiffrable.

— Pourquoi n'a-t-il rien dit ?

— Parce que je savais quelque chose le concernant, répondit-elle d'une voix sourde. Je l'ai menacé, s'il révélait mon secret, de révéler le sien.

Il sursauta. Arabella tourna la tête vers les flammes qui dansaient dans la cheminée.

— Tu as recouru au chantage pour le faire taire.

Elle resta un long moment silencieuse. Une bûche s'écroula dans une gerbe d'étincelles.

— Je suppose que c'est le mot juste, admit-elle enfin, retrouvant sa moue dédaigneuse.

— Mais pourquoi as-tu agi de cette façon ?

— Parce que je le pouvais, et parce que cela a produit l'effet escompté. Parce que je voulais vaincre Sculthorpe, et j'y suis parvenue.

Elle haussa les sourcils, le défia du regard.

— Outre mes innombrables péchés, je pratique effectivement le chantage. Tu dois être horrifié.

— Qu'avait-il fait exactement ? Tu ne me dis pas tout.

Elle détourna les yeux.

— Je t'en ai dit assez.

« Parle-moi », implora-t-il en silence. Peut-être avait-elle commis un acte impardonnable. Comment savoir ? Si elle se taisait, si elle n'avait pas confiance en lui, comment pourrait-il lui accorder sa confiance ?

Ils étaient toujours dévêtus devant le feu qui crépitait paisiblement dans la cheminée, cependant leur intimité s'était évaporée comme une brume, et Guy se sentait soudain terriblement nu.

Pourquoi insistait-il ?

Elle avait manifestement obtenu ce qu'elle désirait, et maintenant elle ne voulait rien de plus. En tout cas, elle n'envisageait pas son avenir avec lui. « Ce serait abominable », avait-elle dit l'autre jour au bord du lac.

Elle lui manquait déjà, même si elle était assise près de lui, si froide et fermée qu'il ne savait pas si elle se cachait ou se révélait, et cette incertitude le déchirait. Si seulement il pouvait retrouver leur complicité, leur passion et leur communion ! Hélas, une muraille infranchissable les séparait à présent, une muraille qu'Arabella avait érigée et contre laquelle il se cognait le crâne. Assez !

Il sauta sur ses pieds, récupéra son pantalon et se dépêcha de l'enfiler. Muette, la jeune femme le regardait. Elle était assise sur la robe de chambre indienne, et comme il ne voulait pas lui demander de se déplacer, il ramassa sa chemise souillée et, torse nu, se dirigea vers la porte.

Il s'immobilisa, la dévisagea. Qu'elle dise quelque chose, n'importe quoi !

Elle garda le silence.

— Il faut en finir, déclara-t-il d'une voix mal assurée. Je partirai demain. Je t'écrirai. Ton plan se déroulera comme prévu.

Le vide qui se creusait en lui menaçait de l'engloutir. Sans attendre de réponse, il se rua dans le hall obscur et froid.

Arabella contemplait le feu mourant. Un frisson glacé la parcourut.

Quelques minutes plus tôt, elle était blottie contre Guy, elle avait chaud, elle était au paradis. Mais, bien sûr, cela n'avait pas duré.

Lorsque Guy l'écoutait, la complimentait, la taquinait, la caressait, elle se sentait forte et désirable, elle se sentait acceptée, vivante, heureuse et libre... Mais elle avait toujours su que, tôt ou tard, d'une manière ou d'une autre, cela finirait.

Voilà, c'était fini.

Trop lasse pour se rhabiller, elle se drapa de la robe de chambre indienne de Guy. La soie et le velours étaient imprégnés de son odeur, de sa chaleur ; ils avaient la douceur de ses mains.

Elle essuya les verres, saisit ses vêtements et ses épingles à cheveux, supprimant toute trace du moment qu'ils avaient passé ensemble dans cette pièce.

Elle regagna sa chambre, qu'éclairaient une simple chandelle et les braises rougeoyant dans la cheminée. Elle accomplit son rituel nocturne, fit sa toilette, se brossa les cheveux et les natta. Ses gestes étaient plus brusques qu'à l'accoutumée, comme si cela pouvait effacer le souvenir des caresses de Guy.

Dans le tiroir de la commode, son regard tomba, comme toujours, sur le portrait d'Oliver. Elle saisit la miniature, effleura le cadre délicatement ouvragé.

— J'ai fait un beau gâchis, murmura-t-elle.

Tu ne pouvais pas trouver les mots justes, non ?

Pourquoi avait-elle refusé de raconter toute l'histoire à Guy ? Pourquoi son orgueil était-il intervenu une fois de plus au mauvais moment ?

— Il a dit qu'il désirait me connaître.

S'il te connaissait vraiment, il ne voudrait pas de toi.

— Oh, Oliver… qu'est-ce qui cloche chez moi ?

Peut-être n'était-il pas nécessaire d'agir comme elle l'avait fait, peut-être y avait-il d'autres moyens de régler ses problèmes. Peut-être était-elle affligée d'une tare mentale qui la poussait à concevoir des stratagèmes condamnables.

Malheureusement, elle était comme ça. Elle ne savait pas comment changer.

Et voilà pourquoi elle était seule.

— Pourquoi a-t-il fallu que tu nous quittes, Oliver ? Nous étions heureux, avant. Si tu étais encore là, rien de tout cela ne serait arrivé.

Une larme tomba sur le visage d'Oliver. Elle l'essuya et replaça la miniature dans le tiroir.

Puis retira la robe de chambre indienne et enfila sa chemise de nuit. Elle se mit aussitôt à trembler de froid. Ramassant vivement la robe de chambre, elle s'en enveloppa et se glissa dans son lit, lovée dans l'odeur et la chaleur de Guy.

21

Ursula fonçait vers lui au galop en criant son nom. Guy la souleva de terre avant qu'elle ne tombe et la fit tournoyer jusqu'à ce qu'elle éclate de rire.

— Je dois partir pour Londres, Petite Ourse. Mais je reviendrai te chercher, et tu vivras avec moi, je te le promets. Je t'aime.

Elle bredouilla quelque chose qui ressemblait à « je t'aime aussi », et Guy décréta qu'elle le pensait vraiment.

Il la reposa au sol puis s'accroupit devant elle. Elle noua les bras autour de son cou et il la serra contre lui, avec l'espoir de trouver dans cette étreinte une consolation, un remède au vide atroce qui le fouaillait.

Il avait souffert toute la nuit, torturé par l'envie de rejoindre Arabella dans son lit, de la prendre dans ses bras et de dormir près d'elle. Au réveil, ce sentiment de perte le tourmentait toujours, même s'il se répétait qu'il n'avait rien perdu.

— Nous aurons bientôt notre maison, dit-il à Ursula. Nous serons une famille heureuse.

Elle lui tapota la joue en crachotant « je veux une jolie maison et du gâteau tous les jours » – c'était du moins ce qu'elle aurait pu dire, et il décida de s'en satisfaire.

Bien sûr, son foyer ne ressemblerait pas du tout au nid qu'il avait imaginé, douillet et harmonieux. Ursula était une enfant remuante, et Freddie une rebelle.

Il les aimait comme ça.

Il se mit en quête de Freddie, priant de la dénicher avant qu'Arabella ne rentre de sa promenade à cheval. Mais, dans le salon de musique, il ne trouva que lady Treadgold, manifestement bouleversée, et Matilda Treadgold qui semblait désorientée.

— Mais où est-elle ? soupirait lady Treadgold en se tordant les mains. Lady Frederica sait pourtant que nous avons besoin d'elle ici.

— Pour quelle raison ? s'étonna miss Treadgold. Il n'y a rien de prévu, et en principe qu'elle sorte seule ne vous dérange pas.

— Oui, mais aujourd'hui…

— Qu'y a-t-il de spécial, aujourd'hui ?

— Je dois voir Freddie immédiatement, intervint Guy, agacé.

— Tu comprends ? dit lady Treadgold à sa nièce. Le marquis désire la voir, or elle n'est pas là et… Oh, elle porte cet affreux pantalon turc. J'ignore d'ailleurs comment elle l'a récupéré.

— Bon, je vais la chercher, grommela Guy.

Il préférait parcourir le domaine pour trouver Freddie plutôt que rencontrer Arabella.

La chance le guida jusqu'aux ruines de l'abbaye, où il aperçut la jeune fille. Il sauta à terre et attacha son cheval près de celui de sa sœur. Elle portait son pantalon turc avec une chemise d'homme, un gilet et des bottes – une tenue excentrique et mal assortie.

Indifférente au danger, elle escaladait agilement un mur à moitié effondré qui flanquait jadis un long couloir.

Guy grimpa à sa suite. Quand il rejoignit Freddie, elle était assise en tailleur sous l'arc d'une ancienne fenêtre.

Il s'installa à côté d'elle. De là, on avait une vue magnifique sur la mosaïque ondulante des champs et des bois, ponctuée de villages, de manoirs et de ruisseaux.

— Tu es une sacrée grimpeuse, commenta-t-il. Ce pantalon turc est parfait pour ce genre d'exercice, cependant il déplaît énormément à lady Treadgold.

— Elle me l'avait confisqué, mais Arabella s'est débrouillée pour le récupérer.

Il sentit son cœur se serrer. Une fois de plus, Arabella avait gentiment aidé quelqu'un.

— Comment sais-tu où poser les pieds pour ne pas tomber ? demanda-t-il.

— Je suis mon instinct.

— Une philosophie de vie…

Freddie se mit à arracher la mousse qui tapissait les pierres.

— Les gens me disent toujours ce qu'il faut faire, comment je dois être et ce que je désire. Si je les écoutais, ma tête exploserait.

— Tu sembles n'écouter personne.

Freddie soupira.

— Arabella m'a dit de te donner une deuxième chance.

— Vraiment ?

— Elle m'a conseillé de te parler. Elle a dit que toi, tu m'écouterais.

Il s'obligea à chasser de son esprit le souvenir d'Arabella, distante et froide, qui refusait de se confier à lui.

— Bien sûr, mais… explique-moi.

— J'ai dix-neuf ans, et il paraît que je dois me marier, sinon je finirai moisie au fond d'un placard. Moi, ça ne me dérange pas. Je crois que je serais très bien au fond d'un placard.

Guy ouvrit la bouche pour protester, se rappela qu'Arabella avait promis qu'il écouterait. Il se ravisa et essaya de comprendre.

— Tu ne souhaites pas avoir des enfants un jour ? J'ai aimé ma vie d'aventures mais, ces dernières années, j'en suis venu à rêver d'un vrai foyer, d'une compagne, d'une famille…

— D'après mon expérience, une famille se résume à un groupe de personnes qui me dictent ma conduite, rétorqua Freddie en jetant les brins de mousse dans le vide. Quand je serai majeure, j'aurai assez d'argent pour faire ce qui me chante.

— L'avantage, quand on atteint la majorité, c'est qu'on peut remodeler sa propre famille afin qu'elle soit conforme à ce qu'on veut.

Pensive, la jeune fille renversa la tête pour scruter le ciel. Ai-je trouvé les mots justes ? se demanda Guy. Comme la veille avec Arabella. Mais avec elle, cela n'avait pas suffi.

— Je m'en vais aujourd'hui, reprit-il. Je retourne à Londres, et ensuite à Roth Hall. Aimerais-tu m'accompagner ?

Sa sœur pivota si vite qu'il craignit qu'elle ne dégringole de leur perchoir.

— Oh oui, s'il te plaît ! Il faut que je parte d'ici.

— Pourquoi ? Les Treadgold ont fait quelque chose qui…

— Oh, je n'ai rien à leur reprocher, le coupa-t-elle. Je crois que j'ai fait une bêtise.

— Comment ça ? Qu'est-ce que tu as fait ?

— Rien.

Guy réprima un geste d'impatience. Freddie parlerait quand elle serait prête.

— Sir Walter ne me laissera pas partir avec toi.

Mais sir Walter s'était mal conduit et devrait rendre des comptes à la justice, par conséquent…

— Je réussirai à le convaincre.

— Et ton mariage ?

— Tout est sous contrôle.

En réalité, il ne contrôlait plus rien. Contrairement à Arabella. Elle avait un plan, elle avait Hadrian Bell. Elle n'avait pas besoin de lui.

— Tu veux dire que je pourrais vivre avec toi ?

— Si tu le souhaites. Et Ursula aussi, si je parviens à mes fins.

Freddie opina, de nouveau pensive.

— Matilda me manquera. Et si elle vivait avec nous, elle aussi ?

Guy pourrait capituler et épouser miss Treadgold, qui était si charmante et si peu exigeante. Il aurait une existence tranquille. La tranquillité était une bénédiction. Avec Arabella, il ne connaîtrait jamais la paix.

Mais il ne s'ennuierait pas.

Il se redressa et tendit une main à sa sœur, qui la prit.

— Viens, Freddie. On s'en va.

Sir Walter recevait un invité au salon, annonça Ramsay à Guy lorsque celui-ci pénétra dans le hall avec Freddie. Ramsay avait les lèvres pincées et tripotait les boutons de son gilet avec une nervosité qui ne seyait guère à un majordome.

— Lord Hardbury… poursuivit-il. Peut-être auriez-vous la bonté de nous venir en aide… Il faut nous débarrasser de cet invité qui n'est pas le bienvenu. Mais il ne partira pas tout seul. Lady Belinda n'est pas là, et M. Larke ne veut pas être dérangé. Si... Si vous étiez disposé à...

Guy se ruait déjà dans le salon.

L'invité indésirable n'était autre que lord Sculthorpe.

Il trônait dans un fauteuil, vivante incarnation du gentleman idéal, face à la famille Treadgold : sir Walter qui arborait un sourire satisfait, lady Treadgold qui paraissait mal à l'aise, et miss Treadgold qui, les joues roses, étudiait ses ongles.

Inutile de demander la raison de cette visite. Un nouveau mariage. Pauvre miss Treadgold.

— Vous n'êtes pas le bienvenu, lança Guy sans préambule. Allez-vous-en.

Sculthorpe se leva nonchalamment, salua Guy d'une brève inclination de tête. Un sourire onctueux étira ses lèvres.

— Voilà enfin ma fiancée bien-aimée.

Miss Treadgold gardait les yeux rivés sur ses ongles. Guy se retourna... et ne vit que Freddie sur le seuil, pâle comme un linge.

Sculthorpe la couvait des yeux, Freddie scrutait le sol, sir Walter souriait jusqu'aux oreilles.

— Des félicitations s'imposent, commenta ce dernier.

— Freddie ? lança Guy. Tu m'as dit que tu ne voulais pas te marier.

— Je t'ai aussi dit que j'avais fait une bêtise, répliqua-t-elle avec une grimace qui crispait son visage d'elfe.

Sculthorpe s'approcha d'elle, la main tendue.

— Allons, ma petite colombe, susurra-t-il. Il ne...

— Bas les pattes, ordonna Guy en s'interposant entre sa sœur et le baron. Vous ne la touchez pas, vous ne la regardez pas, vous ne lui parlez pas.

— Voilà qui compliquera notre nuit de noces, s'amusa Sculthorpe. N'est-ce pas, Frederica, ma rêveuse petite... colombe.

— Ma sœur ne vous épousera pas.

— Elle y est pourtant décidée.

— Non ! s'écria Freddie. J'étais simplement... curieuse.

— Je promets de satisfaire votre curiosité, rétorqua Sculthorpe avec un rire gras.

Guy lui donna une bourrade.

— Vous voulez que je vous administre une raclée, mon vieux ?

— Pas dans le salon, Hardbury. D'ailleurs, n'oublions pas ce qui s'est passé la dernière fois que vous m'avez défié. Quand je vous ai laissé, vous pleurnichiez, le nez dans la poussière. Vous vous rappelez ?

— Oui, je m'en souviens.

— Je recommencerai s'il le faut. Mais je préfère ma solution : vous m'avez pris ma fiancée, je prends votre sœur. Ce n'est que justice, non ?

— Vous avez vraiment l'esprit tordu.

— Dans ma jeunesse, j'ai découvert à mes dépens la perfidie féminine, poursuivit Sculthorpe. J'attends depuis qu'une femme me prouve que j'avais tort. Ce sera peut-être votre sœur.

Appuyée contre le chambranle, comme si ses jambes ne la portaient plus, Freddie dardait sur Sculthorpe un regard plus furieux qu'effrayé. Les trois Treadgold, quant à eux, ne perdaient rien du spectacle.

— Fichtre, dit Guy d'un ton faussement léger. J'ai une envie folle de vous écrabouiller la figure et de vous tailler en pièces.

— Quel noble courroux ! Malvenu, cependant. Les faits sont là : vous avez pris ce qui m'appartient, j'ai droit à une compensation.

— Bon sang de bois ! Les femmes ne sont pas des poupées que l'on se dispute !

Guy se tourna vers sa sœur.

— Que veux-tu, Freddie ? Sois claire.

— Je ne veux pas l'épouser.

— Ce n'est pas ce que vous m'avez dit, protesta Sculthorpe.

— Je ne vous ai rien dit, rétorqua Freddie d'un air mauvais. Vous avez supposé.

— Par tous les diables ! pesta Guy. Explique-toi, Freddie.

— Lady Treadgold m'a assuré qu'aucun homme ne désirerait me faire la cour, et que j'avais intérêt à épouser celui qu'on choisirait pour moi. Là-dessus, j'ai reçu une lettre de lord Sculthorpe. Il déclarait avoir rompu ses fiançailles parce qu'il était tombé follement amoureux de moi. Il me donnait un rendez-vous.

— Vous en étiez informés ? demanda Guy aux Treadgold. Freddie… tu es allée à ce rendez-vous ?

— Je voulais juste savoir ce que c'est d'être courtisée.

— Et c'était comment ? intervint miss Treadgold.

— Assommant. Il m'a débité des idioties, et il a surtout parlé de lui.

Guy serra les poings.

— Est-ce qu'il t'a… touchée ?

— Non. Enfin… il a baisé ma main, et c'était… tu vois.

— Non, je ne vois pas. C'était quoi ?

— Mouillé. Pfff… Je ne comprends pas comment on peut apprécier ce genre de chose. Ni pourquoi il faudrait épouser quelqu'un d'aussi ennuyeux et imbu de sa personne.

L'indignation qui se peignit sur le visage de Sculthorpe fit rire Guy. Il entoura de son bras les épaules de sa sœur et lui planta un baiser sur la tempe.

— Tu es prodigieuse, Freddie. Ce pauvre homme n'avait pas une chance.

— Elle est aussi perfide que les autres, lança Sculthorpe d'une voix sifflante. Mais peu importe, ma chère. Vous m'épouserez.

— Non, articula Freddie.

— Il n'en est pas question, renchérit Guy.

Sir Walter se leva brusquement.

— Avec tout le respect que je vous dois, lord Hardbury, la décision ne vous appartient pas. En tant que tuteur de lady Frederica, c'est à moi de lui choisir un époux. J'ai été investi de cette importante mission par votre défunt père.

— Ah. Voilà votre fourberie qui parle.

Guy aurait voulu qu'Arabella soit là. Lui n'était pas diplomate et n'essaierait même pas de louvoyer.

— Cessons de finasser, sir Walter. D'abord, vous comptiez marier Freddie à votre fils, et maintenant ça… Dès que le lord chancelier nous aura reçus, vous ne serez plus le tuteur de Freddie.

Sir Walter écarta les mains, vivante incarnation de l'innocence bafouée.

— Je ne vous suis pas, lord Hardbury. Notre chère lady Frederica a du mal à se lier d'amitié avec des jeunes gens. Il serait cruel de lui imposer les rituels de la saison mondaine. En outre, reconnaissez qu'elle manque de discernement. Quand je pense qu'elle a accepté ce rendez-vous galant avec lord Sculthorpe ! Je m'étais procuré cette licence de mariage qui s'est… égarée… car c'était une sorte d'assurance, au cas où elle aurait des ennuis et qu'il faudrait sauver sa réputation. Mais à présent, lord Sculthorpe est là. Il fera un mari convenable pour la sœur d'un marquis, convenez-en.

— Freddie ne veut pas l'épouser.

— Lady Frederica n'a pas l'âge de savoir ce qu'elle veut. Voilà pourquoi les jeunes filles comme elle ont des tuteurs. Et lord Sculthorpe m'a demandé sa main en bonne et due forme. Ce n'est tout de même pas comme s'il l'avait enlevée et emmenée en Écosse !

— Inutile de lui donner des idées, marmonna Guy.

Sir Walter mentait comme un arracheur de dents. La réapparition de Sculthorpe expliquait pourquoi il était de si bonne humeur, même après avoir constaté la disparition de la licence spéciale de mariage. Ces deux-là avaient dû se rencontrer à l'auberge du village. À présent, une question se posait : si l'affaire était portée en justice, la réputation de Freddie ne serait-elle pas définitivement entachée ?

Sculthorpe ricanait, car sir Walter avait raison : sur le papier, le baron était un bon parti pour Freddie.

Pourquoi Arabella n'était-elle pas là ? Elle saurait trouver une solution. Dans l'immédiat, Guy pouvait au moins s'inspirer de ses méthodes.

— Dites-moi, Sculthorpe, avez-vous confié vos petits secrets à sir Walter ? hasarda-t-il. Notamment celui qu'a éventé miss Larke.

Sculthorpe se raidit et lança un coup d'œil inquiet à sir Walter.

Ce qu'avait découvert Arabella n'était donc pas anodin.

Bon sang de bois ! Guy aurait dû lui tirer les vers du nez. Il aurait dû la rassurer, d'une manière ou d'une autre, lui promettre que, quoi qu'ait pu faire Sculthorpe, quoi que puissent faire les uns ou les autres, il serait toujours là pour la soutenir.

« Je suis mon instinct », avait dit Freddie.

Ah, satanée Freddie ! Sans jugeote parfois, et parfois capable de sagesse.

Eh bien, lui aussi suivrait son instinct qui lui soufflait de s'en remettre à Arabella.

Guy s'approcha du majordome qui s'attardait sur le seuil du salon.

— Nous avons besoin de miss Larke, tout de suite, lui chuchota-t-il.

— Je crois qu'elle est sortie faire une promenade à cheval.

— Il faut que je prolonge la conversation jusqu'à son retour. Nous aurons également besoin de lady Belinda. Et si...

— Lord Hardbury ! l'interrompit sir Walter.

— Excusez-moi... vous disiez ? rétorqua Guy en pivotant, tandis que Ramsay s'éloignait en hâte.

Sir Walter jeta un regard oblique au baron, nonchalamment accoudé au manteau de la cheminée.

— Il me semble que nous pourrions trouver une autre solution. Je pense à notre précédent accord.

— Quel accord ?

— Vous épousez notre Matilda, et vous obtenez la tutelle de vos sœurs.

— Vous m'étonnerez toujours. Quand ça vous arrange, les dernières volontés de mon père ont force de loi, et quand ça ne vous arrange pas, vous passez outre allègrement.

— Il s'agissait d'un accord entre gentlemen.

— Encore faudrait-il que vous soyez un gentleman.

Sculthorpe ricana. Il tournait et retournait entre ses doigts son étui à cigares en argent.

— Je vous rappelle, sir Walter, que nous avons aussi un accord, articula-t-il.

— Vraiment ? lança Guy. Que vous a offert lord Sculthorpe en échange de ma sœur ?

— Vous m'offensez, lord Hardbury ! se récria sir Walter. Je ne défends pas mes intérêts, je...

— Taisez-vous, Treadgold ! le coupa Sculthorpe. Vous êtes un filou, nous le savons tous. Pour votre gouverne, Hardbury, j'ai proposé de lui offrir deux mille livres par an. Même chose pour son fils. C'est ainsi que procédait votre cher père.

— Merci, je m'en souviens. Et je constate que la corruption ne se démode pas. Bien joué, sir Walter. Maintenant, voyons si j'ai bien compris.

Guy jeta un coup d'œil par la fenêtre, dans l'espoir d'apercevoir Arabella. Il craignait de ne pouvoir se retenir d'étriper ses interlocuteurs.

— En résumé, pour tirer Freddie des griffes de Sculthorpe, je dois épouser Matilda et, donc, rompre avec miss Larke.

— Elle ne l'aura pas volé, commenta Sculthorpe en rempochant l'étui à cigares. Allons, Hardbury, vous n'êtes pas si naïf : vous savez quel genre de femme est miss Larke.

— Je sais qui elle est, en effet.

Guy planta son regard dans celui du baron, dont les traits se crispèrent. Il aurait pu y avoir une bagarre dans le salon de lady Belinda, sans l'intervention de sir Walter :

— Que décidez-vous, lord Hardbury ?

— Je n'entrerai pas dans ce jeu répugnant. Sculthorpe, vous n'épouserez pas ma sœur. Sir Walter, je n'épouserai pas miss Treadgold.

Sculthorpe haussa les épaules.

— Très bien. Dans ce cas, c'est moi qui épouserai miss Treadgold. Elle non plus n'a pas repoussé mes avances.

Sir Walter sursauta.

— Que… Que voulez-vous dire ?

— Vous vous êtes empressés, votre femme et vous, de faciliter mes rencontres avec lady Frederica, mais j'ai également eu quelques rendez-vous des plus agréables avec votre nièce. Elle est très entreprenante.

— Il vous a donné un rendez-vous galant, à vous aussi ? demanda Freddie à Matilda.

Les joues rouges, celle-ci baissa le nez d'un air penaud.

— J'explorais les ruines de l'abbaye quand il est apparu et m'a déclaré sa flamme. Je ne me doutais pas qu'il vous fréquentait aussi.

— Allons, mes petites colombes, ne vous écharpez pas à cause de moi ! J'ai apprécié nos tête-à-tête.

Sculthorpe jeta un regard circulaire.

— Oh, épargnez-moi ces mines réprobatrices ! Je ne les ai pas compromises, ce n'était pas nécessaire. Chacune a son charme, ajouta-t-il avec un large sourire, pourvu qu'elle soit chaste. Et maintenant, miss Treadgold, lady Frederica… laquelle de vous sera ma femme ?

— Ni l'une ni l'autre ! lança une voix cinglante.

Arabella était là. Dieu merci !

Elle se tenait sur le seuil, droite et fière dans son amazone rouge, chapeautée et gantée. Les yeux étincelants, elle frappait la paume de sa main avec sa cravache.

Elle regardait fixement Sculthorpe. Lentement, elle pointa la cravache vers lui, tel l'ange vengeur brandissant son épée de feu.

— Personne n'épousera cet individu.

22

Arabella s'obligea à détourner les yeux, résistant à l'envie de se ruer sur le malotru pour lui faire tâter de sa cravache, et observa les autres protagonistes.

Lady Treadgold était visiblement stupéfaite. Sir Walter affichait un air outragé. Matilda et Freddie, près de la fenêtre, semblaient ravies.

Quant à Guy... Elle n'avait pas la force de le regarder, cependant elle le voyait. Il s'était interposé entre Sculthorpe et les jeunes filles, sur le qui-vive, prêt à bondir.

— Arabella, dit-il. Nous avons besoin de vous.

Elle fut bien obligée de le regarder, et il soutint son regard sans ciller. Elle s'interrogeait sur la signification de ses paroles quand la voix de sir Walter retentit :

— Ceci ne vous concerne pas, miss Larke. Vous pouviez vous marier avec lord Sculthorpe, vous avez gâché cette chance. Maintenant, il épousera...

— Il suffit ! articula Arabella, frappant de nouveau la paume de sa main avec sa cravache, ce qui cloua le bec de sir Walter. Je le répète, pour ceux qui n'auraient pas compris : personne n'épousera cet individu.

Voilà, la machine était lancée. Elle allait devoir révéler les violences qu'elle avait subies. Le monde entier découvrirait dans les gazettes qu'elle était une pitoyable victime. Par représailles, l'avocat de Sculthorpe clamerait que le pauvre baron avait le cœur brisé – en apprenant que sa fiancée le cocufiait, la douleur lui avait fait perdre son sang-froid.

Cependant, elle ne reculerait pas. Pour Freddie, pour Matilda, et pour toutes celles qui auraient le malheur d'attirer l'attention de Sculthorpe. Elle irait jusqu'au bout, quitte à se détruire.

Cela détruirait également Guy, quoique d'une autre façon. S'il reconnaissait avoir tenu son rôle dans cette histoire, il serait contraint de l'épouser. Faute de quoi, il serait à son tour accusé de goujaterie.

Mais pourquoi l'avouerait-il ? Après tout, c'était elle, la scélérate qui l'avait suborné, et qui avait fait chanter Sculthorpe.

C'était elle qui brandissait une cravache, avec une envie folle de s'en servir.

Pourquoi un homme honnête et respectable voudrait-il d'une femme comme elle ?

Elle prit une inspiration.

— Lord Sculthorpe est une brute.

Guy sursauta.

— Attention à ce que vous dites, miss Larke, postillonna sir Walter. Le baron est un héros de guerre.

— Et j'épouserai qui je veux, décréta Sculthorpe.

Par défi, il montra d'un geste les deux jeunes filles. Révoltée, Arabella lui donna un coup de cravache sur le poignet.

— Comment osez-vous ? glapit-il en s'écartant d'un bond.

— Il ne faut pas que cet homme se marie, déclara-t-elle à la cantonade. Il m'a jetée à terre et bourrée de coups de pied, et il...

Elle fut interrompue par le rugissement de Guy, qui se ruait sur Sculthorpe. Celui-ci se baissa pour esquiver mais Guy, plus rapide, l'empoigna. Lui bloquant un bras derrière le dos, il le poussa en avant. Comme Sculthorpe se débattait, un coup bien ajusté lui coupa les jambes. Ses rotules craquèrent lorsqu'il tomba à genoux devant Arabella.

Il se contenta de ricaner.

— Vous devez être mieux que je n'osais l'imaginer, pour que le marquis nous fasse cette démonstration de virilité. Mais moi, je vais prendre sa sœur parce que...

— Je vous conseille de vous taire.

— ... parce que c'est manifestement lui qui...

Il n'acheva pas sa phrase car Arabella, sans lâcher sa cravache, remontait lentement sa manche sur son bras.

Elle plongea son regard dans le sien, et y retrouva le moment où il l'avait frappée, meurtrie et maudite. Où il avait pleurniché comme un petit garçon, parce qu'Arabella lui appartenait et qu'un autre la lui avait volée, de même que son frère lui avait autrefois volé celle qu'il considérait comme son bien. Pour lui, Arabella n'était pas un être humain mais un trophée à exhiber, un objet à posséder et utiliser à sa guise.

Dieu qu'elle haïssait cette figure abjecte, ces yeux qui papillotaient à présent, rivés sur la cravache. Ah, il n'était pas beau à voir, agenouillé devant elle, maintenu par un homme plus fort que lui ! Car il n'était rien. Une loque.

Elle entendit vaguement Guy prononcer son nom et ne réagit pas. Il devait la trouver répugnante.

Tant pis. Il avait voulu la connaître ? Eh bien, il était servi.

Il lâcha Sculthorpe et s'écarta, cependant le baron n'en profita pas. Il dévisageait Arabella avec un rictus de défi.

— Vous avez l'intention de me fouetter, miss Larke ?

— Si je le faisais, baron, ce serait le seul plaisir que vous pourriez me procurer.

Un silence de plomb s'abattit sur le salon. Plus rien ne bougeait. Et soudain, la rage submergea Arabella. Elle vit Sculthorpe grimacer ; il avait deviné ce qu'elle voulait faire. Elle éprouva un fugitif sentiment de triomphe en le voyant se tasser sur lui-même, attendant le coup… qui ne vint pas.

Il rouvrit les yeux. Arabella contemplait sa main vide. Plus de cravache.

Elle pivota. Lady Belinda se tenait derrière elle, la cravache dans ses mains gantées, les yeux voilés de larmes.

— Attention, ma chérie, dit-elle avec douceur.

— Écoutez votre mère, cracha Sculthorpe. Vous auriez dû l'écouter avant de…

Il n'eut pas le loisir d'achever sa phrase : Guy le fit basculer face contre terre. Sculthorpe se débattit en braillant, mais une fois de plus Guy lui tordit le bras et lui posa le pied sur l'épaule.

Arabella regarda Guy. Il était de son côté. Sa violence ne l'avait pas rebuté. Sa faiblesse ne l'avait pas écœuré.

Elle sentit sa colère s'envoler, cédant la place à une étrange sérénité.

— Bravo, dit-elle.

— Merci.

Tel un animal résigné, Sculthorpe ne bougeait plus.

— Superbes, ces bottes, déclara-t-elle à Guy.

— Et très confortables.

— Tant mieux. Un homme a besoin de bottes confortables.

Les autres les observaient d'un air ébahi, cependant Arabella ne voyait que ses yeux verts, lumineux comme un matin d'été.

— Tu as menti, murmura-t-il.

— Oui, je suis particulièrement douée pour le mensonge, autant que pour le tir à l'arc et la broderie.

Lady Belinda s'approcha et posa une main gantée sur le bras de sa fille.

— Merci, lord Hardbury. Je crois que nous en avons assez entendu. Auriez-vous la bonté d'aider lord Sculthorpe à quitter ma demeure ?

— Mais, lady Belinda... s'indigna sir Walter. Le baron est mon invité.

— Dans ce cas, vous pouvez partir aussi, sir Walter. Lord Hardbury, s'il vous plaît, escortez lord Sculthorpe jusqu'au perron. S'il ne parvient pas à trouver le chemin des écuries, ayez la gentillesse de le lui indiquer.

Guy releva le baron sans ménagement.

— À vos ordres, lady Belinda. Je crains toutefois de trébucher en le raccompagnant et de lui flanquer accidentellement mon poing dans la figure.

— Le chemin est effectivement truffé d'ornières qui risquent de vous faire perdre l'équilibre, admit posément lady Belinda. Soyez prudent, mais si l'accident se produit, je comprendrai.

Guy lâcha Sculthorpe, qui prit le temps de rajuster sa tenue.

— Que ce soit bien clair, lord Sculthorpe, déclara alors Arabella. Si vous vous avisez de courtiser une femme avec l'intention de l'épouser, je m'adresserai au lord chancelier ou aux journalistes. Ou bien je me rendrai à Hyde Park, dans le coin des orateurs, et je me percherai sur une caisse à savon pour dénoncer votre violence au monde entier.

— Personne n'y croira ! rétorqua sir Walter.

— Peut-être croira-t-on ma mère et ma femme de chambre, qui ont vu les ecchymoses sur mon corps ?

— Moi, je la crois, déclara Guy.

— Tant mieux, car c'est la vérité, intervint lady Belinda. Lord Sculthorpe, je vous suggère de partir avant que je ne perde patience et ne vous tue de mes mains.

Sculthorpe traînait les pieds, malgré les bourrades de Guy qui avait du mal à contrôler sa fureur. Ce sinistre individu avait frappé Arabella ! Pourquoi ne lui avait-elle rien dit ?

— C'est vous qui l'avez déflorée, n'est-ce pas ? lança Sculthorpe. C'est logique. Je l'ai compris quand on a annoncé vos fiançailles. C'est pour cette raison que je suis revenu.

— Vous n'auriez pas dû.

— Espèce d'hypocrite ! Dans cette histoire, vous êtes le scélérat. Moi, je n'ai rien fait de mal.

Guy l'empoigna et le secoua comme un prunier.

— Vous l'avez frappée, espèce de...

— Je lui témoignais de la bonté, et elle m'a trahi ! s'insurgea Sculthorpe. Avec vous ! Elle était à moi.

Secouant la tête, Guy s'écarta pour ne pas céder à la tentation de l'assommer.

— Vous n'avez fait aucun effort pour la comprendre.

— Nous nous comprenions très bien, rétorqua Sculthorpe avec amertume. Elle connaissait mes désirs et les partageait. Elle était à moi, et vous me l'avez volée.

— Arabella prend ses propres décisions.

— Pas encore marié et déjà dominé par sa femme ! railla le baron. Vous avez obéi à votre père pendant des années, et maintenant vous avez besoin d'une épouse pour vous dicter votre conduite.

— Vous êtes incurable, Sculthorpe. Après avoir frappé Arabella, vous auriez pu vous repentir et modifier votre comportement. Mais non. Un de ces jours, une autre femme vous dira quelque chose qui vous déplaira, alors vous la battrez comme plâtre et vous vous persuaderez que c'était votre droit.

— Elle était à moi ! répéta Sculthorpe en levant le bras.

Guy fit un pas de côté.

— Conduisez-vous en homme ! cracha Sculthorpe.

— Puisque vous insistez... grommela Guy, qui écrasa son poing sur la mâchoire du baron.

Lorsque Guy en eut terminé avec Sculthorpe, celui-ci n'était plus en état de monter à cheval. Il le traîna donc jusqu'aux écuries et l'abandonna dans la partie du bâtiment la plus ancienne, à présent vide.

— Vous avez une heure pour quitter les lieux.

— Vous avez grandi, Hardbury, ricana Sculthorpe, affalé sur une botte de paille. Le petit pleurnichard est devenu grand pour défendre une autre catin, ajouta-t-il en essuyant le sang qui coulait sur sa figure.

Guy s'éloigna. La bagarre l'avait stimulé et épuisé à la fois. Au passage, il ordonna à un palefrenier d'apporter de l'eau et des compresses à Sculthorpe, et de le prévenir si ce dernier n'était pas parti dans une heure.

Freddie et Matilda Treadgold, pâles et tremblantes, faisaient les cent pas dans le hall.

— Où aviez-vous la tête, toutes les deux ? lança-t-il. Accepter un rendez-vous secret avec un homme pareil ! Espérons que vos tuteurs ne l'ébruiteront pas. Mais à quoi pensiez-vous, bon sang de bonsoir !

— Je voulais savoir quel effet ça fait d'être courtisée, marmonna Freddie.

— Je me disais qu'un beau mariage serait une façon de témoigner ma gratitude à sir Walter et lady Treadgold, répondit Matilda.

— Et vous trouvez que ce sont des raisons valables ? gronda Guy.

— C'est facile, pour toi, persifla Freddie.

— Vous n'êtes pas à notre place, renchérit Matilda.

— Dieu du ciel ! Seriez-vous devenue une rebelle, miss Treadgold ?

— Miss Larke m'a dit que je devais m'exprimer. Elle a raison, ça fait du bien.

— Vous exprimer ? Elle a dit ça ?

L'hypocrite ! Même condamnée au supplice du chevalet par l'Inquisition espagnole, Arabella ne serait pas capable de parler d'elle.

À cet instant, lady Belinda les rejoignit, aussi imperturbable qu'à l'accoutumée.

— Il est parti ? demanda-t-elle.

Guy frictionna sa mâchoire douloureuse.

— Il se repose dans les écuries et s'en ira dès qu'il pourra tenir en selle. Mesdemoiselles, ce soir vous ne sortirez pas seules. Vous resterez à l'intérieur tant que nous ne saurons pas ce que le baron mijote. C'est un revanchard, il n'aime pas perdre.

— Lord Hardbury, s'il vous plaît ! protesta lady Treadgold qui accourait. Vous effrayez ces jeunes filles.

— Tant mieux. Cet homme est dangereux, et je vous rappelle, chère madame, que vous souhaitiez le voir épouser l'une d'elles.

— Pour l'une comme pour l'autre, il aurait été un bon parti. Ne dites pas le contraire.

— C'est déjà fait, grommela Guy, montrant son poing meurtri.

Comme Matilda regardait fixement ses doigts ensanglantés, il s'empressa de nouer les mains derrière son dos.

— Miss Treadgold ?

— J'aime les choses macabres.

— Matilda, veux-tu te taire ! la tança lady Treadgold.

— Lady Frederica aime chevaucher à califourchon, et moi j'ai un penchant pour le macabre. Voilà, c'est dit. Maintenant vous savez.

— Eh bien... oui, maintenant je sais, bredouilla Guy, dérouté. Euh... merci.

Sur quoi, les deux jeunes filles se sourirent et s'en furent d'un pas sautillant.

— Je crois que j'ai reçu trop de coups sur le crâne, grommela-t-il en se dirigeant vers l'escalier.

Lady Belinda lui barra la route.

— Excusez-moi, madame, dit-il d'un ton sec. Je désire m'entretenir avec ma fiancée.

— Arabella s'est retirée dans ses appartements. Suivez-moi dans mon boudoir, monsieur.

— J'ai besoin de voir Arabella.

— Vous ne verrez pas ma fille dans l'état d'agitation où vous êtes, avec le sang du baron sur les mains.

— Pour être honnête, il y a aussi quelques gouttes de mon sang.

— Et cela devrait me rassurer ?

Elle tourna les talons, et Guy fut bien obligé de la suivre dans une pièce élégante et douillette, au décor crème et lavande.

— Laissez-moi nettoyer vos mains, déclara lady Belinda quand il eut refermé la porte.

— J'apprécie vos attentions, milady, mais j'ai vraiment besoin de parler à Arabella.

— Vous avez surtout besoin de vous calmer.

Elle saisit un broc posé sur une commode et versa de l'eau dans une cuvette en porcelaine. Puis elle fit signe à Guy d'approcher. Il obéit de mauvaise grâce. L'eau fraîche sur les écorchures le fit grimacer, mais lady Belinda l'empêcha de retirer ses mains.

— J'avais de l'affection pour vous quand vous étiez enfant, déclara-t-elle tout en baignant ses plaies. Dans la mesure où mon époux et votre père avaient décidé de vous marier, Arabella et vous, je m'intéressais forcément à vous. Vous étiez joyeux, loyal, et vous aviez déjà l'étoffe d'un meneur d'hommes. Votre comportement s'est dégradé au fil des années, cependant j'ai déjà constaté qu'un jeune homme qui a une heureuse nature dans l'enfance la retrouve, la maturité venue. De fait, vous avez pris les décisions qu'il fallait prendre, et vous êtes devenu un homme pour qui j'ai de l'admiration.

— J'ai aussi pris des décisions regrettables, en ce qui concerne Arabella.

— Saviez-vous ce que lord Sculthorpe lui a fait subir ?

— Non, mais je me doutais qu'il s'était passé quelque chose de grave, et d'ailleurs j'ai vu...

Il se mordit la langue.

Je l'ai vue nue, j'ai vu cet hématome, et elle a menti : elle a prétendu qu'un cheval lui avait donné un coup de sabot. Mais vous êtes sa mère, je ne peux pas vous l'avouer.

— Vous avez vu... ?

— Je... euh... mon erreur.

Il se remémora la nuit, tout de suite après le départ de Sculthorpe, où il l'avait surprise en train de rôder dans le couloir. Elle devait être meurtrie, physiquement et moralement. Elle avait noué les bras autour de lui, en quête d'un peu de réconfort, et lui...

— Pourquoi refuse-t-elle de me parler ? reprit-il. Je l'ai croisée ce soir-là. Je lui ai demandé si elle avait besoin d'aide, et elle a... (Il crispa les poings.) Elle aurait pu me le dire. Me demander de l'aide.

Lady Belinda lui souleva les mains et les enveloppa dans un linge sec.

— Je crains d'avoir été trop sévère avec elle, soupira-t-elle. Je pensais que si elle était aussi parfaite que possible, son père s'apercevrait qu'elle était merveilleuse, et il cesserait de... Malheureusement, il n'a jamais compris qui elle était, quel trésor il avait. Il n'était jamais satisfait. Or Arabella est plutôt fière et indépendante.

— Oui, admit-il avec un petit rire désespéré. Oui, je sais.

— La dernière fois que j'ai entendu Arabella demander de l'aide à quelqu'un, elle avait dix ans. Elle s'adressait à son père. Il lui a dit de déguerpir. « Tu n'es qu'un parasite, un fardeau » – je le cite.

— Seigneur Dieu…

— Il ne lui a plus parlé aussi durement ensuite, mais elle n'a jamais oublié.

Au-dessus de la cheminée trônait un portrait, celui d'Oliver qui tenait les mains d'une fillette aux cheveux noirs. Il n'y avait pas d'autres images d'Arabella dans tout le manoir.

— C'est la maladie qui a emporté votre fils. Arabella n'y était pour rien.

Lady Belinda tourna le regard vers le tableau.

— Elle m'a demandé un jour si elle était coupable, parce qu'elle était depuis toujours la plus solide des deux. Elle voulait savoir si, dans mon ventre, elle avait pris égoïstement toute la place, ce qui l'avait rendue plus forte qu'Oliver, et si c'était à cause de cela qu'il avait succombé à la maladie, alors qu'elle avait survécu. J'ai tenté de mon mieux de la rassurer, mais ce que croit un enfant, au plus profond de lui-même, nous échappe.

— Et M. Larke ?

— Oliver promettait de devenir un scientifique comme son père. Mon mari se voyait en lui. Arabella n'avait aucune patience. Quand Oliver désirait observer le monde, Arabella voulait le réparer. Ce n'est pas une qualité qu'on apprécie chez une femme, mais elle ne peut pas changer pour plaire aux gens, ce n'est pas dans sa nature.

— Et j'en suis heureux.

— Moi aussi.

Elle acheva de lui sécher les mains, et reposa le linge.

— Vous demandiez pourquoi elle ne se confie pas à vous. Maintenant, vous comprenez.

Oui, il comprenait qu'Arabella avait besoin d'amour. Et il était là pour l'aimer. Un honneur, une responsabilité énorme qu'il était le seul à pouvoir assumer.

Pour se soustraire à la tyrannie paternelle, il s'était stupidement mis des œillères. Maintenant qu'il en était débarrassé, il voyait Arabella telle qu'elle était : une femme passionnée et combative qui commettait des erreurs, tombait et se relevait pour aimer et lutter encore. Une femme qui embellissait la vie, qui vous donnait le sentiment d'être à la fois aussi prodigieux et insignifiant qu'une goutte de lumière dans l'immensité de la nuit.

Soudain, Guy se félicitait d'avoir eu un père despotique, d'avoir croisé le chemin de Clare et de Sculthorpe, et d'avoir décidé, sur un coup de tête, de quitter l'Angleterre. Cet exil lui avait permis de devenir l'homme capable aujourd'hui de chérir Arabella Larke.

Et de la protéger contre les lâches et les imbéciles qui l'empêchaient d'être elle-même.

Bon sang, qu'il avait hâte de voir ça ! Quand elle cesserait de se mortifier pour plaire à son père, imaginez les prouesses qu'elle accomplirait !

— Elle est dans sa chambre à présent, où vous ne devez pas vous rendre, déclara lady Belinda. La maisonnée est sens dessus dessous, j'ai beaucoup à faire, il n'y aura donc personne pour vérifier que vous n'allez pas retrouver ma fille.

Sur quoi, elle ouvrit la porte.

— Bonsoir, lord Hardbury.

— Lady Belinda...

Dans le couloir, Guy analysa le bizarre petit discours de lady Belinda. Il n'avait pas la subtilité d'Arabella et de sa mère. Mais il faisait des progrès.

Il s'élança vers la chambre de la jeune femme.

23

Des pas dans le couloir. La démarche énergique de Guy.

Le cœur battant, Arabella se leva d'un bond et joignit les mains. La porte de la chambre s'ouvrit. Il s'immobilisa sur le seuil.

Quand ils se regardèrent, ils eurent le même tressaillement. Guy avait la cravate de travers et une écorchure au menton. Elle aurait voulu le prendre dans ses bras, mais elle ne bougea pas.

— Il t'a fait mal, articula-t-elle.

Avec un rire rauque, il referma la porte d'un coup de pied et s'y adossa si lourdement que, sur le mur, une gravure glissa sur son crochet. Comme Arabella lui jetait un regard furtif, Guy se détacha péniblement du battant et remit le petit tableau d'aplomb.

— Je regrette que tu ne te sois pas confiée à moi. Tu l'as dit à tout le monde, mais pas à moi.

— Il fallait que je parle, pour Freddie et Matilda.

— J'aurais aimé que tu me dises la vérité, au lieu d'essayer de me convaincre que tu es un maître chanteur sans conscience et sans cœur.

— Je ne voulais pas que tu te paies ma tête, que tu me traites de pauvre petite chose sans défense.

Ces mots eurent un effet surprenant : la tension palpable qui émanait de Guy se dissipa brusquement.

— C'est toi qui te paies ma tête.

— Je... Quoi ?

— Tu sais que Sculthorpe m'a roué de coups, autrefois. Quand il m'a lâché, j'étais roulé en boule par terre et je pleurnichais. Comme tu dois me mépriser !

— Bien sûr que non !

— Alors, pourquoi est-ce différent en ce qui te concerne ?

Oh... il lui avait tendu un piège, et elle s'y était précipitée. Elle était vraiment chamboulée pour se laisser prendre à une ruse pareille.

Elle se détourna et s'éloigna de quelques pas, mais elle l'entendit s'approcher. S'arrêter si près qu'elle sentit sa chaleur.

Il posa sans hésitation la main sur son flanc meurtri. L'hématome, jaunâtre à présent, n'était plus douloureux, et il n'était pas impossible que les doigts de Guy aient un pouvoir magique. Quand elle se déshabillerait ce soir, peut-être constaterait-elle que les dernières traces de son humiliation avaient disparu.

— Tu es tellement dure avec toi-même, murmura-t-il.

— Ce n'était pas si grave. Il m'est arrivé d'avoir plus mal que ça.

La joue de Guy frôlait ses cheveux, son odeur l'enveloppait.

— La douleur n'est pas seulement physique. Être confronté à sa propre vulnérabilité est un choc, surtout quand on se croit fort. À l'époque où Sculthorpe m'a roué de coups, je n'avais jamais été dominé dans une bagarre, et je n'imaginais pas l'être un jour. Quand l'adversaire nous met au tapis en un clin d'œil, notre vision du monde et de nous-mêmes en est bouleversée. Et puis on se rend compte qu'on a survécu, qu'on n'est pas diminué, et cette certitude nous rend plus fort.

Arabella ferma les yeux.

— Il voulait me posséder.

— L'imbécile. Autant vouloir posséder une étoile.

Elle se laissa aller contre son torse, cette muraille inébranlable, et les mots jaillirent enfin. Elle lui raconta tout : les conseils de Clare, la violence de Sculthorpe, ses larmes de petit garçon capricieux, et l'ordre qu'elle lui avait donné.

— Bon sang, pesta Guy en la serrant contre lui. Je m'amusais avec Ursula en me demandant où tu étais, pendant ce temps... Et cette nuit-là, devant ma chambre... tu avais besoin de réconfort, et je t'ai accusée de tous les maux. Si seulement tu m'avais dit ce que tu venais de subir !

— Tu aurais couru l'étrangler.

— Il le méritait.

— Et j'aurais eu un poids supplémentaire sur la conscience. Car j'ai une conscience, figure-toi.

— Je sais.

— Nous devons neutraliser Sculthorpe pour l'empêcher de s'en prendre à d'autres femmes. C'est un pair du royaume, il y aura toujours des gens disposés à fermer les yeux sur sa brutalité, si cela sert leurs ambitions.

Nous... Elle parlait comme s'ils étaient toujours des alliés – peut-être l'étaient-ils, elle ne savait plus. L'expérience lui avait appris à résoudre seule ses problèmes, cependant elle avait entraîné Guy dans ce pétrin, il lui avait beaucoup donné et elle n'avait pas le droit de lui en demander plus.

Quand elle s'écarta, il ne la retint pas. Elle se campa devant la fenêtre et attendit qu'il dise quelque chose.

Mais il se taisait, se contentant de l'observer.

Il suffisait que les hommes la regardent pour qu'elle cherche, sans même le vouloir, à leur faire détourner les yeux. C'était pour Arabella une sorte de victoire : si on ne la regardait pas, on ne la voyait pas, et donc on ne remarquait pas ses failles.

Elle désirait pourtant que Guy la voie, elle et ses terribles défauts. Qu'il la voie et veuille encore d'elle.

Dans le silence qui se prolongeait, l'inquiétude familière commençait à la tarauder. Il voyait ses défauts. Il allait faire des commentaires blessants, ce qui confirmerait qu'il ne voulait pas d'elle.

— La lumière est bien ? lança-t-elle d'un ton sec. Tu veux que je me tourne, pour m'examiner sous un autre angle ?

— Il n'existe pas suffisamment d'angles en ce monde pour me permettre de te voir tout entière, répondit-il tranquillement.

— Je ne comprends même pas ce que ça signifie. Est-ce encore de la poésie ?

— Te regarder, c'est regarder le ciel, la nuit, poursuivit-il d'une voix douce. Infini, sans cesse mouvant, selon la saison et l'endroit où l'on se trouve. On ne peut en observer chaque fois qu'un fragment, avec la conscience aiguë que, aussi merveilleux soit-il, il n'est que l'infime partie d'une immensité.

Il disait n'importe quoi – la poésie n'avait aucun sens, se répétait-elle. Cependant, la voix de la raison faiblissait et finit par se taire. Car les mots de Guy tissaient un sortilège qui faisait d'elle un ciel nocturne. Son âme embrassait l'immensité, son corps devenait une étoile, un millier d'étoiles qui ne brillaient que pour Guy.

C'était de l'amour, elle le comprenait soudain. Voilà ce qu'on ressentait quand on aimait.

Elle aimait Guy.

— Quand je te regarde, je vois une montagne, murmura-t-elle, s'adressant au reflet de Guy dans la vitre. Indestructible, immuable, éternelle.

Tout à coup, une lueur au loin attira son attention. Pendant de longues secondes, elle ne réagit pas, puis :

— Il y a le feu. Le dernier bâtiment des écuries brûle.

— Quoi ?

— Il est vide, mais...

— Sculthorpe ! marmonna Guy. S'il y est encore...

Sans achever sa phrase, il se rua dans le couloir.

24

— Au feu ! Au feu ! vociféra-t-il pour alerter la maisonnée.

Il dévala les marches du perron, croisa sans ralentir un domestique affolé qui courait vers le manoir.

Le dernier bâtiment des écuries n'était plus qu'un brasier quand il l'atteignit. Les palefreniers et autres ouvriers, chargés de seaux d'eau, n'essayaient même plus d'éteindre l'incendie.

Il scruta les visages barbouillés de suie qui se tournaient vers lui, cherchant les hommes qu'il avait chargés de surveiller Sculthorpe. Il en reconnut un et lui posa la main sur l'épaule.

— Il est parti ?

Le palefrenier secoua la tête d'un air horrifié. Ses lèvres tremblaient.

Le maître d'écurie s'approcha.

— Je suis désolé, milord. On est arrivés trop tard. On l'a vu essayer de… mais… sans doute qu'il dormait quand ça s'est mis à brûler…

Guy fourragea dans ses cheveux, les yeux rivés sur les flammes qui dévoraient la charpente du bâtiment.

— Bon sang de bonsoir… pesta-t-il, les dents serrées. Que s'est-il passé ?

Le palefrenier déglutit.

— On lui apporté de l'eau et de quoi se nettoyer, comme vous l'aviez ordonné. Il a voulu du whisky, on lui en a donné, et il nous a dit de ficher le camp. Il nous a lancé un fer à cheval qui traînait par terre. Roger a été touché, alors on a filé. Et puis, après... on a senti la fumée.

— Sculthorpe était un fumeur invétéré, fit remarquer Guy. S'il a bu du whisky, a allumé un cigare et s'est assoupi...

Il pesta de nouveau. Jamais il n'avait voulu la mort de cet homme.

Il n'y avait rien à ajouter. Ils restèrent tous là, à contempler le brasier jusqu'à ce que les murs de bois s'effondrent et les fassent battre en retraite.

Deux heures plus tard, Guy rejoignit la famille et les derniers invités au salon. Il s'était débarrassé de sa redingote maculée de suie, lavé la figure et les mains, mais il empestait la sueur et la fumée. Il n'avait quitté les écuries qu'une fois l'incendie complètement éteint. Les Larke et les autres, quant à eux, avaient regagné le manoir pour attendre le médecin et le magistrat qu'on avait envoyé chercher.

Ils étaient assis çà et là dans le salon, hébétés. Arabella avait pris place sur la banquette, sous une fenêtre, le dos contre les tentures de velours bleu. M. Larke s'était installé près de la cheminée, Freddie et Matilda étaient blotties sur le divan. Sir Walter faisait les cent pas, lady Treadgold ne bougeait pas un cil.

Quand Guy et lady Belinda pénétrèrent dans la pièce, tous se tournèrent vers eux.

— Sir Gordon Bell, en tant que magistrat, a examiné les lieux. Il souhaite nous interroger.

Lady Belinda a réuni le personnel dans une autre pièce. Le médecin est reparti et...

Un rire sarcastique l'interrompit.

— Vous avez quelque chose à dire, sir Walter ?

— Un docteur, ça ne sert pas à grand-chose maintenant.

Ravalant un soupir, lady Belinda alla s'asseoir près de son mari et, au passage, étreignit l'épaule d'Arabella. Guy resta debout, pour ne pas salir les fauteuils.

Pour être honnête, il ne regrettait pas vraiment que Sculthorpe ait quitté ce monde, mais quelle atroce façon de mourir !

Sir Gordon fit bientôt son entrée et, avec l'éloquence d'un ancien avocat, les pria de se montrer patients.

— Une enquête officielle est nécessaire, ajouta-t-il. Il s'agit d'un pair du royaume, même si les circonstances du décès semblent évidentes.

Sir Walter leva les bras au ciel.

— Il s'agit d'un incendie criminel, voilà ce qui est évident ! Et l'identité de l'incendiaire l'est tout autant.

Sir Gordon ne daigna pas le regarder.

— Lord Sculthorpe était un fumeur de cigare. De plus, les palefreniers lui avaient apporté du whisky, qu'il a bu. Il s'est probablement assoupi et son cigare est tombé dans la paille.

— Mais comment l'aurait-il allumé, ce cigare ? rétorqua sir Walter. Je ne l'ai jamais vu allumer lui-même ses cigares.

Guy non plus, il devait l'admettre.

— Il aimait se faire servir, en effet, intervint Arabella sans dissimuler son impatience. Mais il avait pris l'habitude de fumer en Espagne, pendant la guerre. Un soldat a forcément de quoi allumer ses cigares.

— Je n'en attendais pas moins de vous !

Sir Walter pointa sur elle un index accusateur, quoique tremblant.

— En disant que l'identité de l'incendiaire était évidente, je pensais à vous, miss Larke.

Un silence de plomb s'abattit sur le salon. Arabella paraissait tellement sidérée, les yeux ronds comme des soucoupes, que Guy ne put s'empêcher de rire.

— Ça vous amuse ? attaqua sir Walter. Je suppose que vous n'allez plus vouloir l'épouser.

— Le choc vous a embrouillé l'esprit, mon vieux.

— C'est une grave accusation, renchérit sir Gordon.

— Un innocent est mort ! clama sir Walter, qui semblait sincèrement bouleversé. Nous avons tous été témoins du comportement de miss Larke, de sa violence. C'était affreux, scandaleux, révoltant !

— Ça suffit ! tonna M. Larke. Ma fille est peut-être une harpie, mais je ne tolérerai pas qu'on l'accuse de meurtre. De toute façon, c'est impossible. Elle était dans sa chambre à ce moment-là, avec lord Hardbury. Je me trouvais moi-même dans le couloir quand il est sorti en courant et en criant au feu. Ma fille le suivait.

— Ils étaient *seuls* dans sa chambre ? interrogea lady Treadgold d'un ton horrifié.

— Je n'ai vu personne d'autre en sortir, répondit M. Larke sans réfléchir.

« Bravo, Larke, songea Guy. Il te fallait, en plus, ruiner la réputation de ta fille. »

Lady Treadgold continua de vitupérer – quelle honte, quel scandale, quel exemple pour les jeunes filles ! Mais Guy ne l'écoutait pas.

Il concentrait son attention sur Arabella dont la silhouette, comme dans un tableau, se découpait sur les tentures de velours bleu. Et comme dans un tableau, elle était absolument immobile, le regard fixe, rivé au sien.

C'était fini.

Cette certitude fulgura tel un éclair dans l'espace qui les séparait. Il ne fallait pas compter sur la discrétion de sir Walter et lady Treadgold. Ni d'ailleurs de quiconque. Plus rien n'arrêterait la rumeur.

Sans ce drame, Arabella aurait peut-être pu rompre leurs fiançailles en préservant sa réputation ; celle-ci aurait été égratignée, mais la fortune et les relations faisaient oublier bien des choses.

À présent, elle n'avait plus le choix : elle épouserait Guy ou elle perdrait tout.

— Cessez donc de débiter des âneries, grommela M. Larke, s'adressant à lady Treadgold. Ils sont pour ainsi dire mariés.

Une pause, puis d'un ton dur :

— N'est-ce pas, Hardbury ?

Guy ne quittait pas Arabella des yeux.

— J'ai la ferme intention d'épouser votre fille comme prévu.

Lady Belinda prit aussitôt la direction des opérations et mit tout le monde dehors, à l'exception des fiancés.

— Cinq minutes. Et la porte reste ouverte, prévint-elle depuis le seuil du salon.

— Très bien, lady Belinda, répondit Guy.

Elle n'avait pas tourné les talons qu'il refermait la porte. Il s'y adossa, le regard rivé sur Arabella.

— Je n'ai jamais voulu ça, marmonna-t-elle.

— Je sais.

Elle se leva, les paupières plissées, les doigts en clocher devant ses lèvres. Les rouages de son cerveau tournaient à plein régime, il les entendait vrombir. Elle luttait encore. C'était fini, pourtant elle s'obstinait à se battre.

— L'autre jour, au bord du lac... commença-t-il, la gorge nouée. Tu as dit que m'épouser serait abominable.

— Je ne vois pas d'issue. Moi qui me vante de résoudre n'importe quel problème et d'être douée pour concocter des plans, je n'ai pas d'idée...

Elle secoua la tête d'un air stupéfait.

— Je suis nulle. Je ne trouverai même pas un poste de gouvernante.

— Pourquoi cela serait-il nécessaire ? Tu seras marquise.

Elle cligna les paupières, l'air de plus en plus ahurie.

— Tu prends drôlement bien la chose, toi qui as passé ta vie à tenter d'éviter ça. Encore ton fichu sens de l'honneur et du devoir, je suppose. Moi, je suis dans le pétrin parce que j'ai fait de mauvais calculs. Mais toi, tu t'y es jeté avec enthousiasme.

Elle se débattait comme un animal pris au piège, prêt à se ronger une patte pour se dégager. Elle ne voulait toujours pas de ce mariage.

Il se remémora soudain les paroles de Clare Ivory : « Plus vous répétiez que vous m'aimiez, plus je me sentais prisonnière. »

Arabella avait besoin de temps pour réfléchir et se calmer. Il s'approcha d'elle et lui saisit les mains – elles étaient glacées.

— Ne fais pas ça, lui dit-il.

— Quoi donc ?

— Ne te cache pas derrière tes remparts.

Chaque fois qu'il énonçait une vérité la concernant, elle était totalement déconcertée, ce qu'il trouvait adorable. Il effleura le petit grain de beauté qu'elle avait sur la joue gauche.

— Tout compte fait, murmura-t-il, m'épouser ne sera peut-être pas si abominable.

Par chance, même si elle ne se répandait pas en sourires et en soupirs, elle n'avait pas complètement relevé le pont-levis. Il entrelaça ses doigts aux siens.

— Cette comédie nous a au moins appris une chose : nous sommes capables de bien nous entendre, poursuivit-il avec une feinte désinvolture. Nous aurons des disputes homériques, bien sûr, mais nous y sommes habitués. Tu m'aideras à naviguer dans les hautes sphères, moi je tempérerai le Machiavel qui sommeille en toi. Quant au devoir conjugal, il sera on ne peut plus satisfaisant.

— Tu rêvais d'épouser une femme douce et charmante, lui rappela-t-elle, étudiant obstinément leurs doigts entrelacés.

— Oui, mais tu avais raison : je me serais ennuyé à mourir. Avec toi, je ne risque rien.

Elle le regarda, et un sentiment de triomphe le submergea : un sourire malicieux éclairait son visage.

— Tu dis que j'avais raison ?

— Oui, c'est bien ce que je dis. Tu cherches encore à te rendre insupportable ?

— C'est possible.

Il lui baisa la main en riant. Elle lui caressa la joue, et il l'attira contre lui.

— Être obligé de m'épouser ne te dérange vraiment pas ? chuchota-t-elle.

— Ce qui me dérange, c'est de devoir attendre plusieurs jours sans pouvoir te toucher.

Les doigts d'Arabella, légers comme des plumes, frôlaient sa joue, sa bouche. Il ne savait pas encore à quoi elle songeait dans ces moments-là, et le découvrir serait l'aventure la plus exaltante de sa vie.

Elle lui échappa soudain et se dirigea vers la porte. Quand elle tendit la main vers la poignée, il crut qu'elle allait le quitter.

Mais elle n'ouvrit pas la porte. Au contraire, elle tourna la clé dans la serrure.

Puis elle le regarda d'un air provocant.

— Qu'est-ce que tu fais ? questionna-t-il, même si son corps réagissait déjà.

Elle haussa les sourcils et lui décocha son regard le plus impérieux.

— Je te séduis, mon cher.

Guy restait immobile de l'autre côté du salon. Un sourire canaille errait sur ses lèvres, le désir couvait dans son regard.

Elle s'élança vers lui, entravée dans sa jupe, foulant le tapis qui, sournois, menaçait de la faire trébucher.

— Ici, dans le salon ? articula-t-il.

— J'aime les salons. J'y ai mené certaines de mes opérations de séduction les plus réussies.

— Si je m'en souviens bien, ta technique est déplorable.

— J'ai pris des cours, et j'apprends vite.

Elle se campa devant lui, s'enivrant de son odeur, de sa vigueur. Il ne bougea pas, et elle l'étudia avec une attention passionnée – la cravate tachée de suie, le gilet vert olive orné d'une multitude de minuscules tulipes gris taupe, rangées en colonnes.

D'un doigt mal assuré, elle suivit l'une de ces colonnes, de la clavicule à la taille. Le motif de cette entreprise de séduction était suspect, elle le reconnaissait. Oh, elle désirait Guy, aucun doute sur ce point. Mais l'honnêteté l'obligeait à avouer qu'elle ne cherchait pas seulement le plaisir des sens. Un désir plus profond la poussait : lier cet homme à elle, et savoir sans l'ombre d'un doute qu'il le souhaitait.

Elle posa les mains à plat sur son torse.

— Attention, j'ai de la suie partout.

— Tu sens la fumée et la sueur.

— C'est gentil de le mentionner.

— Je suis d'humeur romantique.

Comme il la plaquait contre lui, elle l'embrassa. « Il faut que tu veuilles de moi, implorait ce baiser. Maintenant et pour toujours. »

Elle ne parvenait pas à glisser sa main sur la nuque de Guy, à forcer cet exaspérant barrage de tissu…

— Maudite cravate, grogna-t-elle. Tu n'en avais pas les autres fois. Et cette chemise…

— Faut-il la détruire aussi ?

— C'est moi qu'il faut anéantir, murmura-t-elle en le regardant droit dans les yeux.

Les yeux de Guy s'assombrirent, son souffle s'accéléra. Il voulait la même chose qu'elle. Il la voulait, elle. Un homme d'honneur comme lui ne sauterait pas ce pas-là s'il ne souhaitait pas sincèrement l'épouser.

— C'est ma dernière chance de t'anéantir, murmura-t-il, et je ne la laisserai pas passer. Quand nous serons mariés, je ne t'anéantirai plus.

Elle effleura sa mâchoire, qu'une barbe naissante rendait rugueuse. Les autres fois, il était rasé de près. Quand ils seraient mariés, elle connaîtrait une foule de détails intimes, elle saurait s'il avait le réveil lent ou rapide, joyeux ou morose, dans quelle position il dormait, par quelles humeurs il passait. Elle avait tant de choses à apprendre, tant de découvertes qui, à partir d'aujourd'hui, lui seraient réservées.

— Nous n'avons pas beaucoup de temps, dit-elle. Assieds-toi sur le divan.

Il ne bougea pas. Sa main était lourde sur la taille d'Arabella. L'incertitude s'empara d'elle : elle se fourvoyait, une fois de plus. Il n'avait pas envie d'une brève étreinte dans un salon. Il n'avait pas l'intention de l'épouser. Il aimait les jeux dangereux, mais pas celui-là.

Soudain, la main lourde et brûlante rampa de sa taille à ses seins, froissant l'étoffe de la robe.

— Le divan, Guy. Ce n'est pas le moment de piquer une crise de... de principes.

— Premièrement, j'ai de la suie sur mes vêtements, rétorqua-t-il d'une voix rauque qui la fit frissonner. Mes principes m'autorisent à débaucher une jolie dame dans un salon, mais m'interdisent de salir le mobilier. J'aurais cru que tu apprécierais.

— J'apprécie. Modérément.

— Deuxièmement...

Ce fut rapide. Il glissa un bras sous les fesses d'Arabella et la souleva de terre, si bien qu'elle fut forcée de se cramponner à lui. Il s'approcha d'une table, envoya valser une corbeille à ouvrage et y assit la jeune femme. Tout aussi prestement, il souleva sa jupe, dévoilant ses cuisses nues et blanches au-dessus des rubans bleus qui retenaient ses bas, et encore plus haut, sa toison d'un noir de jais.

Il eut un petit rire triomphant. En proie au vertige, Arabella noua les bras à son cou et bascula en arrière.

— Ce n'est pas le divan, Guy, dit-elle d'un ton miraculeusement hautain. Tu auras donc toujours autant de mal à suivre mes instructions ?

— Deuxièmement, répéta-t-il tranquillement, tu ne vas pas passer ton temps à me donner des ordres.

Ses doigts décrivaient, sur la cuisse d'Arabella, des cercles de feu.

— Pas tout le temps, bien sûr, admit-elle d'une voix traîtreusement vibrante. Disons... les trois quarts du temps.

— Ah oui ? Ça se négocie.

— Tu marchandes dans un moment pareil ?

— C'est le moment idéal, me semble-t-il.

Les doigts de Guy s'insinuaient dans la toison. Avec un cri étouffé, Arabella se redressa à demi pour l'embrasser, mais il lui déroba sa bouche, tout en poursuivant son affolante exploration.

— Je serai un mari raisonnable et indulgent. Je te laisserai me donner des ordres un tiers du temps.

— Allons donc... Je te commanderai la moitié du temps, et l'autre moitié je te laisserai croire que c'est toi qui me commandes. C'est ma dernière offre.

Elle se cabra de nouveau pour l'embrasser et, cette fois, il ne résista pas. Elle s'empara de sa bouche, tout en s'acharnant sur sa braguette pour libérer son membre dur et brûlant, sur lequel elle referma les doigts.

La saisissant par les hanches, Guy la tira jusqu'au bord de la table.

— Maintenant, souffla-t-elle. C'est un ordre.

Il ne bougea pas.

— Si tu n'obéis pas tout de suite, je te jure que je... que je...

— Que tu quoi, ma belle ? Ah... tu me fusilleras du regard. Il en faudra plus pour m'intimider.

Mais il n'avait plus besoin d'instructions : d'un coup de reins, il la pénétra. Elle noua ses jambes autour de sa taille, et soutint son regard. Elle voulait le voir, lui montrer le plaisir qu'il lui donnait, tout ce qu'il représentait pour elle. Elle se donnait à lui et, en s'unissant, tous deux se prêtaient serment.

Il allait et venait en elle, et elle dansait avec lui. Haletante, éperdue, elle nicha son visage au creux de son épaule pour étouffer ses cris. Ils jouirent en même temps, et restèrent serrés l'un contre l'autre, pantelants. Puis Guy la recoucha doucement sur la table. Il lui caressa la joue, elle embrassa sa paume.

— Je ne t'ai pas fait mal, j'espère ? interrogea-t-il d'une voix éraillée.

— Non. C'était...

Elle soupira.

— Oui, n'est-ce pas ? Un jour, je te ferai l'amour très, très lentement, et tu demanderas grâce.

Il se pencha sur elle...

On frappa à la porte. Ils se regardèrent, figés, puis s'ébrouèrent et, riant sous cape, se rajustèrent tant bien que mal.

D'un pas nonchalant, Guy s'approcha de la porte, la déverrouilla et s'appuya tranquillement contre le chambranle.

Lady Belinda se tenait sur le seuil. Impassible, elle les détailla tour à tour, de la tête aux pieds, puis ses yeux se posèrent sur la corbeille à ouvrage renversée sur le sol.

Arabella sentit une chaleur bizarre lui monter au visage.

Le rire de Guy la fit sursauter.

— Tu rougis, jubila ce démon. Arabella Larke a rougi, j'en suis témoin !

Lady Belinda ne leur prêtait pas attention : elle contemplait toujours la corbeille à ouvrage.

— Vous avez le temps de faire un brin de toilette, tous les deux, avant de répondre aux questions de sir Gordon. Ensuite...

Elle se tourna vers Guy, si calme et sévère qu'il se redressa.

— Il serait bon, lord Hardbury, que vous quittiez Vindale Court avant le mariage, pour sauvegarder... les apparences. Sir Gordon et lady Bell pourront certainement vous héberger.

— Bien sûr.

Il s'inclina devant la mère d'Arabella, qui s'écarta pour le laisser passer. Dans le couloir, il pivota.

« Tu rougis », articula-t-il en silence par-dessus la tête de lady Belinda. Il fit un clin d'œil à Arabella et s'éloigna.

Elle resta un instant immobile, puis brusquement se lança à la poursuite de son fiancé, bousculant sa mère au passage.

— Guy ! appela-t-elle.

Il s'arrêta et attendit qu'elle le rejoigne.

— Tu as raison, murmura-t-elle. Tu n'es pas ce qui pouvait m'arriver de pire dans la vie.

— Heureusement que ta technique de séduction s'est améliorée, rétorqua-t-il avec un grand sourire, parce que tu n'es toujours pas douée pour le flirt.

Sur quoi, il s'en fut en sifflotant.

Lady Belinda s'approcha de sa fille et arqua un sourcil sévère.

— Oui, mère.

Se drapant dans les lambeaux de sa dignité, Arabella regagna sa chambre.

25

Un carton à dessins sous le bras, Arabella frappa à la porte du bureau paternel.

— *Quelle journée ! quelle journée !* cria Queenie.

Arabella s'avança dans la pièce, sans prêter attention à Oliver sur son mur.

— C'est une belle journée, bel oiseau.

Le perroquet acquiesça d'un air sagace et décréta :

— *Tout à fait, tout à fait.*

M. Larke se leva, agitant une lettre.

— Tu tombes bien. Un collègue me recommande l'un de ses anciens élèves pour te succéder à la direction de la revue. Lis-moi ça.

Elle saisit la feuille de papier et lui tendit le carton à dessins.

— C'est la version définitive du *Guide illustré des volières*. Il n'y manque que votre préface. Si vous la rédigez avant le mariage, j'emporterai le tout à Londres lorsque Hardbury et moi quitterons Vindale Court.

Ils iraient d'abord à Londres – c'était l'une des rares décisions qu'ils avaient réussi à prendre jusqu'ici. Car, depuis que Guy s'était installé chez sir Gordon Bell, ils n'avaient pu se retrouver une seule fois en tête à tête.

Dès que Guy franchissait le seuil du manoir lorsqu'il venait en visite, un importun s'interposait : une couturière monopolisait Arabella pour un essayage qui ne s'imposait pas ; Ramsay avait des problèmes à lui soumettre qu'il résolvait seul depuis des années ; Ursula faisait irruption, vacillant sur ses jambes et babillant à qui mieux mieux.

— C'est un complot ! s'était exclamé Guy en soulevant la fillette dans ses bras. Pas vrai, Petite Ourse ? Lady Belinda ne nous accordera manifestement pas une minute de tranquillité. J'ai pourtant des choses à te dire, avait-il ajouté en plongeant son regard dans celui d'Arabella.

Leurs conversations, sous haute surveillance, se bornaient donc à des considérations pratiques.

— Nous irons directement à Londres, si cela ne t'ennuie pas, avait suggéré Guy. Ensuite, une fois que mon affaire avec la cour de la chancellerie sera réglée, nous partirons pour Roth Hall. Sir Walter a accepté que Freddie et Ursula m'accompagnent, avec femmes de chambre et nounou. Le temps de dire « ouf », et tu auras toute une maisonnée à gérer, ce que tu feras sans difficulté. Tu seras une marquise formidable.

Puis il lui avait annoncé qu'il se rendait à Birmingham, en attendant le mariage. Il avait marmotté une explication embrouillée, où il était question de joailliers et de diamants.

De son côté, Arabella, qui se préparait à quitter la maison de son enfance, n'avait pas le temps de s'ennuyer. En outre, Cassandra et Juno, passionnées par l'enquête sur la mort de Sculthorpe, venaient régulièrement la distraire.

Il apparaissait que de nombreuses personnes, au manoir, savaient où se trouvait Sculthorpe ce soir-là. Lors de leur interrogatoire, les palefreniers avaient affirmé que le baron, après sa bagarre avec Guy, était tout à fait conscient et capable de marcher. Sir Walter persistait cependant à prétendre que nul ne pouvait dire comment Sculthorpe s'était procuré de quoi allumer son cigare.

— Il est venu voir oncle Gordon pour lui faire part de ses soupçons, avait raconté Juno en riant. D'après lui, lady Belinda aurait peut-être déclenché l'incendie. La femme de chambre de lady Treadgold prétend l'avoir aperçue à l'heure fatidique, se dirigeant vers les écuries.

— Quelle absurdité ! s'était récriée Cassandra.

— D'autant que Ramsay et sa femme ont déclaré qu'ils se trouvaient avec lady Belinda à ce moment-là. Oncle Gordon a vertement remis sir Walter à sa place : « On n'accuse pas les gens de meurtre sans en apporter la preuve, cher monsieur. »

Par ailleurs, les couturières étaient venues à bout de la robe de mariée et du trousseau. Les malles d'Arabella étaient quasiment bouclées.

Il lui restait seulement à compléter le manuscrit.

M. Larke ouvrit le carton à dessins et examina la première page.

— Il paraît que Hardbury est à Birmingham ?

— En effet.

— Il ferait bien de revenir sans tarder.

Arabella déplia la lettre et la parcourut sans prêter attention à ce qu'elle lisait. Guy ne tarderait pas, évidemment. À moins qu'il ne revienne pas. Il lui enverrait un mot d'excuse et de regret, il…

« Ne sois pas idiote ! » se morigéna-t-elle. Il ne lui aurait pas fait l'amour de cette manière, s'il n'avait pas eu l'intention de l'épouser.

À moins qu'il ait changé d'avis.

Elle pressa sa main sur son ventre, qu'une douleur sourde et familière taraudait depuis le matin. Elle n'était pas enceinte. Guy pouvait reprendre sa liberté s'il le souhaitait.

— Il reviendra, rétorqua-t-elle fermement.

— Tu vois que je t'avais choisi le bon mari.

M. Larke s'interrompit un instant, gêné.

— Concernant Sculthorpe... je suis désolé. Je ne l'imaginais pas capable d'une chose pareille. J'étais impatient après ma maladie, je voulais absolument connaître mes petits-fils. Enfin bref, tu comprends...

Arabella ne répondit pas. Cela n'avait plus d'importance.

— Ces illustrations sont très bien, commenta M. Larke en tournant les pages. La petite Bell n'est pas dénuée de talent. Ce n'est pas mal du tout pour une femme.

— Une femme peut avoir autant de talent qu'un homme.

— Toi, tu n'as jamais été douée pour le dessin. Par contre...

Ouvrant un tiroir de son bureau, il en sortit un petit paquet de feuilles de papier noué d'un ruban jaune, qu'il défit. Des dessins d'enfant, maladroits mais étonnamment détaillés – les plumes d'une chouette, les nervures d'une feuille. Au bas de chaque page, un nom était écrit : *Oliver.* Il n'y avait aucun dessin d'Arabella. Mais, comme son père le disait, elle n'avait jamais été douée pour ça.

— Vous les avez gardés pendant toutes ces années, murmura-t-elle.

— Il y aura de nouveau des enfants dans cette demeure. Tes fils se plairont à Vindale Court.

Désemparée, Arabella regarda le portrait de son frère, puis Pirate, le faucon qui semblait darder sur elle son œil unique et perspicace.

— Tu n'es pas obligée de baptiser ton cadet Oliver, bien sûr. Appelle-le comme tu veux, mais il viendra vivre ici, et je lui ferai découvrir la nature.

M. Larke rassembla les dessins et, avec révérence, renoua le ruban.

— Quand j'avais fini mes devoirs, mon père m'emmenait en promenade à travers le domaine. C'est grâce à lui que je me suis passionné pour les oiseaux. J'aimais ces moments passés avec lui, et j'ai fait de même avec vous deux. Je serai heureux de recommencer avec mon petit-fils.

— Avec nous deux, répéta Arabella d'une voix sourde.

M. Larke leur avait effectivement consacré du temps, quand Oliver était encore de ce monde. Mais, après sa mort…

— Un jour, je suis venue vous dire que j'avais trouvé un nid. Vous m'avez grondée parce que j'avais sali ma robe. Une autre fois, je vous ai apporté un papillon que j'avais attrapé. Vous m'avez reproché d'être ébouriffée. Je me suis intéressée à l'agriculture. Vous m'avez dit de me contenter d'aider mère à élaborer les menus.

M. Larke rangea le paquet de feuilles dans le tiroir.

— Oui, je me souviens qu'à douze ans, tu déboulais dans cette pièce pour disserter sur le drainage des sols, ou un autre sujet du même genre. Tu disais que Vindale Court t'appartiendrait puisque tu n'avais pas de frère, et tu me demandais de t'enseigner ce qu'il y avait à savoir.

Une pause.

— Ce sera le domaine de ton fils cadet, pas le tien. C'est l'ordre naturel des choses.

Arabella s'aperçut qu'elle froissait la lettre entre ses doigts et la laissa tomber au sol. Elle devait parler. Guy lui avait prouvé qu'elle pouvait exprimer ses émotions.

— Je désirais seulement passer du temps avec vous. Comme avant. Je voulais un foyer, je…

À l'époque, elle voulait que sa maison redevienne ce qu'elle était avant la mort d'Oliver.

— Si tu voulais un foyer, tu aurais dû te marier depuis longtemps. Mais peu importe, à présent. Tu vas épouser Hardbury, tu auras des enfants, et ton fils cadet viendra vivre ici avec nous.

— Je n'existe donc que pour porter des enfants que vous me prendrez.

— Pas de mélodrame, ma fille. Tu as parfaitement compris ce que je veux dire : Vindale Court revient de droit à ton fils cadet. Ne l'en prive pas, et ne m'en prive pas.

Ravalant la bile qui lui écorchait la gorge, Arabella considéra le manuscrit, texte et illustrations commandés par ses soins pour un misérable petit guide. Elle regarda les exemplaires reliés de la revue, impeccablement alignés sur les étagères.

Dieu qu'elle était entreprenante, à seize ans ! Cela s'était passé lors d'une conférence ornithologique, peu après que Guy avait quitté l'Angleterre. Elle avait entendu son père expliquer qu'elle aurait dû se marier, mais que son fiancé s'était enfui. Alors, pour capter l'attention de M. Larke et de ses collègues, elle leur avait soumis son idée : publier une revue à partir des comptes rendus des conférences.

Elle avait perdu son temps, gâché son talent.

La discussion avait probablement perturbé Queenie, qui se mit à battre des ailes en criant :

— *Quelle journée ! quelle journée !*

M. Larke s'empressa d'aller le calmer. Bien sûr... Il avait plus d'affection pour son perroquet que pour sa fille.

« Est-ce qu'au moins tu aimes les oiseaux ? » lui avait demandé Guy. Elle ne s'était jamais posé la question. Les oiseaux n'avaient jamais eu beaucoup d'importance à ses yeux – pas plus, au fond, que la revue, les guides ou son héritage.

Elle dévisagea son père.

— Si vous aviez pu choisir, ce n'est pas moi que vous auriez choisie, n'est-ce pas ?

M. Larke comprit aussitôt ce qu'elle voulait dire. Il tourna les yeux vers le portrait d'Oliver, puis reporta son attention sur Queenie.

— Ne dis pas n'importe quoi. Je vous aurais choisis tous les deux.

— Vous n'avez perdu qu'un enfant. Mais celui qui restait ne vous a jamais satisfait.

Il ne protesta pas.

— Moi aussi, je l'aimais. Nous étions jumeaux. Inséparables.

Le silence qui les enveloppait était si dense que Queenie lui-même n'osait pas le briser.

M. Larke s'écarta enfin du perchoir et poussa un long soupir.

— Chaque fois que je te regarde, c'est lui que je vois. Peut-être que si vous n'aviez pas été jumeaux, les choses auraient été différentes. Tu n'y es pour rien, mais... quand je te regarde, je vois ce que j'aurais pu avoir, ce qui aurait pu exister.

Les oiseaux empaillés braquaient sur Arabella leurs yeux de verre, froids et accusateurs.

— Voilà pourquoi j'étais toujours en faute, murmura-t-elle. Je me donnais du mal pour exceller dans tous les domaines, on chantait mes louanges... sauf vous. Votre sévérité n'avait aucun rapport avec mes cheveux décoiffés, ma robe tachée ou ma langue trop bien pendue. Non, je vous rappelais simplement ce que vous aviez perdu. Et moi, je n'ai pas seulement perdu mon frère jumeau. J'ai aussi perdu mon père.

M. Larke ferma les yeux et se pinça l'arête du nez.

— Cela va changer, dit-il. Tout ira bien désormais, tu verras.

Elle secoua la tête.

— Vous ne me prendrez pas mes enfants, en plus de tout le reste, déclara-t-elle. Je les garderai auprès de moi aussi longtemps que possible, tant que j'aurai la chance de pouvoir les aimer.

Le vent cinglait les joues d'Arabella. Son cheval galopait à un train d'enfer, si bien qu'elle en était secouée jusqu'à la moelle, mais la vitesse l'empêchait de penser.

Quand elle atteignit enfin le haut de la colline, elle sauta à terre. Une lumière terne baignait les ruines, ce temple que hantait le fantôme d'Oliver. C'était ici qu'ils jouaient aux chevaliers, qu'ils se gavaient de mûres.

Il la suivait partout, ce petit garçon qui n'avait pas grandi. Quant à l'orgueilleuse et arrogante Arabella Larke, elle n'avait pas grandi non plus. Elle était toujours la fillette de huit ans qui attendait que la vie redevienne comme avant, quand sa famille était heureuse et qu'on accueillait à bras ouverts la sœur jumelle d'Oliver.

M. Larke et sa fille – quel tragique tandem ! Ils se ressemblaient tellement, chacun cherchant à sa façon à combler le vide laissé par Oliver. Voilà comment ils étaient entrés en guerre, tous les deux. Une guerre dont avait souffert lady Belinda, dans laquelle Guy était maintenant entraîné.

Sans ces quinze années de lutte, jamais elle n'aurait accepté de se fiancer avec Sculthorpe. Jamais elle n'aurait frappé à la porte de Guy, cette nuit-là à Londres.

Jamais ils n'en seraient arrivés à ce point : le mariage, dans quelques jours. Sans ces quinze années de lutte, sans doute serait-elle déjà mariée depuis longtemps, et Guy vivrait-il auprès de la femme douce et charmante de ses rêves.

Au bout du compte, ils désiraient la même chose : un foyer où l'amour régnait.

Avec elle, il ne l'aurait jamais.

— Assez ! lança-t-elle aux mûres dans les ronciers, aux marguerites de la Saint-Michel au pied des murailles effondrées. Il reviendra de Birmingham. Il va m'épouser.

Car si son père ne voulait pas d'elle, Guy l'avait choisie.

En quelque sorte…

Il était heureux de l'épouser.

Pour l'instant.

Il adorait leurs querelles. Il chérissait l'orgueil et les défauts d'Arabella.

Pour l'instant.

Mais un mariage ne se limitait pas à l'instant présent. Il durait des décennies – toute la vie, avec un peu de chance. La réalité ne correspondrait pas aux rêves de Guy : l'épouse douce et charmante, le foyer paisible.

Quand je te regarde, je vois ce que j'aurais pu avoir, ce qui aurait pu exister.

Guy ne gâchait pas son énergie à envisager toutes les éventualités futures. La malédiction d'avoir toujours plusieurs coups d'avance lui avait été épargnée.

Dans dix ans, serait-il toujours heureux de l'avoir épousée ? Arabella provoquerait une dispute de trop, donnerait un ordre de trop, froisserait untel ou untel...

Et un jour, en la regardant, Guy verrait ce qu'il aurait pu avoir, ce qui aurait pu exister.

Son cœur cognait dans sa poitrine, ses mains tremblaient. Elle monta sur une grosse pierre et se mit en selle. Elle talonna son cheval qui s'élança.

Plus jamais. Elle ne supporterait pas de revivre ça, de voir Guy s'éloigner, se découvrir des passions qu'elle ne partagerait pas, dissimuler son amertume sous des sourires et une bonhomie mensongers.

Elle traversa le domaine pour rejoindre Sunne Park, où Cassandra habitait. Quand elle y arriva, elle était plus calme. Elle avait un plan et, comme toujours, cela lui donnait l'impression de maîtriser la situation.

Penchée sur un parterre de fleurs dans le parc, coiffée d'un vieux chapeau de guingois, Cassandra chantonnait.

— Arabella ? Mais que faites-vous là ? Mon Dieu, vous semblez bouleversée ! Que se passe-t-il ?

— Vous... vous m'avez dit de venir vous trouver si j'avais un problème.

— Bien sûr.

Arabella ferma brièvement les yeux. Elle avait pris la bonne décision. Guy serait heureux ainsi, or elle ne voulait que son bonheur.

Cette certitude l'aida à prononcer des mots qu'elle n'avait pas prononcés depuis plus de dix ans.

— J'ai besoin de votre aide, Cassandra.

26

Guy resta à Birmingham plus longtemps que prévu, car si certains des joailliers les plus réputés du pays y tenaient boutique, il fallait du temps pour obtenir la perfection. Or le bijou d'Arabella devait être parfait.

En regagnant Longhope Abbey, il imaginait la scène : les diamants scintillant dans la lueur des flammes, les cheveux d'Arabella ruisselant sur ses épaules crémeuses, ses yeux bleus étincelant. Il lui murmurait qu'il l'aimait, et elle répondait qu'elle l'aimait aussi.

Peut-être lui dirait-il qu'il avait l'étrange impression que son long voyage s'achevait enfin. Car il ne s'était pas achevé à Rome, où il avait appris la mort de son père. Ni à Londres, ni même à Roth Hall.

Aujourd'hui, la *zugunruhe,* l'agitation des oiseaux migrateurs qui le tourmentait depuis si longtemps, s'apaisait enfin. Il allait retrouver Arabella.

Il arriva chez sir Gordon au crépuscule. Les jours raccourcissaient, les années s'étiraient devant lui, longues et nombreuses. Toute une vie d'amour. Cette idée le mit de si bonne humeur qu'il sifflotait en pénétrant dans le hall des Bell.

Les domestiques lui jetèrent des regards inquiets. Sir Gordon accourut.

— Que se passe-t-il ? demanda Guy, la gorge soudain nouée.

— Vous ne savez pas ?

— Quoi ? Elle est blessée ?

— Non, elle est partie. Nous ignorons où elle est.

Le monde tanguait. Arabella était partie.

— Elle a disparu voici deux jours, ajouta sir Gordon. Elle a laissé une lettre pour vous. Lady Belinda vous la remettra.

Guy fit volte-face. Sur le perron, il fut obligé de s'arrêter un instant, pour ne pas s'écrouler.

« Tu n'es pas ce qui pouvait m'arriver de pire dans la vie. » Il l'entendait encore prononcer ces mots.

Pourtant, elle était partie.

Elle avait tout sacrifié. Son père la renierait, elle serait déshonorée, ses amis lui fermeraient leur porte au nez.

Pourquoi avoir renoncé à tout cela ? Pour ne pas se marier avec lui ?

En fin de compte, il était bel et bien ce qui pouvait lui arriver de pire.

Quelle leçon d'humilité !

Dans le ciel, les premières étoiles apparaissaient, belles, froides et indifférentes.

Arabella contemplait-elle, quelque part, ces mêmes étoiles ? Avait-elle peur ? Était-elle soulagée ? Pensait-elle un peu à lui ?

Allons bon, il devenait pathétique. Arabella s'était enfuie pour ne pas se marier avec lui.

Elle avait préféré tout perdre plutôt que de l'épouser.

À la seconde où il mit pied à terre devant le perron du manoir, lady Belinda apparut, raide comme la justice, furieuse et visiblement épuisée. Elle marcha droit sur lui.

— Que lui avez-vous fait ? Elle était forcément effrayée pour renoncer ainsi... à tout. Dites-moi ce que vous lui avez fait, monsieur. Ensuite, vous resterez bien sagement immobile, que je puisse loger une balle dans votre cœur immonde.

— Je vous jure que je ne sais rien, lady Belinda ! Mais si je lui ai fait du mal, je chargerai moi-même le pistolet et vous n'aurez plus qu'à presser la détente.

Ces paroles ne calmèrent pas la mère d'Arabella.

— Je pensais que vous étiez l'homme capable de l'aimer comme elle le mérite. De lui donner l'amour dont elle a tant besoin. Je vous croyais assez fort pour elle. Je vous l'ai confiée, j'ai essayé de vous aider, et vous... vous l'avez blessée. Vous n'ignorez pourtant pas ce qui est arrivé à la dernière personne qui a fait du mal à ma fille.

Guy tressaillit, mais garda le silence. Si lady Belinda avait quelque chose à voir avec la mort de Sculthorpe, il n'avait aucune envie de le savoir.

— Je lui donnerai tout ce dont elle a besoin, déclara-t-il d'un ton sec. À condition que vous m'en laissiez la possibilité. Veuillez me remettre sa lettre, s'il vous plaît.

Elle tourna les talons et le précéda jusqu'au bureau de son mari. Là, sous le regard des oiseaux empaillés et du petit garçon du portrait, elle tendit à Guy une lettre cachetée.

Les mains tremblantes, il contempla le cachet de cire rouge. Le courage lui manquait soudain. Qu'avait-elle écrit ? Si elle avançait des arguments, il pourrait les contrer. Ou bien elle formulait quelque exigence, qu'il s'empresserait de satisfaire. Ou encore elle le chargeait d'une mission sacrée, terrasser un dragon et rafler un trésor, après quoi elle consentirait de nouveau à devenir sa femme.

Il retira ses gants, lentement, pour gagner du temps.

Cette lettre représentait sa dernière chance. Son seul espoir.

Guy,

Je te rends ta liberté. Tu n'as envers moi ni dette ni devoir. Tout est dit.

A.

Guy tourna et retourna la feuille de papier, se posta devant la cheminée pour l'examiner à la lueur des flammes, au cas où Arabella aurait ajouté quelque chose à l'encre invisible.

— Ce n'est pas elle qui a écrit ça, marmonna-t-il bêtement.

Lady Belinda s'approcha pour jeter un coup d'œil au message. Guy sentit que sa colère se teintait de compassion.

— C'est son écriture, assura-t-elle.

Il lut et relut les trois phrases. Elle ne lui reprochait rien, ne lui demandait rien.

Il était l'un des hommes les plus puissants d'Angleterre, prêt à tout pour elle, et elle ne lui demandait rien.

Si seulement il lui avait dit qu'il l'aimait ! Mais non, il avait gardé le silence, de crainte qu'elle ne se sente piégée, qu'elle ne prenne peur. Elle avait besoin de temps, se répétait-il. Puis il l'avait couchée sur la table et lui avait fait l'amour pour lui prouver qu'il ne voulait qu'elle.

Mais il n'avait pas dit qu'il l'aimait.

Peut-être cela n'aurait-il rien changé, mais penser qu'elle était partie, si fière et solitaire, batailler contre le monde entier, sans savoir qu'un homme l'aimait assez pour se battre éternellement à son côté...

Guy s'accroupit, jeta la lettre dans le feu et la regarda se consumer.

— Hardbury ?

Il cligna les paupières, refoulant ses larmes. Le père d'Arabella était là, près de sa femme. Guy ne l'avait pas entendu entrer.

— Je... je crois que...

Larke bredouillait. Il caressa son perroquet qui commençait à s'agiter.

— Je... C'est ma faute. Nous nous sommes disputés.

— Pour quelle raison ?

— À cause du domaine, et de... de l'éducation de vos fils. Parce que...

Il s'interrompit, visiblement bouleversé. Queenie frotta sa tête contre son bras pour le réconforter.

— Il ne m'est pas venu à l'esprit qu'elle allait partir. Elle est tellement têtue, tellement orgueilleuse et sûre d'elle ! Je n'aurais pas imaginé que...

Il lança un regard au portrait d'Oliver, fit quelques pas et s'effondra dans un fauteuil.

— Elle a toujours été une forte tête, difficile à manœuvrer. Je me suis servi de Vindale Court pour... la mater. J'étais persuadée qu'elle n'y renoncerait jamais.

Guy ferma les yeux, accablé par ce gâchis, toutes ces souffrances inutiles.

— Vous n'êtes qu'un vieil imbécile doublé d'un égoïste, accusa-t-il. Ce n'est pas Vindale Court qu'elle voulait. Elle voulait avoir une famille, un foyer, des parents aimants.

— Mais... elle avait tout cela.

— Ah oui ? Vous n'osiez pas l'aimer de peur de la perdre, elle aussi ?

— Lord Hardbury, intervint lady Belinda avec une douceur teintée de sévérité. Je vous en prie.

Il se détourna. Il revoyait Arabella lorsqu'elle lui avait offert son premier vrai sourire. C'était lui qui avait accompli ce prodige. C'était de lui qu'elle avait besoin, même si sa maudite fierté l'empêchait de l'admettre.

— Nous avons envoyé un domestique à Londres, voir si elle s'est installée dans notre résidence, et nous avons écrit à mes parents, expliqua lady Belinda.

— Vous la retrouverez, Hardbury, déclara M. Larke, les mains crispées sur les accoudoirs de son fauteuil.

— Et si elle ne veut pas de moi ?

— Retrouvez-la et ramenez-la-nous, c'est votre devoir.

Tu n'as envers moi ni dette ni devoir, avait-elle écrit.

Que le ciel et les étoiles soient remerciés ! Il tenait un indice.

27

Arabella ne cherchait pas à se cacher. Guy ne se lancerait pas à sa poursuite, elle le savait.

Grâce à Cassandra, qui avait mis une confortable berline à sa disposition, les deux jours de voyage ne furent pas trop pénibles. À Londres, il n'était pas question qu'elle se réfugie dans la résidence familiale. Si son père avait donné l'ordre aux domestiques de lui fermer la porte, elle n'aurait pas supporté cette humiliation.

Elle s'installa deux rues plus loin, chez ses amis lord et lady Luxborough. Le comte et la comtesse séjournaient dans leur manoir du Somerset, mais leurs serviteurs connaissaient bien Arabella et furent heureux de l'accueillir.

Il s'avéra qu'elle s'était trompée dans ses calculs. Une fois de plus.

La résidence des Luxborough donnait en effet sur une place, dont le centre était occupé par un petit jardin public. De l'autre côté de ce jardin se dressait la demeure du marquis de Hardbury.

Arabella était là depuis quelques jours lorsque Guy arriva.

Depuis, elle le voyait quotidiennement avec la petite Ursula dans le jardin public.

Chaque fois, il regardait dans sa direction. Impassible. Chaque fois, c'était elle qui baissait les yeux la première. Il feignait de ne pas la reconnaître.

— Tu croyais qu'il allait t'envoyer des fleurs ? marmonna-t-elle.

— Vous dites ? lança Juno derrière elle.

Seigneur ! Arabella était tellement perturbée qu'elle oubliait son amie venue lui rendre visite.

— Rien...

Juno se campa à son côté, et toutes deux observèrent Guy qui jouait avec sa petite sœur. Accroupi, un bras autour de la fillette, il lui montrait le rouge-gorge qui nichait dans le jardin.

— Lord Hardbury est passé à l'atelier avec Leo, annonça Juno.

Elle était l'une des très rares artistes professionnelles disposant à Londres de son propre atelier, ce qui lui permettait de vivre dans un univers parallèle, où les règles en vigueur dans la bonne société n'avaient pas cours. Juno ne serait jamais reçue chez les gens respectables, en revanche il était de bon ton pour ces derniers de fréquenter son atelier. Nul n'ignorait que Leopold Halton, duc de Dammerton, le fréquentait assidûment.

Peut-être Arabella apprendrait-elle à évoluer dans cet univers parallèle, si elle réussissait à lancer sa maison d'édition. Une éditrice n'avait pas besoin d'une réputation sans tache : il lui fallait juste de l'argent. Et des amis.

Juno saisit une feuille de papier, son fusain, et se mit à dessiner. Arabella s'assit sur le bord de la fenêtre pour la regarder travailler.

— Comment va-t-il ? finit-elle par demander.

— Il n'était pas très bavard. Je l'ai trouvé distrait.

— Il tripotait tout ce qui lui tombait sous la main ?

— Oui, c'est ça !

Arabella esquissa un sourire.

— Ça lui arrive souvent. Il est nerveux.

Comme il lui manquait ! Elle passait son temps à ressasser les souvenirs qu'elle avait de lui, les images qu'elle avait gravées dans son esprit. C'était douloureux, mais tant pis. La souffrance était inhérente à l'amour, or elle refusait de renoncer à l'amour.

— Nous pourrions organiser une rencontre, suggéra Juno sans lever le nez de sa feuille. Dans mon atelier. Mine de rien. Vous me rendriez visite et, comme par hasard, Leo arriverait avec Hardbury. Vous pourriez discuter, tous les deux.

— Cela ne changerait rien.

Cassandra et Juno ne comprenaient pas. Si Arabella avouait à Guy qu'elle craignait que seul son sens de l'honneur ne le pousse à l'épouser, il nierait, évidemment. Il plaisanterait, s'en tirerait par une pirouette, mais elle devinerait ses regrets. Elle les sentirait enfler au fil des années.

De toute manière, il était trop tard. Une dame ne pouvait pas rompre ses fiançailles puis, quelques semaines plus tard, annoncer qu'elle avait changé d'avis.

Juno reposa son fusain et tendit le dessin à Arabella. Elle avait croqué un Guy grave et solennel.

— Je le préfère souriant, murmura Arabella.

— Il ne souriait pas quand il est venu à l'atelier avec Leo, objecta Juno qui saisit cependant une autre feuille.

— Les problèmes ne manquent pas.

Sous les arbres du jardin public, Guy et Ursula se poursuivaient en riant aux éclats. Elle aussi l'avait fait rire de cette façon, une ou deux fois.

— Son nom est mentionné dans les gazettes quotidiennement ou presque. À nous tous, nous donnons du grain à moudre aux journalistes.

Depuis que l'enquête avait conclu à la mort accidentelle de Sculthorpe, les journaux regorgeaient d'hommages au héros de guerre, le pair du royaume tragiquement fauché dans la fleur de l'âge. On se demandait pourquoi il se trouvait dans les écuries des Larke, et pourquoi les fiançailles de lord Hardbury avaient été rompues. On n'osait pas évoquer Arabella Larke, mais cela ne trompait personne.

Puis les journalistes avaient annoncé la victoire de lord Hardbury : le testament du défunt marquis avait été révoqué, son fils avait eu gain de cause, il était désormais le tuteur de ses sœurs qui vivaient d'ores et déjà sous son toit.

— Ils s'en vont, murmura Arabella. Ursula a grandi, n'est-ce pas ? Il me semble que les cheveux de Guy sont plus foncés. À moins que ce soit un effet de lumière.

— Vous devriez embrasser la profession de journaliste, rétorqua Juno. Vous seriez une excellente chroniqueuse. « Aujourd'hui, lord Hardbury portait une redingote neuve. Il s'est gratté le menton, c'était fascinant. »

— Cela n'a rien de fascinant.

— Je ne vous le ne fais pas dire. Vous devenez ennuyeuse, très chère.

Arabella lui décocha son regard le plus impérieux.

— Ne soyez pas ridicule. Je ne saurais être ennuyeuse, puisque je jouis d'une réputation de plus en plus croustillante. Presque autant que la vôtre, ajouta-t-elle avec malice.

— Ma réputation ne croustille qu'à cause de mon amitié avec le duc de Dammerton, répondit Juno en riant.

— Chaque fois que les échotiers en parlent, ils impriment le mot « amitié » en italique.

— Les malheureux ne conçoivent pas qu'un homme et une femme puissent se sentir bien ensemble s'ils ne sont pas amants. En tout cas, c'est excellent pour mes affaires. Les épouses de riches banquiers me commandent des portraits dans l'espoir de rencontrer, pendant les séances de pose dans mon atelier, un authentique duc en chair et en os. Leo se montre très serviable, même s'il menace d'exiger une commission.

De l'autre côté de la place, la porte de l'hôtel particulier des Hardbury s'était refermée. Guy était désormais libre de créer le foyer dont il rêvait, avec ses sœurs et la femme qu'il aimerait un jour et qui serait l'opposée d'Arabella.

Celle-ci apprendrait ses fiançailles par les journaux.

Peut-être lui enverrait-il des fleurs et un mot de remerciement.

Elle les lui renverrait sur-le-champ. Elle ne voulait pas de sa gratitude.

Elle voulait être avec lui, de l'autre côté de la place, partager ses difficultés et ses victoires. Être celle à qui il se confiait, qu'il taquinait et embrassait. Elle voulait entrer à son bras dans les salons et les salles de bal, chevaucher dans Hyde Park avec lui, se blottir contre lui le soir au coin du feu.

Elle voulait être celle qui lui donnerait le sourire, vers qui il se tournerait quand il avait reçu de mauvaises nouvelles. Celle avec qui il passerait ses nuits.

Mais, par-dessus tout, elle voulait le bonheur de cet homme généreux.

— Leo va partir dans le Lincolnshire voir sa mère et sa sœur cadette, reprit Juno. Lord Hardbury l'accompagnera. La jeune lady Gisela fera ses débuts dans le monde l'an prochain. D'après Leo, elle est absolument ravissante. Je me demande si lord Hardbury sera de cet avis.

Arabella pivota.

— Vous manquez parfois de subtilité, Juno. Lady Gisela est-elle douce et charmante ? C'est ce genre de femme que cherche Guy.

— Ah oui ? Je croyais qu'il cherchait une femme dans votre genre.

Juno lui tendit le portrait d'une vieille femme à la mine renfrognée, au visage creusé de rides.

— Votre portrait, ma chère, quand vous serez vieille, seule et malheureuse comme les pierres, parce que votre orgueil vous aura interdit de lui parler.

— Il ne s'agit pas d'orgueil, pas cette fois.

Arabella étudia un instant le dessin.

— Vous dites qu'il va dans le Lincolnshire ?

Juno acquiesça.

— Eh bien, il est temps de cesser de tergiverser et de quitter Londres, décréta Arabella.

28

La berline était chargée, le cocher se trémoussait sur son siège, et un laquais tenait la portière ouverte. Ils attendaient qu'Arabella prenne place dans la voiture. Elle allait le faire, naturellement. Elle venait de sortir de la résidence des Luxborough d'un pas énergique, résolue à s'engouffrer dans la berline et à se laisser emporter très loin de Londres.

Bizarrement, elle s'était égarée en chemin. Poussée par une force mystérieuse, elle avait contourné les chevaux qui piaffaient. Plantée au milieu de la chaussée, elle tournait et retournait son chapeau entre ses mains, les yeux rivés sur le jardin public.

Sur Guy.

Ursula, Freddie et lui contemplaient une fois de plus le rouge-gorge. Sans doute savaient-ils qu'Arabella était là, mais ils ne lui prêtaient pas attention. À l'évidence, le petit oiseau au poitrail rouge était nettement plus captivant que les allées et venues de l'orgueilleuse Arabella Larke, cette bécasse.

Et si elle s'approchait, juste un instant ? Un mot de lui, un sourire. Les forces de la nature la poussaient vers Guy, de même qu'elles poussaient les oiseaux migrateurs tout autour du monde.

Quelle idée de filer à la campagne, chez des amis, alors que tout ce dont elle avait besoin était ici ?

D'un geste brusque, elle fourra son chapeau et ses gants dans les mains du laquais, et traversa la rue. Elle ne s'aperçut pas que Freddie entraînait Ursula à l'écart : elle ne voyait que Guy.

Il se redressa, pivota et la regarda s'avancer vers lui.

Continuer à marcher, se blottir dans ses bras, cacher son visage au creux de son épaule. Se sentir enfin à l'abri.

Elle s'arrêta à deux mètres de lui. Il avait toujours le teint hâlé, les cheveux dorés par le soleil. Elle connaissait si bien les expressions de son visage – tristesse, colère, gaieté, passion. Mais là, elle avait devant elle un visage fermé, impénétrable et intimidant.

Il aurait pu être mon mari.

Non, elle avait pris la bonne décision, pour lui comme pour elle. Il était libre à présent, il trouverait le bonheur qu'il méritait.

Du menton, il montra la berline.

— Tu t'enfuis, une fois de plus ?

— Je ne me suis pas...

— Si, tu t'es enfuie, articula-t-il.

— Je t'ai rendu ta liberté.

— Tu espérais des remerciements ?

Par habitude, elle redressa les épaules et se claquemura dans sa forteresse.

— J'aurais apprécié un petit bouquet de fleurs.

Elle se mordit les lèvres. *Tais-toi, maudit orgueil.*

Son cœur cognait douloureusement. Guy ne souriait pas. Restait-il quelque chose à sauver de ce naufrage ?

— Oublions tout ça, dit-elle. Conduisons-nous comme des gens civilisés qui...

— Non, ce n'est pas possible.

Il extirpa une lettre de sa poche.

— De la part de mon avocat. Il avait besoin de ma signature pour te l'envoyer, mais puisque tu es là, je te la remets.

L'épaisse enveloppe était légèrement chiffonnée, comme si on l'avait beaucoup manipulée.

— Qu'est-ce que c'est ? s'étonna-t-elle.

— Les remerciements que tu espérais, je suppose, railla-t-il. Merci de m'avoir rendu ma liberté.

Comme il s'impatientait, elle saisit l'enveloppe et l'ouvrit.

— Quand tu m'as attaqué en justice pour rupture de fiançailles, déclara-t-il, parlant à toute vitesse, ton avocat...

— Quoi ? le coupa-t-elle, sidérée. C'est moi qui ai rompu. Je ne t'ai jamais attaqué en justice.

— Oui, c'était embêtant : il a fallu que je le fasse à ta place.

Abasourdie, elle déplia la lettre, la parcourut. Du langage juridique. Elle maîtrisait ce langage, elle lisait parfois de la jurisprudence pour se détendre. Mais là, elle ne comprenait rien.

— Tu t'es attaqué toi-même ?

— Oui, sois un peu attentive. D'après ton avocat...

— J'ai un avocat ?

— Évidemment, j'ai dû l'engager pour toi. Il est bien, mais cher. Je t'enverrai la note.

— Arrête de dire n'importe quoi, Guy. C'est toi qui aurais pu m'attaquer pour rupture de fiançailles.

— Mon père, dans son testament, mentionnait trois propriétés qui me reviendraient si je t'épousais, poursuivit-il d'un ton irrité. Dans le cas contraire, elles reviendraient à sir Walter.

Ton avocat a argué avec succès qu'elles devaient t'échoir, vu que c'est moi qui ai rompu.

— Tu me cèdes des propriétés ?

— Oui, les détails sont notés dans la lettre.

Elle ne comprenait toujours pas un traître mot.

— Trois maisons.

— Et les hectares de terre qui vont avec. Veaux, vaches, cochons, couvées et tout ce qui s'ensuit.

Arabella cligna les yeux, dans l'espoir de s'éclaircir les idées. En vain.

— Mais pourquoi faire une chose pareille ? Je t'ai pourtant écrit que tu ne me devais rien.

— Ton message était excessivement clair, en effet. Tout est réglé, à présent. Nous sommes totalement libres. Ni dette, ni devoir, rien. Quant à ta réputation, tu t'es chargée de la ruiner. Je refuse donc de me sentir responsable.

— Nous sommes totalement libres, répéta-t-elle.

— Voilà, c'est ça. Je ne te dois rien, tu ne me dois rien non plus. Je suis maintenant libre de choisir ma future épouse. Une femme que j'aime, qui me connaît, qui me rend heureux. Je suis libre, et toi aussi.

Mais Arabella ne se sentait pas libre. Elle étouffait, crispait les doigts sur la lettre de l'avocat. Pourquoi fallait-il que Guy soit à ce point un homme *bien* ? Quelle abomination !

— Je ne t'ai attiré que des ennuis, j'ai failli gâcher ta vie, articula-t-elle, et tu m'offres trois propriétés. Et toi, tu ne veux rien de moi ?

— Tu n'as rien. Tu as renoncé à tout.

— C'est vrai, mais…

— Tu peux cependant me donner une chose. Une explication. Dis-moi pourquoi tu t'es enfuie, pourquoi tu as préféré tout perdre que de m'épouser.

— Je ne me suis pas...

— Si, tu t'es enfuie. Explique-moi.

Il lui opposait un visage si dur, si fermé qu'elle balbutia :

— Tu veux en finir.

Il ferma brièvement les yeux.

— Oui, Dieu m'est témoin que je veux en finir.

Arabella promena son regard sur la grille du jardin public, couverte de vigne vierge. Le rouge-gorge s'y était perché, petite boule de plumes ébouriffées qui avait le cran de chanter gaiement sans se soucier des chats, des cages et de tous les dangers qui vous menacent parce que vous êtes simplement vivant.

— Tu as bataillé pendant des années pour ne pas m'épouser, et quand tu t'es retrouvé piégé, tu as fait bonne figure parce que c'est dans ta nature. Mais nous savons tous les deux que tu te serais lassé de moi. En me regardant, tu aurais vu tout ce que tu avais perdu, le foyer dont tu rêvais et auquel tu avais dû renoncer. Je suis partie car je veux que tu sois heureux. Je l'ai fait pour toi, et je l'ai fait pour moi, parce que tout perdre n'est pas ce qui peut arriver de pire dans la vie.

Comme Guy se taisait – et son silence était assourdissant – elle le dévisagea. Il fixait sur elle un regard si intense qu'elle frissonna.

— J'ai grandi entourée d'amertume et de rancœur, moi qui aspirais seulement à l'amour de mes proches. Je n'aurais pas supporté que ma vie conjugale ressemble à cela.

— Tu aurais aspiré à mon amour ? Pourquoi ?

— S'il te plaît, ne sois pas obtus.

— Tu l'es bien, toi. Ton explication ne vaut pas un clou. Il y a autre chose.

Certes, mais Arabella n'avait pas les mots pour l'exprimer. Guy tourna la tête vers ses sœurs, qui montaient les marches du perron. Il les regarda disparaître dans la demeure.

— Je n'ai pas toujours été très attentif, je le reconnais, mais cette fois je promets d'écouter tout ce que tu as à dire.

Il plongea les yeux dans ceux d'Arabella, qui frissonna de plus belle.

— Seulement... il va falloir que tu le dises.

— Tu ne me facilites pas les choses.

— Tu ne mérites pas que je te les facilite.

Bon, d'accord. Elle lui devait bien ça. Et puis, il y avait cette lueur fragile au tréfonds d'elle, ce fol espoir. Elle était stupide : jamais il ne choisirait une femme comme elle, avec tous ses défauts et ses erreurs. Si seulement elle pouvait le forcer à l'aimer !

Mais l'amour ne fonctionne pas de cette manière. On ne l'exige pas, on ne le vole pas et on ne le prend pas de force. Il faut qu'on vous le donne.

Elle allait donc lui donner son amour, qu'il en veuille ou non, puisqu'elle n'avait rien d'autre à donner.

« Ne dis rien, protesta son orgueil. Il va te mépriser. »

« Ne sois pas ridicule, répondit son cœur. Jamais tu n'aimerais un homme capable de mépriser l'amour. »

« Ne reste pas là, insista son orgueil. Il ne veut pas de toi. Monte dans cette voiture et va-t'en, vite ! »

« Tais-toi, l'orgueil ! C'est moi qui commande », décréta le cœur.

Et soudain les mots jaillirent, purs et sincères :

— Je t'aime.

Le rouge-gorge s'envola, pris de panique. Cependant, le soleil continua à briller et Arabella à respirer.

Guy resta muet.

— J'ai accepté de renoncer à toi pour que tu puisses trouver une femme qui saura mieux que moi t'offrir ce que tu désires. Je t'aimerai de loin, ce ne sera pas facile car je... J'ai besoin de toi. Mais je survivrai sans toi, bien sûr.

— Bien sûr.

Il souriait ?

— J'ai besoin de toi pour... pour être moi-même. Je me suis trop longtemps cramponnée à mon enfance, je cherchais une famille, un foyer, et bêtement je cherchais au mauvais endroit. Grâce à toi, je suis aujourd'hui capable de grandir et de vivre ma vie à ma manière. J'ai fait de terribles erreurs, mais... je ne regretterai jamais de t'aimer ni d'être ce que je suis. Je regrette seulement de ne pas être celle dont tu rêves. Car toi, tu es tout ce dont je rêve.

Il ferma les yeux, marmonnant ce qui ressemblait fort à un juron.

— Voilà, conclut-elle d'une voix éraillée. Tu as ton explication. Je ne te dois rien, toi non plus. Tout est dit. Je ne te retiens pas davantage.

Elle pivota, résolue à s'éloigner avant de s'effondrer aux pieds de Guy, mais il lui saisit le poignet. Il était derrière elle, il ne touchait que son poignet, pourtant elle avait l'impression qu'il l'enveloppait tout entière.

Il prit une inspiration. Elle sentit son souffle sur sa nuque.

— J'espérais tellement t'entendre dire ça...

Elle n'osait pas se retourner. Doucement, il entrelaça ses doigts aux siens.

— Je t'ai maudite, murmura-t-il. Avec tant de conviction que tu devrais être en train de rôtir en enfer. Toi et ton satané orgueil. Toi et ton brillant esprit. Réfléchir, vois-tu, c'est comme marcher : si on part dans la mauvaise direction, on s'égare et on n'arrive nulle part.

Il se rapprocha. Son torse frôlait le dos d'Arabella.

— Je ne t'ai pas envoyé cette lettre parce que… je voulais que tu viennes.

Sa voix s'étrangla.

— J'avais besoin que tu viennes à moi.

Cette fois, elle se retourna.

— Mais tu n'as jamais voulu de moi, protesta-t-elle, stupéfaite. Tu mérites d'avoir la vie, le foyer dont tu rêves.

— Espèce de petite idiote… c'est toi, mon foyer, ma vie.

Elle en oublia de respirer, et apparemment cela ne lui était pas indispensable car elle ne vacillait plus. Ses jambes étaient solides, ses bras robustes, et sa main ne tremblait pas en caressant le visage de son bien-aimé.

— Il m'en a fallu du temps pour comprendre que ce dont je rêvais était là depuis toujours.

— Tu veux dire que…

— Je t'aime, Arabella.

Elle scruta son visage.

— Je commettrai des erreurs, Guy, je préfère te prévenir…

— Moi aussi. Tu me quitteras si je commets une erreur ?

— Bien sûr que non.

— Eh bien, je ne le ferai pas non plus. Tu me crois ? Je sais qui tu es, Arabella, et je te choisis. Je veux vivre avec toi parce que tu rends la vie plus belle. Et je veux que tu me choisisses pour les mêmes raisons. Cesse de batailler, pour une fois, épargne-moi cette désolation.

— Oh, mon Dieu... je t'ai fait du mal, balbutia-t-elle, au bord des larmes. Je ne me rendais pas compte, je... je voulais juste que tu sois heureux.

Il leva les yeux au ciel, poussa un soupir à fendre l'âme.

— Je suis tellement désolée, murmura-t-elle. Pourras-tu me pardonner un jour ?

— Promets-moi de ne pas recommencer.

« Je me ferai pardonner, songea-t-elle en se pressant contre lui. Il me faut trouver comment, voilà tout. »

— Ma belle, ma brillante Arabella, dit-il en riant.

— Pourquoi ris-tu ?

— Parce que tu es en train de nous mitonner un plan de ton cru, pas vrai ? Comment comptes-tu te faire pardonner ?

— Je ne recommencerai pas.

— D'accord.

— Je ne te cacherai plus rien.

— Très bien.

— Je ne m'enfuirai plus.

— C'est un minimum.

— Et puis...

Elle s'interrompit, prit une inspiration. C'était important.

— Je te demanderai ce que tu attends de moi, pour être sûre de ne pas me tromper.

— J'attends une seule chose : que tu aies confiance en moi. Je t'aime et je t'aimerai toujours.

Le regard de Guy la pénétrait, et elle sentit son cœur s'ouvrir comme une fleur fragile. Un ineffable sentiment de paix l'envahit.

— Je te crois, dit-elle d'un ton ferme.

— Je t'aime, Arabella.

— Je t'aime aussi.

Elle pencha la tête de côté, l'air surprise.

— Quand on pense que je n'avais jamais prononcé ces mots, je fais de sacrés progrès, tu ne trouves pas ?

— Continue quand même à t'exercer.

— Tous les jours.

Mais il restait une chose à faire. Elle recula d'un pas, les mains de Guy dans les siennes.

— Puisque nous sommes maintenant totalement libres…

— Oui ?

— C'est peut-être le bon moment pour te demander…

— Oui ?

Elle inspira profondément, son cœur se gonfla de joie et d'amour, et elle sentit un grand sourire naître sur ses lèvres.

— Guy Roth… me ferais-tu l'immense honneur de devenir mon époux ?

— Enfin ! Je craignais de ne jamais entendre ça.

Il lui baisa les doigts.

— Oui, Arabella Larke, je serai ton époux.

La robe de mariée n'était pas si différente de ses autres toilettes, pourtant elle métamorphosait Arabella. Elle étudia dans la psyché chaque centimètre de la jupe et du corsage immaculés, la tresse de jacinthes des bois qui ornait son décolleté.

C'était bien elle, mais elle avait du mal à se reconnaître.

Il lui fallut un moment pour comprendre la raison de ce phénomène.

Chaque jour, en s'habillant, elle revêtait une armure, car le monde était à ses yeux un champ de bataille où elle devait guerroyer.

Tout avait changé. Oh, il lui arriverait encore de livrer bataille, parce que c'était sa nature et que c'était très bien ainsi. Mais aujourd'hui, après une vie de combat, il lui semblait avoir enfin gagné. Elle n'avait jamais su pourquoi elle se battait au juste, elle ne savait pas comment elle avait remporté la victoire, mais elle la revendiquait avec joie et fierté.

Elle n'était pas encore tout à fait prête. Soulevant l'ourlet de sa jupe, elle se précipita dans le bureau de son père.

Sans un regard pour les oiseaux empaillés, elle se campa devant le portrait d'Oliver, son jumeau qui l'avait quittée trop tôt mais l'accompagnait partout.

« Tu es là, petit frère », lui dit-elle en pensée.

Aujourd'hui, Oliver arborait son doux sourire, celui du petit garçon qu'elle avait adoré, du jeune homme qu'il serait devenu.

« Je me marie tout à l'heure. Avec un homme que j'aime et qui m'aime. »

« Je suis heureux pour toi. Tu le mérites. »

— Tu me manques, dit-elle à voix haute. Je voudrais tellement que tu ne sois pas mort.

Elle s'adressait à un tableau, bien incapable de répondre. Pourtant, elle entendit clairement :

Tu me manques aussi, mais je suis content que tu sois bien vivante.

Soudain, la porte s'ouvrit sur lady Belinda.

— Ah, te voilà ! Il ne faut pas nous mettre en retard. Qu'est-ce que tu fabriques ?

— Je parlais à Oliver.

Lady Belinda lui étreignit la main, et toutes deux contemplèrent un instant le visage du disparu.

— Je vous aime, maman.

— Je t'aime aussi, ma chérie, murmura lady Belinda en posant un baiser sur sa joue.

La porte s'ouvrit de nouveau, cette fois sur M. Larke qui vint se poster à côté d'Arabella. Il demeura longtemps silencieux.

— Je te souhaite tout le bonheur du monde, ma fille. Je dois reconnaître une qualité à Hardbury : il est capable de te manœuvrer.

— Il peut en tout cas essayer.

M. Larke se mit à rire.

— Oui, bien sûr. Je...

Il s'interrompit, tourna les yeux vers le portrait. Puis il reporta son attention sur Arabella et lui prit la main.

— Je me suis mal comporté avec toi, mais je suis fier d'être ton père. Tu es devenue une femme bien, et ce n'est pas grâce à moi. Oui, tu es une femme bien, quoique passablement têtue et orgueilleuse.

— Têtue et orgueilleuse ? pouffa lady Belinda. Cela ne te rappelle pas quelqu'un, Peter ?

Arabella ne se souvenait pas d'avoir déjà vécu cela : ses parents autour d'elle qui lui tenaient les mains. Une famille unie.

— Nous vous rendrons visite aussi souvent que vous le souhaiterez, père. Si nous avons la chance d'avoir des enfants, vous passerez du temps avec eux. J'espère que l'un d'eux, au moins, tiendra de vous.

— Un petit homme de science ?

— Ou une petite femme de science.

M. Larke hocha la tête.

— Merci, grogna-t-il. Même si vous n'avez pas d'enfants, j'espère que tu rendras tout de même visite à ton vieil imbécile de père... Bon ! enchaîna-t-il d'un ton brusque. Dépêchons-nous, avant que

Hardbury ne s'affole et ne s'imagine que tu t'es de nouveau enfuie.

Quand Arabella, au bras de son père, fit son entrée dans la petite église bondée, toutes les têtes se tournèrent vers elle.

Sauf une : celle de Guy.

Il était immobile devant l'autel, grand et imposant. Un rayon de soleil, perçant un vitrail, allumait dans ses cheveux des reflets dorés, rouges et bleus.

Les yeux rivés sur lui, Arabella remonta lentement l'allée. Guy ne se retournait pas.

Lorsqu'ils atteignirent l'autel, M. Larke embrassa sa fille sur la joue et s'écarta. Guy pivota enfin vers sa promise.

Alors, un sourire tendre et joyeux éclaira son visage.

Guy Roth était heureux, simplement parce que Arabella était près de lui.

Il était heureux parce qu'elle était bien vivante.

Et c'était magnifique. C'était la huitième merveille du monde.

Remerciements

Un grand merci à May Peterson, Johanie Martinez-Cools de Tessera Editorial, et Melinda Utendorf, pour leurs conseils et leur talent. Ce roman leur doit beaucoup.

AVENTURES & PASSIONS

1er décembre

Emily Larkin

Sortilèges amoureux - L'honneur d'Eleanor

Inédit

Pour ses vingt-trois ans, Eleanor prie sa bonne fée de lui accorder le don magique de retrouver les personnes disparues car elle est hantée par sa sœur Sophia dont elle n'a plus de nouvelles. La jeune femme, qui ne peut se lancer dans ses recherches seule, demande l'aide de Mordecai Black. Contre toute attente, ce fils illégitime d'un comte, qui est réputé pour ses frasques, accepte. Alors que les deux limiers enquêtent, Eleanor découvre que l'infâme Mordecai n'est pas celui qu'il prétend être et cache des trésors de douceur qui la troublent chaque jour davantage.

✦

Eloisa James

Les Wildes - La petite souris en robe de bal

Inédit

Mlle Viola Astley souffre d'une timidité maladive qui lui fait envisager ses débuts à Londres avec angoisse. L'arrivée d'un séduisant pasteur lui semble la solution idéale pour se dérober à ces insupportables mondanités. À peine a-t-elle réussi à attirer l'attention du jeune homme que le duc de Wynter, qui veut épouser une Wilde, vient compromettre ses plans en lui déclarant sa flamme. Or pour appprivoiser son cœur le duc, qui n'a jamais essuyé le moindre refus, ne reculera devant aucune folie...

Kinley MacGregor

Les aventuriers des mers - Pirate de mes rêves

Inédit

Serenity James est obstinée et courageuse. Journaliste, elle peine à se faire une place dans le quotidien que dirige son père. Pour obtenir le respect auquel elle aspire, elle se lance dans la rédaction d'un article sur le plus célèbre et le plus redouté des pirates : Morgan Drake. Or, celui-ci n'entend pas laisser cette péronnelle à lunettes dévoiler ses secrets et l'enlève. Si les exploits du célèbre flibustier avaient enfiévré l'imagination de Serenity, la jeune femme découvre à présent qu'elle rêvait depuis toujours de son étreinte passionnée.

✦

Julia Quinn, Stephanie Laurens,
Karen Ranney, Christina Dodd

Mariages à l'écossaise

Inédit

L'Écosse, terre de légende à la beauté sauvage, où les clans, les lairds portent haut le sens de l'honneur et de la passion. L'Écosse, théâtre idéal de la romance, a inspiré quatre célèbres romancières : Julia Quinn, Stephanie Laurens, Karen Ranney et Christina Dodd. Rassemblées en un seul volume, quatre histoires enchanteresses dans lesquelles les héroïnes sont confrontées aux émois du cœur et à des choix cornéliens. Quatre histoires émouvantes qui invitent au voyage et au rêve.

Lisa Kleypas

La ronde des saisons - Retrouvailles

Pour hériter de l'entreprise familiale, Rafael Bowman, un Américain à la vie dissolue, est contraint par son père d'épouser lady Natalie, jeune fille de bonne famille de l'aristocratie britannique. Sauf que, le jour de leur première rencontre, il tombe éperdument amoureux de... Hannah, la cousine et la dame de compagnie de Lady Natalie. Que faire ? Par bonheur, les sœurs du jeune homme et leurs amies, les quatre «laissées-pour-compte», sont ravies de jouer les marieuses ! Quelle meilleure occasion que Noël pour offrir à Rafael le plus beau des cadeaux ?

✦

Julie Garwood

La fiancée offerte

C'est jour de tournoi à la cour de Guillaume le Conquérant. Le vainqueur des joutes épousera la belle captive saxonne, lady Nicholaa. Alors que les festivités battent leur plein, un cri déchire le silence. Une petite fille hurle de terreur : le bas de sa robe vient de prendre feu ! Lady Nicholaa se précipite, prend l'enfant dans ses bras, éteignant les flammes de ses mains nues, sauvant ainsi la nièce du roi. Ce dernier pour la récompenser décide de lui laisser choisir son époux. Voilà l'occasion inespérée de se venger de Royce, de ses humiliations et de ses caresses un peu trop osées...

13309

Composition
FACOMPO

Achevé d'imprimer en Italie
par GRAFICA VENETA
le 3 octobre 2021

Dépôt légal : octobre 2021
EAN 9782290362877
OTP L21EPSN002404N001

ÉDITIONS J'AI LU
87, quai Panhard-et-Levassor, 75013 Paris

Diffusion France et étranger : Flammarion